COLLECTION FOLIO

Henri Bosco

Hyacinthe

Gallimard

Henri Bosco est né en 1888 à Avignon, dans le vieux quartier pontifical. De souche provençale et italienne, sa famille est apparentée à saint Jean Bosco, le fondateur des Salésiens. Bosco prépare l'agrégation d'italien à l'Institut de Florence. Il est professeur à Avignon, à Bourg-en-Bresse, à Philippeville. La guerre ne lui fait pas quitter les ciels méditerranéens. Il fait campagne aux Dardanelles, en Macédoine, en Grèce.

La paix revenue, il passe dix ans à l'Institut français de Naples. Il y écrit, en 1924, son premier livre, *Pierre Lampedouze.* Plus tard, il passe une autre longue partie de sa vie au Maroc, professeur au lycée de Rabat. Arrivé à l'âge de la retraite, il a partagé sa vie entre Nice et Lourmarin. Il est mort en 1976.

Son œuvre, qui reçut de nombreuses récompenses littéraires, comporte une trentaine de romans, des souvenirs, des livres pour les enfants.

Dans cette création romanesque et poétique, L'Âne Culotte (1937), Hyacinthe (1941) *et* Le Jardin d'Hyacinthe (1946) *forment une étrange trilogie. Un couple d'enfants, Constantin et Hyacinthe, va vivre une extraordinaire aventure. Ils sont destinés, l'un et l'autre, à s'élever jusqu'à la sagesse et l'amour, mais il leur faudra auparavant échapper à l'envoûtement du magicien avide de puissance, Monsieur Cyprien. Étonnante figure de « sorcier », ce dernier entend refaire ici-bas l'œuvre de Dieu qu'il juge imparfaite et pervertie par les hommes ; il veut faire des deux enfants les premières créatures de son Paradis terrestre. Mais s'il possède sur les âmes un pouvoir surnaturel, il lui manque l'amour dont Constantin et Hyacinthe feront peu à peu l'expérience et qui à jamais orientera leur vie. Qu'est-ce que Hyacinthe sinon le symbole de l'impossible et nécessaire amour, secret des hommes et de Dieu, mystère de l'être sans lequel aucune vie ne possède de réalité ?*

CONSORTI DILECTISSIMAE

AMICUS AMICAE

LE PLATEAU DE SAINT-GABRIEL

La maison m'avait séduit par sa position solitaire, le chemin peu passant et, aussi loin que portât le regard, pas une habitation. Mais, derrière sa haie de peupliers touffus, je n'avais pas su découvrir cette métairie. Seuls un mur bas et le toit en pente s'élevaient de la terre.

C'est dans ce mur, percé d'une fenêtre étroite, que tout à coup, dès le soir de mon arrivée, s'alluma la lampe. J'en fus contrarié.

J'attendis sur la route; j'avais l'espoir qu'on allait tirer les contrevents. Mais personne ne les tira. La lampe brillait encore, quand je me décidai à rentrer. Depuis lors, chaque soir, je l'avais vue qui s'allumait dès les premières ombres.

Quelquefois, très tard dans la nuit, je sortais sur le chemin. Je voulais savoir si elle brûlait encore.

Elle était là. On ne l'éteignait qu'au petit jour.

D'abord j'avais eu l'intention de m'en approcher, puis j'avais renoncé à ce dessein. Cette démarche m'eût obligé de passer sur les terres de la métairie. Ses hôtes, le maître et un couple de domestiques, étaient sauvages. Une rencontre m'eût été désagréable. J'évitai donc de diriger mes promenades vers cette bâtisse trapue, qu'un demi-kilomètre de guérets séparait de chez moi.

Un fossé bordé d'aubépines marquait la limite de

cette étendue caillouteuse où ne s'élevait çà et là qu'un boqueteau de chênes.

Depuis que l'automne et les premiers vents de l'hiver avaient dépouillé les peupliers de leurs feuilles, j'apercevais distinctement la maison. Pendant la journée elle ne donnait aucun signe de vie. Pas même une fumée. Rien ne décelait la présence de ses hôtes. Elle dormait.

On sentait bien qu'elle n'était pas morte. Les maisons mortes n'ont jamais cet aspect de repos et d'attente, de méfiance et de soumission. Désormais, délivrées de l'homme, elles ne sont que carcasses de pierre offertes aux vents, à la pluie. Mais dès qu'une chaleur humaine tiédit les quatre murs d'un abri, il reprend cet air de pensée domestique, cette figure de destin.

De la métairie solitaire, il émanait un sentiment de surveillance. Ramassée tout le jour sur elle-même, et peut-être assoupie, elle vivait, la nuit. Cette lampe qu'elle allumait et qui, par sa fenêtre étroite regardait vers l'Ouest, m'inquiétait quelquefois comme un signal. Sa fidélité aux ténèbres indiquait la présence, là-bas, d'une mystérieuse vigilance. Et j'en vins à l'aimer.

La nuit, après ce feu, il n'y avait plus rien dans la campagne. J'avais l'impression que je voyais la dernière âme.

Si je ne tentai rien contre mon voisinage, de son côté, il ne tenta rien contre moi.

Par un sentiment de prudence, je n'éclairais jamais ma lampe avant d'avoir fermé mes volets avec soin. Car je m'imaginais qu'une lumière inattendue, posée au milieu de ces champs, où, depuis tant d'années, toute lampe s'était éteinte, eût gêné l'inconnu si discret, si fidèle, en modifiant la nature de l'ombre sur cet horizon d'Ouest qu'il devait aimer.

Car je ne pouvais croire qu'il n'eût pas une prédilection pour ce dur côté de la Terre, auquel il donnait chaque nuit une telle marque de confiance. C'est à lui seulement qu'il ouvrait un peu de soi-même, comme s'il en eût espéré autre chose que ces nuages d'hiver auxquels l'Ouest est toujours si favorable. Je ne voulais pas que cet homme, dont je ne savais rien et que j'évitais de rencontrer, pût penser qu'une lampe, placée en face de sa lampe, dans une solitude où, sauf nous, ne vivaient que les taupes et les renards, y avait été allumée intentionnellement, comme une invitation, ou peut-être comme un défi. Je tenais à sa bienveillance. Je sais de quelle hostilité on se couvre aussitôt à la campagne devant les menaces d'intrusion dont s'accompagne l'arrivée d'un étranger. C'est un sentiment que je ne blâme pas. J'ai moi-même une nature défiante.

Par ailleurs je n'étais pas venu là pour voisiner. Au village, on m'avait bien entretenu de ces gens, assez farouches, mais mon peu de curiosité avait aussitôt arrêté les confidences. Je savais que la métairie s'appelait : « La Geneste » et cela me suffisait.

Moi-même j'habitais une maison assez vaste qui portait le beau nom de « La Commanderie ». Entre les deux vieilles bâtisses, il n'y avait apparemment d'autres rapports que les mouvements d'amitié dont ce feu avait suscité la naissance, du moins chez moi. Certes mon imagination y avait trouvé son compte. Mais je sentais bien par moments que cette dangereuse puissance qui m'habite n'était pas la vraie source des sentiments dont se nourrissait alors ma solitude. J'avais reconnu sous ces terres l'étendue d'un site moral. Le roc, l'argile, l'eau, l'arbre, l'homme et la bête ne suffisent pas à le créer. Il y faut de mystérieuses rencontres, un accord inconnu mais sensible entre ces éléments et je ne sais quel sous-sol magnétique. On dit que là souffle l'esprit. Quelquefois au contraire il y repose ; il ne se manifeste pas, mais il y est. Dès lors le moindre bouquet d'arbres, la plus humble muraille prennent une étrange importance.

Sur ces terres privilégiées où affleure, avec les sources, l'odeur inquiétante de la Terre, si quelquefois s'élève une maison, elle ne saurait offrir à ses habitants un refuge de paix.

Il semble que la vie y prenne un sens plus grave. La démarche la plus familière y tourne facilement à l'aventure. L'esprit n'y reçoit plus les seuls conseils de la raison, mais y devient sensible à d'autres messages. C'est le sol d'élection du souvenir et de l'attente.

Je ne m'y étais pas établi avec le dessein de trouver un site propice à l'épanouissement de ces états d'âme. Car en moi je ne voyais pas de souvenirs dont le rappel m'eût été agréable. Par ailleurs, totalement étranger à ce pays, je n'en attendais rien. Je cherchais un désert et je l'avais trouvé.

J'y avais organisé mon existence de façon à rester à peu près seul. Deux fois seulement par semaine, du village de Pontillot montait à La Commanderie une femme appelée Mélanie Duterroy. Elle avait la charge de m'apporter un sac de provisions et de mettre de l'ordre dans le ménage.

C'était une grande fille, osseuse, taciturne.

Je ne la voyais guère plus d'un quart d'heure à chacune de ses visites. Nous échangions huit ou dix phrases. Du village elle n'apportait aucun ragot. Elle n'interrogeait pas, écoutait, ne montrait ni curiosité ni attachement. Mais elle comprenait vite et, ayant touché son dû, ne réclamait jamais rien. Elle travaillait, les yeux baissés, d'un air maussade, sans se lasser, avec cette lenteur naturelle aux gens qui connaissent le prix de leur effort et qui, tout en menant à bien jusqu'au bout leur besogne, semblent en avoir calculé par avance la valeur domestique.

Sa présence m'était désagréable, mais je l'acceptais, à cause qu'elle accomplissait sa tâche vite, avec soin, en silence. Néanmoins, on sentait qu'elle désapprouvait, secrètement, à peu près tout, la place des objets, les objets eux-mêmes. Elle les traitait avec ces précautions et cette méfiance qu'inspirent une animosité sourde, un regret hostile.

Elle avait un chien, une grande bête réservée, qui jamais ne manifestait le moindre plaisir aux caresses.

Ce chien l'accompagnait partout. Il s'appelait Ragui.

Il s'asseyait toujours dans un coin éclairé de la pièce, fier, la tête haute ; il n'en bougeait que lorsque cette rude fille sortait elle-même.

Quand je la voyais arriver, le mardi et le vendredi matin, à travers champs, au milieu de la gelée blanche, sa robe tordue par le vent aigre, le chien la précédait toujours. Il marchait à dix pas en avant, le museau droit, la queue hérissée, déjà agressif.

En entrant dans la cuisine, elle jetait devant la cheminée le sac à provisions. Quand elle avait fini de ranger le pain, le savon, le sucre, elle tirait de son cabas un petit bouquet. C'étaient tantôt des pâquerettes, tantôt des boutons-d'or, tantôt des soucis. Depuis la descente des grands froids elle apportait du houx. Elle plaçait son bouquet dans un pot de terre, au-dessus de la cheminée et, sans lui accorder un regard, empoignait son balai et se mettait à l'ouvrage. Les fleurs luisaient toutes fraîches.

Son travail achevé, elle prenait le bouquet, le replaçait dans son cabas, s'enveloppait dans une longue pèlerine beige et ouvrait sur l'hiver la porte de la maison.

Elle restait un moment, immobile, sur le seuil,

comme si elle eût voulu que le vent pénétrât jusqu'au fond de la vieille bâtisse.

Le chien attendait, à dix pas comme toujours, son fier museau tourné vers la route.

Brusquement, elle baissait la tête, et partait. Sans se retourner une seule fois, elle s'éloignait à grands pas de bête, vers les étangs.

Pour atteindre au village elle devait parcourir presque une lieue.

A part les visites de cette fille, jamais personne ne venait à La Commanderie.

Quelquefois j'apercevais de loin, sur la chaussée solitaire, le facteur qui passait, en s'abritant tant bien que mal contre le vent, dans sa petite pèlerine de laine. Les rares apparitions de cet homme se produisaient toujours vers le soir. Il traversait mélancoliquement la campagne et je l'imaginais en quête de quelque pauvre métairie où, Dieu sait de quel point du monde, un mystérieux correspondant avait dû adresser sa dernière brochure sur les plantes médicinales. Mais jamais le facteur ne prenait le chemin de ma demeure. Il se tenait prudemment à distance de ces lieux tombés dans l'oubli. Pour moi il n'était qu'un profil perdu dans l'étendue de l'hiver et des terres incultes.

Le matin, il m'arrivait de découvrir sur le dos d'un petit mamelon, vers le Sud, une vieille femme qui ramassait du bois mort, autour des boqueteaux de chênes. J'ignore encore d'où elle venait, car dans les environs, sauf La Geneste, il n'y avait pas un seul feu. Cette vieille femme (que j'avais observée de près, à son insu) ne s'approcha jamais à plus de deux cents mètres de La Commanderie. Elle aussi, semblait la tenir en suspicion. Elle disparaissait, son petit fagot sur les reins, derrière ce faible épaulement qui me cachait les terres meubles.

Je ne la vis jamais, ni le facteur, se diriger vers La Geneste. Pas plus que La Commanderie, cette maison sauvage ne recevait de visiteurs. Toutes deux dressaient leurs murs bas au milieu d'une même solitude.

Plus que les espaces déserts qui les entouraient, une volonté, un parti pris, les séparaient du monde. Il ne fût venu à personne l'idée de forcer un isolement si marqué. Non que ces deux maisons eussent pris un aspect hostile; mais on les devinait fermées aux confidences. Leurs habitants ne vivaient pas que de pain, de lait et de viandes. Du moins pouvait-on le supposer.

Et de tels hôtes n'offrent jamais à la curiosité qu'une pâture froide. On n'y tâte guère plus d'une fois, quand on s'y risque.

Chaque vendredi soir, à la tombée de la nuit, un troupeau traversait les guérets entre La Commanderie et La Geneste. Deux chiens le flanquaient. Le berger marchait en avant. Il était vieux. Je ne sais ce que pouvaient brouter ses bêtes sur toute l'étendue couverte de neige. Leur piétinement doux s'éloignait vers l'Ouest et pendant un moment on respirait dans l'air l'odeur de la laine.

Tels étaient les rares événements qui atteignaient à ce quartier, qu'on appelait le plateau de Saint-Gabriel, et où il n'y avait que deux feux.

A part ces petites apparitions, il ne s'y produisait d'accidents notables qu'au-dessus de la terre, au ras du ciel, sur cette ligne où se construisent les nuages. Depuis que l'automne, en amenant les vents de mer, avait modifié les aspects de la plaine ils avaient peu à peu élevé, d'abord vers l'Ouest, l'immense édifice de la pluie. Chaque soir cette ville élastique étendait ses masses colorées et occupait un peu plus d'horizon. Elle gagna d'abord du terrain vers le Sud où l'on vit, pendant quelques jours, monter, vers cinq heures du soir, la tête obstinée d'un nuage. D'autres apparurent bientôt qui glissèrent sournoisement dans le lointain, le long des bois bleuâtres, jusqu'à toucher, vers l'Est, à ces purs mouvements du sol, derrière lesquels, en été, quand il fait clair, on voit descendre les étoiles.

Enfin, un matin, le ciel du Nord apparut plat et sans couleur. Sans qu'on y eût noté, la veille, la moindre formation de nuées, il avait pris sa place à l'horizon d'hiver.

Tout le jour, il garda cette platitude incolore, ce ton neutre aux grisailles pauvres. C'était l'image de la fixité. Je compris que de là bientôt viendrait le froid, ce froid pur et en quelque sorte impersonnel qui semble plutôt l'émanation du ciel que le compagnon de la bise. Cependant, vers le soir, j'aperçus, passant très haut dans l'air, comme le signe même des tempêtes, un vol de canards sauvages.

C'est alors que la lampe prit tout à coup une importance inattendue. Non pas que son éclat fût devenu plus vif au sein de ces ténèbres précoces, car elle brillait toujours avec la même douceur, mais la lumière qu'elle répandait semblait plus familière. On eût dit que l'esprit dont elle éclairait, peut-être, les travaux ou la rêverie, en trouvait maintenant la chaleur plus amicale, en aimait la calme présence. A mes yeux, elle avait perdu sa valeur de signal, sa promesse d'attente, pour devenir la lampe du recueillement. Peut-être y avait-il moins d'espoir maintenant à la Geneste, mais aussi moins de désespoir. Car je devinais bien que cette humble métairie, privée à tel point des plus humbles commodités qu'offre la proximité d'un village, n'avait dû ce prolongement insolite de vie qu'à la douleur d'un homme.

J'en jugeais par moi-même.

Quelle douleur ? Je ne le savais pas. Ignorance dont je découvris bientôt la valeur, car je me sentis porté à expliquer l'isolement de mon voisin par des raisons analogues aux mouvements qui m'avaient amené moi-même à vivre dans la solitude. Mais cette retraite ne l'avais-je pas recherchée, en désespoir de cause, pour me retrouver ? Après avoir échoué dans ce dessein (je le savais), comment avais-je pu continuer de vivre au milieu d'un désert d'où je pensais que rien ne pouvait plus surgir ? Du fond de moi, pas plus que du dehors, je n'attendais désormais de message. Il fallait fuir, aller plus loin... Et cependant je restais là, en plein hiver, au milieu de cette plaine sauvage balayée des vents.

J'y voyais la lampe : c'est elle qui me retenait. Je la regardais maintenant avec une sourde tendresse. On l'avait allumée pour moi : c'était ma lampe. L'homme, qui veillait dans la nuit, si tard, sous sa tiède lumière, j'en vins à me le figurer pareil à moi. Quelquefois, emporté au-delà de cette ressemblance, c'était moi-même que j'imaginais, attentif à quelque méditation qui cependant me demeurait impénétrable, derrière cette fenêtre de La Geneste où brûlait la seule étoile de l'hiver. Un moi, mais un moi inconnu et qui commençait à me passionner.

Ainsi il m'arrivait de vivre d'une double vie. L'une qui semblait s'attacher douloureusement à mon corps, réelle, et que glaçait la désolante certitude que je n'arriverais jamais à m'assurer de ce moi, à saisir ma propre existence. Je la subissais entre les quatre murs de La Commanderie. L'autre que je vivais à La Geneste, mais que je connaissais mal. Car je la vivais moins que je n'y assistais, comme à un spectacle. Et j'y étais admis rarement, par illuminations soudaines, suivies de longues ténèbres.

La plupart du temps, abandonné, je retombais en moi. J'y retrouvais cette fluidité intérieure où inlassablement paysages et souvenirs (et de pauvres figures d'hommes ou de femmes) passaient, vagues ombres que rien ne pouvait fixer ni retenir. Tout me quittait toujours. Des choses à moi aucun lien. Pour m'attacher à elles, je n'avais plus d'amour. Elles m'épouvantaient et je les fuyais lâchement dans les lieux obscurs de moi-même, dès que je soupçonnais qu'elles se dirigeaient vers moi, animées par cette tendresse que je ne pouvais leur offrir.

J'en étais arrivé à me perdre. J'errais à la recherche de mes traces. Quelquefois il me semblait que j'avais seulement entendu parler de moi, jadis. Un inconnu avait dû me raconter mon histoire ; mais il y avait toujours si longtemps qu'il ne m'en revenait que des fantômes. Ils s'effaçaient rapidement dans les brumes. Je ne me connaissais que par ouï-dire.

Cependant du fond de cette détresse, je voyais la lampe. Et elle vivait ; sa lumière ne se perdait pas. Elle n'éclairait qu'un petit cercle sur une table ; et au-dehors elle ne dénonçait qu'un peu d'âme. Mais elle suggérait des mystères.

C'est par l'attrait de ces mystères qu'elle me tentait. Je les sentais épars autour de cet inconnu que devait surveiller une destinée singulière. Je le soupçonnais conscient de cette imminence. Il veillait. Sans doute avait-il, en son temps, découvert, puis perdu un secret, une âme, dont il ne pouvait plus arracher son souvenir. Il souffrait, il n'appelait pas. Il avait allumé cette lampe, peut-être simplement pour lire, un soir. Mais une lampe porte toujours plus loin... Elle indique une vigilance, c'est-à-dire un espoir, une crainte. Il devait souhaiter le retour de ce secret, de cette âme. Et je l'imaginais angoissé à l'avance de ce retour (pourtant sourdement désiré), comme d'une menace. Peut-être (mais je l'ignorais) s'agissait-il du regret qui le poursuivait d'une destinée souveraine à laquelle jadis il s'était trouvé inégal.

Mais laquelle ? Et à qui s'adressait ce signe d'orientation ? Dans la solitude commune où tous deux nous avions posté nos vies, qui pouvait se cacher pour épier cette lumière ?

A travers la campagne, je cherchais ce secret depuis des mois.

Les premiers jours de mon arrivée à La Commanderie, je n'avais guère bougé. Ces terres plates qui, tout autour de mon habitation, s'étendaient à perte de vue, n'offraient aucun attrait à mes goûts naturels. Je suis un homme de collines. L'amour, qui encore aujourd'hui m'attache à elles, le plus souvent me rend les pays sans relief insupportables. Leur étendue m'attriste. Elle ne facilite que trop cette dispersion intérieure où je m'évanouis. Je n'y ai point de prises sur moi-même et j'y perds le sens merveilleux de ma propre présence. Je suis toujours ailleurs, un ailleurs flottant, fluide. Longuement absent de moi-même, et présent nulle part, j'accorde trop facilement l'inconsistance de mes rêveries aux espaces illimités qui les favorisent.

Aussi n'avais-je choisi d'habiter au milieu de ces paysages incertains que par dépit et désir de mortification.

Rien ne m'y attirait qui pût me décider à faire allégrement quatre ou cinq lieues, animé par le seul désir de la découverte. Je m'y ennuyais.

Je m'y ennuyais avec entêtement. L'été m'y avait paru pauvre. Sans doute (je m'en rends compte aujourd'hui) étais-je alors injuste. L'automne pourtant tout chargé de menaces, plein d'arrière-pensées, ne m'avait pas rendu plus indulgent à ces étendues émouvantes que le vent commençait à tourmenter et où l'odeur humide des étangs inquiétait quelquefois mon âme.

Seule la lampe me hantait.

Je la soupçonnais d'être le maître-mot de ce pays. Et je la trouvais si étrange que son étrangeté s'étendit bientôt autour d'elle, et s'élargit jusqu'à toucher aux lointains de mon horizon monotone.

Le pays en fut doucement et mystérieusement transformé.

L'hiver se leva.

C'était bien un hiver à part, l'hiver de cette plaine. Je n'en avais jamais connu de pareil. Dès les premières neiges, le sol triste et boueux disparut sous une étendue irréelle. Il se détacha de la terre, et pendant quelques jours je n'osai y aventurer mes pas. J'avais peur de commettre en y passant comme un lourd sacrilège.

Le vent était tombé. Pendant la nuit, une clarté montait de la terre. Je restais des heures durant, à regarder par ma fenêtre. Un allégement universel des objets et des âmes me paraissait sensible, autour de moi. Tout devenait facile. Rien d'impossible en ce monde aérien qui reposait sur des myriades de cristaux friables. La Geneste, pourtant si lourde, s'était en quelque sorte dissipée, sauf sa mystérieuse lampe qui semblait maintenant vivre, toute seule, pendue audessus de la neige.

Je ne pus m'empêcher soudain de penser qu'il était devenu absurde qu'elle fût là, plus importante et moins justifiée. Sur l'immensité blanche qui nous investissait de toutes parts aucun refuge n'apparaissait plus dont le secret eût encore dissimulé cet inconnu pour qui j'avais imaginé d'abord qu'on avait inventé ce feu de sympathie. La neige dont le mouvement s'étendait à perte de vue avait illuminé les bois, les taillis, les broussailles et créé sur le sol comme un grand état d'innocence. Au-dessus de ce territoire épuré, les vents eux-mêmes ne gémissaient plus. Ils s'étaient élevés jusqu'au pla fond du ciel et, après quelques rapides évolutions dans les nuages, en sifflant, ils étaient repartis vers l'Est. L'air devenu léger et cassant comme du verre s'accordait à la pureté du sol. Dans ce monde, où rien ne tenait aux attaches terrestres, que nul objet ne touchait de son poids, il me sembla tout à coup que la lampe ne brûlait plus que par tradition.

J'en fus désolé. J'avais beau, chaque matin, examiner la nappe immaculée de neige qui montait, sur un plan doucement incliné, de La Commanderie à La Geneste, jamais je n'y relevais de traces.

Pas même les cinq griffes du renard ni les trois ongles du corbeau. Personne, pendant mon sommeil, n'avait rôdé autour de ma demeure.

Et cependant, vers la fin de l'automne, parfois j'avais cru que quelqu'un y venait, à la faveur des grandes nuits sans lune, pour examiner la lampe de plus près. J'avais entendu des pas.

Il est vrai qu'il y a toujours tant de pas, la nuit, à la campagne, qu'on ne saurait s'en étonner ; car mille choses inconnues ou familières y échangent des plaintes, des appels, de simples soupirs, tout en se déplaçant, semble-t-il, derrière nous, avec précaution, mais non point sans bruit. Cependant au milieu de tous ces mouvements confus, j'avais bien distingué, généralement vers onze heures, ce pas hésitant. Il venait du côté des communs et il rôdait quelque temps devant la porte. Craintif, puis tout à coup hardi, il décelait comme une curiosité innocente et passionnée. Tous les bruits de la nuit semblent irréels, même ceux dont les causes sont banales. Le passage d'une fouine sous un buisson prend, dans les ténèbres, un sens inquiétant, et le craquement d'une branche qui ploie, quand s'y pose le corps d'un grand oiseau nocturne, nous trouble alors étrangement. Seul ce pas me paraissait naturel. Il rencontrait la terre, la touchait de la pointe de ses doigts, puis retombait plus loin, à plat, avec un petit claquement sec comme d'un pied nu qui fouette le sol. C'était un pas humain.

Après avoir erré un peu capricieusement autour de La Commanderie, il s'éloignait vers La Geneste et disparaissait. Jamais je ne l'entendis revenir.

Je fus bien tenté quelquefois, d'épier ce visiteur furtif. Mais toujours au moment de pousser la porte, une appréhension me retint. Je n'avais pas peur. Je suis fort. Je redoutais de ne rien voir.

J'eusse été épouvanté de ne découvrir personne. Car je savais que je ne découvrirais personne. Et cependant il fallait qu'il y eût quelqu'un dehors. Tant que je me contentais d'écouter, il y était. Je n'imaginais rien : ni forme, ni figure. Il vivait. Il vivait justement parce que je n'avais aucune idée de son visage. Et même avait-il un visage ? C'était l'être pur ; l'être pris en dehors de toute substance, saisi entre l'âme et le corps dans cette position instable que décelait, en hésitant, ce pas tendre et sauvage. C'était l'être de la lampe.

On avait éclairé la lampe pour lui, ou peut-être pour qu'il l'aperçût et qu'ensuite il allât porter ailleurs, très loin sans doute, la nouvelle qu'on l'allumait encore. Mais si je ne cédai jamais à la tentation de le voir, je me mettais souvent en quête de ses traces.

LES ÉTANGS

... Je parcourus ainsi tout le plateau de Saint-Gabriel, depuis la route d'Orgeval, à l'est, jusqu'aux étangs. Pendant les trois mois de l'automne, j'explorai ce vaste quadrilatère désert qui a bien quatre kilomètres de côté et qu'une ligne basse mais compacte de forêts bleuâtres sépare du village le plus proche. A part une ou deux bergeries écroulées et une grange en mauvais état, où cependant quelqu'un avait déposé récemment de la paille, pendant deux mois je ne découvris rien de notable. Mais je pris une connaissance extraordinaire du moindre buisson, de la moindre muraille. J'étudiai les pentes et vis le mouvement des eaux. Elles se massaient au Nord-Est, sur la ligne des étangs. Elles y arrivaient par quelques sources ascendantes, issues d'une faible hauteur, la seule du pays.

Les étangs étaient vastes. Du côté de La Geneste, un large parapet contenait la puissance des eaux.

Du milieu des étangs s'élevaient des bosquets touffus d'osiers et de saules. Les rives, par endroits, bordées de bouleaux, hérissées de ronces, semblaient inaccessibles. De l'autre côté du plateau, sous la faible hauteur d'où provenaient les sources, quelques peupliers défendaient des vents du Nord, une petite plage. Je dus faire un grand détour pour y atteindre. J'y arrivai après de longs efforts par un vieux sentier éboulé, où depuis plus d'un demi-siècle certainement, personne n'était passé. Au bord de l'eau, il y avait une couche de vase, et plus haut une petite prairie en pente douce.

Je la remontai jusqu'à un fouillis d'églantiers barbelés d'épines. Il défendait l'accès de la paroi rocheuse. Là un trou s'ouvrait derrière les broussailles. J'arrivai à grand-peine à les écarter et je me glissai jusqu'à ce trou.

C'était une porte cintrée et creusée à même le roc. Elle donnait sur une grotte. Dans cette grotte on avait taillé des murs bien lisses, une voûte en berceau et, au fond, une petite abside. J'entrai. Au milieu de l'abside une dalle de pierre reposait sur un pilier trapu. Je reconnus un petit autel rustique.

Un nom gravé au couteau :

Armenyi

Et sur la paroi de l'abside, une barque avec neuf passagers. A droite le disque de soleil. A gauche, la croix ansée et le quatre de chiffre.

Je fis cette découverte le 16 septembre. Je me rappelle ce détail parce que la date avait été gravée, elle aussi, au couteau au-dessus de la barque, entre le Soleil et la Croix. Elle me frappa vivement, car c'est aussi celle de ma naissance.

Le matin, j'avais constaté fortuitement que le calendrier, mis à jour par Mélanie Duterroy, marquait le 16 septembre.

A droite de l'autel on avait allumé du feu entre deux pierres ; mais il y avait longtemps.

Je sortis de ce petit sanctuaire abandonné avec le sentiment qu'il ne restait plus rien à découvrir.

Mes investigations avaient duré plus d'un mois. Je n'avais jamais rencontré figure humaine. Si le plateau visiblement était inhabité, je supposais que le bord des étangs devait bien recéler quelque hutte de pêcheurs ou quelque abri de braconniers. Le gibier y était abondant ; les affûts, nombreux, sûrs.

Là, on pouvait vivre à l'écart pendant plusieurs jours, à épier poules d'eau, pluviers, colverts.

Cependant je me persuadai bientôt que personne n'y était venu depuis longtemps. La vase ne portait pas trace d'hommes. Les oiseaux s'ébattaient avec insouciance. A peine se levaient-ils à mon approche. Il était clair qu'ils ne me craignaient point. Sans doute, depuis des années, vivaient-ils, oubliés de tous, sur ces eaux, où l'ajonc, l'osier rouge et le saule-des-îles leur avaient offert, en croissant avec une exubérance insolite, des ratraites impénétrables qu'ils peuplaient maintenant de cris, de battements d'ailes, de vols et à l'approche de l'automne quelquefois de gémissements ou de râles sauvages. C'était leur empire.

Je m'étonnai qu'une telle réserve n'eût pas attiré de chasseurs. Rien n'indiquait qu'une défense protégeât les étangs contre eux. Pas d'écriteaux. Nul garde. Les étangs, je l'avais appris par hasard, relevaient de La Geneste. La même zone de silence et de solitude qui la séparait des lieux habités, semblait les protéger aussi. Ils faisaient partie de ce territoire moral où l'ermite de La Geneste et ses deux domestiques vivaient à part, et d'ailleurs invisibles, occupés sans doute à des soins, à des travaux, à des pensées, dont la réalité me restait interdite, mais dont les apparences et peut-être le sourd rayonnement, arrivaient cependant jusqu'à moi. A l'abri de ce respect quasi religieux dont on devinait que les gens du dehors étaient saisis à propos de ce quartier farouche, le plateau de Saint-Gabriel sortait du sol, chargé de bois, d'étangs, comme une grande table que la poussée d'en bas avait jadis, aux premiers âges de la terre, inclinée vers l'Ouest.

Sa surface solide, les guérets, n'était percée que de rares terriers, et l'on y voyait fort peu de bêtes, sauf des corbeaux, l'hiver. J'avais quelque répugnance à m'y montrer. Je pensais qu'on m'y découvrirait facilement de loin. Par contre, les étangs, couverts de bois et si peuplés, offraient à ma curiosité et même à mon désœuvrement, une province protégée, hors des regards de la Geneste, et dont les profondeurs invitaient à se perdre.

J'y vins donc plus souvent, accueilli par ces milliers d'oiseaux qui ne prenaient leur vol qu'au moment où j'aurais pu les atteindre. Ils s'élevaient avec une sorte de dignité ou d'indifférence majestueuse, tant je leur paraissais inoffensif. Et alors par moments, sous le grand battement de ces ailes calmes, en moi je sentais comme un doux mouvement, que j'attribuais à mon âme.

A travers les étangs partait une levée de terre qui occupait les eaux et se perdait derrière des arbustes. Elle aboutissait à un îlot, invisible du bord. Là je trouvai une cabane en planches depuis très longtemps abandonnée. Une herbe affilée et qui sentait le feu avait poussé tout autour et montait presque jusqu'au toit.

J'ai passé des journées entières près de cette cabane, dans cet îlot. Caché par une touffe d'ajoncs, je contemplais à loisir les ébats des bêtes aquatiques. Au milieu des roseaux, des branches roussâtres, des râles avaient établi leurs demeures. Le matin, de bonne heure, un couple de hérons cendrés pêchait dans la vase. L'eau, abritée par les arbustes, ne bougeait pas. Quelquefois, dans le calme de ces étendues humides, toute une colonie de harles apparaissait entre deux îles et disparaissait silencieusement. J'aimais cette retraite lacustre qui m'était sensuellement douce. Si La Commanderie s'offrait d'elle-même, au milieu de la solitude, à ces regards qui se lèvent fatalement, de loin en loin, autour des lieux déserts, j'avais, dans l'îlot des étangs, le sentiment profond de mon secret. Nul ne pouvait m'apercevoir. Là seulement j'arrivais quelquefois à remonter du plus noir de moi-même, et à m'oublier. Mon vide intérieur se remplissait. Autour de chaque objet qui arrivait vers moi s'élevait une brume. La fluidité de ma pensée, où j'avais jusqu'alors vainement essayé de me trouver moi-même, me paraissait plus naturelle, et ainsi moins amère. J'avais parfois la sensation, presque physique, d'un autre monde subjacent et dont la matière, tiède et mouvante aussi, affleurait, par-dessous l'étendue morne de ma conscience. Et alors, comme l'eau limpide des étangs, elle frissonnait.

Toute cette masse liquide, sur laquelle semblait flotter l'îlot, me pénétrait plus aisément que l'austère rudesse du plateau de Saint-Gabriel. Pour monotone et bas qu'en fût l'aspect, il ne se livrait pas comme les eaux. La nature s'y montrait plus réticente; les apparences plus discrètes. Il ne bougeait pas. Perdu sur les étangs, j'avais bientôt l'illusion de me trouver, non plus dans un monde réel, composé de limon, d'oiseaux, de plantes et d'arbustes vivaces, mais au milieu même d'une âme, dont les mouvements, les calmes se confondaient à mes variations intérieures. Et cette âme me ressemblait. Ma vie mentale y dépassait facilement ma pensée. Ce n'était pas une évasion, comme sur le plateau de Saint-Gabriel, mais une fusion intérieure.

Là je pouvais brancher mon être à quelques-uns de ces courants qui traversent le sol sur lequel nous vivons. J'en recevais un surcroît provisoire de vie qui me permettait, hors de toute raison, de me penser moi-même, comme si j'avais été l'esprit des étangs.

Cette transfiguration illusoire m'était d'un grand allégement. Car le monde sur lequel je m'épandais, riche, vivant, liquide, et de naturelle innocence, me communiquait une fraîcheur dont j'avais depuis longtemps perdu le goût. Plus vague à moi-même et plus diffus, je l'étais par un tel évanouissement, en une telle sphère, que l'écoulement de mon âme, me devenait insensible. Je ne pesais pas sur ma vie. Elle glissait sous moi, comme un courant sous les branches d'un saule. Plus de contacts, et plus de poids, et je ne me pesais qu'en moi-même, dans un moi suspendu au-dessus des fatalités de mon être, et sans un souvenir, sans une appréhension. Je n'étais plus ni avant ni après, mais vraiment en moi ; et là, j'avais la sensation étrange de durer mais en profondeur. Je descendais.

J'entraînais doucement dans ma descente toute l'étendue des étangs, des bois, des eaux et les milliers d'oiseaux sauvages. Sans secousse ce monde magique se détachait des lèvres de la Terre et nous descendions hors du temps en nous élargissant jusqu'à nous dissoudre et nous perdre aux nébuleuses des abîmes. Ce n'était pas une évasion, cet arrachement douloureux, cette fuite coupée de regrets, d'inquiétudes, et qui ne peut nous transporter qu'ailleurs. Nous restions là. J'avais enfin saisi ce présent, ce moi-même. Je durais. Mais je durais dans une abolition totale : rien ne semblait me limiter. Et cependant invariablement au cours de ma descente, je sentais tout à coup un choc sourd ; je heurtais un obstacle. Je ne sais quoi me séparait. J'étais brusquement en deçà. Il n'y avait plus rien ; mais j'étais en deçà ; j'ignorais quelque chose. J'attendais. Dans cet indéfinissable état d'âme me parvenait alors, à travers mes propres espaces mais toujours du côté où je situais cette attente, le roucoulement d'un couple de colombes. Et je revenais à la Terre.

Je n'y accédais que peu à peu. Ma remontée des profondeurs, lente d'abord, ne devenait sensible que par l'apparition en moi d'une température plus douce. Je ne subissais aucune impulsion ; rien ne me soulevait, car je m'élevais en moi-même. J'y traversais des nappes fluides, et de plus en plus tièdes, à mesure que je remontais. L'approche de la Terre s'annonçait ainsi par une élévation de chaleur intérieure. Sans doute était-ce le moment où je commençais à me détacher de moi-même, à perdre le contact avec le sens de ma durée. Car bientôt je percevais l'odeur de la salicaire, qui pousse en abondance sur le bord des étangs. Elle se disposait quelque part, en moi ; et c'est autour de cette odeur, un peu vésicante, que réapparaissaient, un à un, et que se disposaient les premiers éléments du monde.

Ils étaient apparus, sans un choc, sous cette étendue déjà plane, où commençaient à se dessiner, au-delà du brouillard, que j'étais cependant encore, quelques rives basses. Littoral sans contours, issu uniquement des émanations végétales, dont les plus pénétrantes avaient le goût d'écorce amère et douce des arbres lacustres. Déjà sans doute percevais-je, aux limites de ma conscience, mon mouvement ascensionnel. Ainsi remontant vers la Terre, j'allais à la rencontre de ses parfums.

Puis le picotement du pivert m'attaquait, et un appel d'oiseau, ou plutôt un gémissement délicieux. Jamais je n'ai pu savoir qui le poussait. Aucune bête des étangs n'avait cette voix presque humaine.

A peine s'était-il effacé que le monde s'ouvrait en moi dans un bruissement d'ailes éblouissantes et ma chaleur semblait se fondre et frémir en lumière. Je n'y voyais pas encore ; mais je pressentais que j'allais y voir ; une angoisse me gonflait la gorge, l'appréhension d'ouvrir les yeux, la crainte du premier objet, et qu'il me donnât le vertige, car je restais encore orienté seulement sur moi-même. Je n'avais pas repris mon corps ; je savais simplement qu'il devait être là, mais j'ignorais sur quelle ligne magnétique.

J'avais pourtant le sentiment d'une immobilité ; puis insensiblement sous moi se glissait une tiédeur humide, premier contact matériel qui me dessinait à moi-même, en ébauchant les contours de ce corps d'une légèreté impondérable. Et peu à peu je comprenais que j'étais porté par la Terre. J'ouvrais les yeux et je voyais le ciel.

J'avais l'impression de le toucher du front, et d'en sentir la chaleur tempérée. Le contact en était aussi doux aux sens, à peine ranimés, qu'à l'âme qui se replaçait lentement au milieu de leur sphère vibrante. Mais bientôt le poids de ce ciel m'oppressait ; il avait le goût sucré du sureau, qui me soulevait le cœur. Je respirais avec violence, et il s'élevait tout d'un coup, pour s'arrêter, à quelque cent mètres plus haut, comme une nappe humide, au-dessus de mon corps. Je tournais la tête : j'étais vivant.

Ni joyeux, ni triste : mais las et la nuque brûlante, les bras brisés. Avec peine je me soulevais. L'humidité qui montait de la vase et l'odeur des plantes grasses m'écœurait un peu. J'avais la bouche amère. De longs frissons me traversaient entre les épaules. Tout endolori, je me secouais, pour me mettre sur les genoux ; et, en rampant, je me dirigeais vers la cabane.

Sa vue me serrait le cœur. Elle sentait le bois pourri, l'abandon. Je n'y entrais pas ; je m'appuyais contre sa paroi pour retrouver l'aplomb sur mes jambes endolories. C'était une très vieille cabane lacustre. Les hommes qui l'avaient construite étaient morts depuis longtemps. Des chasseurs, sans doute.

Maintenant je pouvais me tenir debout ; et le soir tombait. Je m'en rendais bien compte et j'étais saisi d'inquiétude. J'avais peur d'être surpris par la nuit au milieu des étangs. Je savais que la chaussée qui relie l'îlot au rivage est étroite, peu sûre. Par endroits, sous le pied, l'eau affleure. On devine qu'à la moindre pluie elle doit être recouverte. Et cependant je m'attardais. Je n'arrivais pas à m'arracher de cet îlot de glaise humide. Il faisait très chaud. J'attendais.

Le pressentiment d'un appel déchirant, d'un cri, me donnait quelque angoisse, à peine un resserrement de la gorge qui suffisait à me retenir là. Mais ce cri n'éclatait point. J'en emporterais le regret…

Il fallait partir ; la nuit maintenant était proche. Déjà, autour de la cabane et sur l'eau, calme, glauque, d'où montaient les premières buées nocturnes, les insectes tourbillonnaient. Dans un bouquet d'ajoncs où nichaient des vanneaux s'élevait un frémissement d'ailes froissées vite étouffé. Tout près commençait à coasser très bas une petite grenouille solitaire, si doucement la nuit était venue. Je marchais d'un pas assez rapide vers la terre ferme, car je voulais y arriver avant la chute complète du jour ; et déjà l'on n'y voyait plus guère.

La digue aboutissait à un fourré de roseaux. En deçà les étangs, au-delà, les premières pentes du plateau, la terre. Je me retournais une dernière fois.

Toute l'étendue des étangs dormait dans l'ombre. Alors j'écartais les roseaux et je sortais de ce royaume de la fièvre.

Le plateau était là, muet. Très loin, au ras du sol, on devinait une masse noire : La Commanderie.

Presque aussi loin, mais plus à gauche, brûlait la lampe.

Dès que j'avais mis le pied sur le plateau de Saint-Gabriel, je retrouvais la solitude. Un esprit austère y régnait. J'entrais dans le pays du vide. Au milieu des bruyères basses je me sentais perdu. Sur l'immense table de pierre rien ne bougeait. En moi s'étendait de nouveau ce vide, et j'étais le désert dans le désert. Je ne frissonnais pas ; je ne pouvais plus frissonner. Mon premier pas m'avait mis en présence de lois terribles. Je les rencontrais tout à coup et je les regardais avec une froide lucidité, sans désespoir. J'avais laissé derrière moi le Dieu de la Terre et j'étais maintenant sous la main d'un autre Dieu. On ne le voyait nulle part car il ne montre jamais son visage. Très haut, la Grande Ourse déjà étincelait. Sans lever la tête, je la voyais luire. Dépouillé de tout, nu, j'avançais vers La Commanderie. Je n'avais plus d'âme.

Cependant il fallait pousser la porte, allumer. Je le faisais machinalement.

Je m'asseyais devant l'âtre. L'automne étant encore chaud, il n'y avait pas de feu ; mais le foyer sentait le bois brûlé, la pierre calcinée, le gras de la suie. Plus que le désert du plateau, cette cheminée lourde me donnait le sentiment de ma solitude. J'étais là, pauvre, seul, en face de la pierre. Si j'avais pu avoir horreur de quelque chose, c'eût été de moi ; de ce moi qui s'obstinait à vivre d'une vie qui ne lui venait ni de ma chair, ni de mon sang, mais qui vivait, comme une petite bête tenace.

Je restais là, et quelquefois durant des heures, devant ce foyer d'abandon, en présence de cette vie.

Jusqu'alors sa fluidité m'avait interdit de la prendre, de m'y saisir moi-même ; d'où mon tourment et mon dégoût. Maintenant rien n'y bougeait plus, et ce que je tenais entre mes mains ne m'offrait plus qu'une inerte matière.

Rentré dans ma demeure habituelle, ce n'était plus en moi qu'il me fallait me chercher. Je devais, pour me retrouver (peut-être), me créer une absence, émigrer vers un autre corps imaginaire. Cette expatriation ne m'attristait pas. Je ne laissais rien ; je n'emportais rien. J'avais oublié ma patrie.

A peine si j'osais penser à la lampe. Je restais parfois plusieurs jours sans la regarder. Pourtant elle était là. Au milieu du désert elle s'allumait chaque soir. Si ce désert nous entourait visiblement de fatalités implacables, elle aussi affirmait sa loi : elle était fidèle. Fidélité purement humaine, au milieu des rigueurs de ces espaces nus. Car la lampe avait ses nuits d'éclat et ses nuits de tristesse. Sa clarté variait suivant les jours de la semaine. Tantôt elle appelait, tantôt elle semblait entendre. On activait sa flamme, on l'atténuait. Ces modifications d'une petite lumière, dans la nuit, m'étaient devenues si sensibles, que je réussis, une ou deux fois, à en saisir les signes et à deviner le message. Un trouble soudain me tourmentait alors d'avoir mis ma pauvre âme entre cette pensée et l'être inconnu qui l'attendait quelque part, peut-être du côté des étangs, au fond de la nuit. A ces moments-là je vivais. Ce n'était plus de cette ivresse, peut-être maléfique, des eaux, qui me laissait, le corps brisé, l'âme gisante. Je sentais passer le message. Je n'en saisissais rien de plus. Le sens m'en échappait, mais non pas le ton, ni la chaleur. Derrière la lampe se tenait cette âme ; cette âme que j'aurais voulu être.

Pourtant depuis que j'avais découvert les étangs, j'avais repris quelque goût à moi-même. Je savais qu'ils avaient comblé mon vide charnel. J'en étais revenu brisé ; mais la hantise de cette étrange extase, où j'avais touché à mon être, maintenant m'habitait nuit et jour. J'avais le sentiment obscur que sa présence en moi m'offrait sans cesse une tentation dangereuse. A la longue, l'esprit n'eût pas impunément affronté des épreuves aussi exténuantes que cette descente aux enfers de la volupté intérieure. Je pensais qu'il ne fallait pas m'y abandonner. Un destin viril m'avait été fourni, qui était de vivre seul avec mon néant, sur le plateau de Saint-Gabriel. Un signe, cette lampe, m'avait dit quel devoir s'imposait naturellement aux habitants de ce quartier désert. C'était d'attendre.

Lui attendait.

Mais moi, hélas ! plus que jamais, je voulais vivre, jouir de moi, me poursuivre, m'atteindre, me saisir à pleins bras, me serrer durement contre moi-même et m'immobiliser, ne fût-ce qu'un instant, pour me voir, et peut-être pour me haïr ; mais aussi, peut-être, pour m'aimer.

Je retournai donc aux étangs.

J'y revins dans un état d'excitation mentale (et presque de terreur physique) tel que je m'attendais aux plus étonnantes rencontres. Mais je ne retrouvai que des eaux calmes.

Ce jour-là une brise légère avait soufflé : les étangs étaient purs. Je ne m'y sentais pas enveloppé de ces vapeurs troublantes qu'en tremblant je venais chercher. Une naturelle innocence s'épandait sur tout le territoire lacustre. Il offrait maintenant d'autres charmes et il paraissait inoffensif. Point de malaise : il m'apaisa.

Je le quittai donc à regret et je pris ainsi l'habitude d'y revenir, chaque après-midi, sans méfiance. J'y trouvais un abri, au milieu d'innombrables présences, de familiers. Tout m'était devenu facile dans ce domaine clos ; et je ne pensais pas sans inquiétude à l'approche de l'hiver dont la rigueur m'interdirait sans doute ce refuge. A mesure que la saison inclinait ce petit monde à part, encore tiède de l'été, vers la zone des neiges, mon inquiétude grandissait et je devinais que déjà le peuple des oiseaux, si sensible aux moindres messages, flairait à la pointe des vents l'odeur lointaine des premières pluies.

C'est alors que je fus de nouveau jeté à l'improviste dans ce trouble et finalement dans ce transport qui, au début, m'avait saisi et laissé pantelant.

J'en ressortis moins las, plus extasié. Dès lors, je m'y abandonnai avec ces amères délices qui transfigurent, et rendent plus terribles, les péchés contre le Saint-Esprit.

Je passais de longues heures dans l'île où je revenais tous les jours. J'y avais fait mon lit dans cette herbe qui sentait la flamme ; et là, allongé sur le dos, j'attendais, livré aux puissances naturelles du lieu, mais avec une sourde appréhension, cette dissolution et cet oubli de moi qui me livrait les eaux et la Terre. Don trouble où quelquefois je croyais flairer un piège. Au sein de cette possession parfaite se formait, comme une buée, l'indéfinissable pressentiment. Il me semblait qu'on me promettait davantage. C'était là une offre évasive, faite furtivement, d'en bas. Elle revenait tous les jours. Sans me solliciter autrement que par sa présence, elle se rapprochait peu à peu de ce qui restait de mon âme ; et quelquefois il y passait comme des réminiscences.

Ces passages, qui me troublaient, me détachaient

des fonds de mon ivresse et me laissaient flotter à mi-hauteur entre ces voluptés étranges et les objets sensibles. J'avais, de ce qui m'entourait, des eaux, des arbres, non pas une vision banale, mais une étrange conscience où se composaient les sensations qui pouvaient cependant m'atteindre et quelques souvenirs à demi éveillés. Je restais suspendu entre moi et le monde ; et j'éprouvais l'impression intolérable que l'on m'y voyait. Je n'étais plus seul. Sous le couvert des arbres, quelqu'un, qui m'était inconnu, épiait mon corps. Les étangs, que je croyais peuplés seulement par les tribus sauvages des oiseaux derrière leurs haies de roseaux et leurs fourrés impénétrables, cachaient un hôte attentif et un peu sournois.

Cette idée ne me suivait pas jusqu'à mon émersion aux clartés de la vie naturelle ; mais il m'en revenait, au seuil de la mémoire, toutes les fois que je reprenais le chemin des étangs, une confuse inquiétude. L'obsession du quartier des eaux n'en diminuait pas, bien au contraire ; et si s'augmentait mon malaise, d'autant croissait le charme qui m'attirait vers elles. Ce charme ne me quittait guère ; et sa hantise m'était si sensible que, pour m'en délivrer, je fuyais La Commanderie. Je n'y séjournais guère que pour manger, dormir.

Je n'y rencontrais plus Mélanie Duterroy. Quand, de loin, je l'apercevais qui venait sur la route, je me réfugiais dans un bosquet voisin, après avoir laissé toutes portes ouvertes et l'argent nécessaire au ménage, sur la table. J'épiais son départ.

Mais mon absence ne la troublait pas. Elle arrivait à neuf heures précises et repartait à midi comme toujours. Mon ménage était fait, mes provisions en place, mon repas cuit, mon couvert proprement dressé. Je me demandais bien quelquefois ce que cette femme pensait de mon absence. Elle savait que je rôdais non loin de la maison. Cent détails indiquaient que je venais à peine de sortir, que j'allais rentrer. Et cependant jamais elle ne m'attendit ; jamais elle ne me laissa un billet ; jamais elle ne manqua au moindre devoir de sa charge. Avec une conscience irréprochable, une sorte de foi domestique, elle lavait, cuisinait, balayait pour une ombre. Cette conduite singulière finit par m'intriguer au point que je surveillai les démarches de Mélanie. Le matin, je n'allais presque jamais aux étangs : alors ils n'étaient que calme et pureté. J'errais donc, désœuvré, aux alentours de La Commanderie.

Un matin j'aperçus, de loin, Mélanie Duterroy qui se dirigeait vers la maison. Son chien ne l'accompagnait pas : j'en fus surpris. Elle avait revêtu un grand manteau. Je ne l'avais jamais vu sur elle. Peut-être l'avait-elle mis à cause de la pluie qui menaçait. Elle marchait rapidement. Son allure insolite m'étonna. Elle avançait d'un pas nerveux, irrégulier, en serrant le manteau contre son corps. J'eus l'idée de l'interpeller, mais elle était si loin que je le jugeai aussitôt inutile. Je la vis entrer dans la maison dont elle referma la porte. Brusquement l'envie me vint de lui parler. A mon tour, je pris le chemin de La Commanderie.

Instinctivement, à mesure que je m'en approchais, je ralentis le pas. J'avançais malgré moi avec précaution.

Dans la salle du rez-de-chaussée, il n'y avait personne, mais le pot de fleurs ornait la cheminée. Je montai au premier étage. Chaussé d'espadrilles, je ne faisais pas de bruit. La porte de ma chambre était grande ouverte. Personne encore. Dans l'escalier et le couloir flottait une odeur inaccoutumée. Cela sentait la cire. Je me mis à la recherche de Mélanie Duterroy. La Commanderie était vaste et du reste je la connaissais mal. A part ma chambre et la grand-salle, j'avais condamné toutes les autres pièces.

Au fond du couloir il y avait une porte basse qui donnait sur une tour. Je n'y avais jamais pénétré. La clef était perdue. En me louant la maison, on m'avait remis un énorme trousseau rouillé. Cependant quelques clefs manquaient, dont celle de la tour. On me l'avait dit. Depuis que j'habitais à La Commanderie, j'avais donc toujours vu cette porte fermée.

Quand j'arrivai dans le couloir, elle était entrouverte. Je la poussai. Elle cachait un petit escalier à vis qui descendait. En me guidant des mains contre les parois, je m'y engageai doucement. Il aboutissait à une salle voûtée, sans aucune ouverture sur le dehors : pas même une lucarne. C'était bien de là que provenait l'odeur de cire. On avait dû y allumer puis y éteindre, à l'instant même, une bougie. Il faisait si noir dans ce réduit que je le quittai, pour aller chercher une lampe dans ma chambre.

Au pied de mon lit se tenait Mélanie Duterroy.

Elle me tournait le dos. Je m'arrêtai. Sans doute ne m'avait-elle pas entendu, car elle ne se retourna pas. Elle portait toujours ce grand manteau, dont le col relevé cachait maintenant sa nuque. Appuyée au bois du lit, elle regardait le mur. Un petit crucifix y était accroché. Elle ne bougeait pas. Les plis du manteau cachaient son corps. Elle me parut cependant moins large, moins grande aussi. D'où venait-elle ? Le lit était encore défait. Par les fenêtres n'entrait qu'un jour rare, filtré, à travers les feuilles d'un lierre vivace qui avait grimpé jusqu'au toit. L'étrange fille continuait à regarder le mur. Avais-je une hallucination ? Cependant je voyais, lorsqu'elle respirait, remonter légèrement ses épaules. Elle vivait.

Soudain je compris : si elle ne bougeait pas, c'est

que je me tenais derrière elle. Elle savait que j'étais là : elle avait peur. Sans doute l'avais-je surprise... Mais pourquoi cette peur ? Et que faisait-elle ? Cependant, je ne disais rien. Je ne faisais pas un geste. Son épaule était à portée de ma main, et je sentais l'odeur de laine qui montait du manteau. Elle avait noué sur sa tête un foulard qui cachait ses cheveux, ses oreilles, ses joues. Un foulard gris. Pourquoi ? D'habitude, elle venait en cheveux. Le bois du lit craqua, et ses épaules se soulevèrent nerveusement : elle se cramponnait. Si elle avait deviné que j'étais là, pourquoi s'obstinait-elle à me tourner le dos ? Je le connaissais, ce dos : un torse d'homme, carré, taillé en pleins muscles. Il est vrai que, sous ce manteau, il paraissait plus frêle. Était-ce la peur qui le contractait ?

Maintenant mes yeux s'étaient habitués à la pénombre : j'y voyais mieux. Sous son immobilité apparente, l'étrange fille tremblait de tout son corps. Jamais je n'aurais cru Mélanie Duterroy nerveuse à ce point. Je m'imaginais que, sous le coup d'une émotion violente, elle aurait tremblé autrement. Je la regardais avec passion. Était-ce bien elle ? Quelle folie ? J'allais encore divaguer. Il fallait fuir. Cependant je ne pouvais pas m'arracher de la porte. J'étais appuyé contre le chambranle de droite. Je ne rêvais pas. Je n'avais qu'à prononcer un mot, qu'à dire un nom ; j'avais peur de le dire. Je savais tout, sauf qui était là. Je me calmai pourtant. J'étais absurde ; la solitude, les étangs avaient surexcité mon esprit et je perdais pied.

Cependant je sentais mon sang battre contre ma tempe gauche. Des coups sourds et ma tête vibrait. J'avais besoin d'air. Je sortis de la maison, comme j'étais venu, sans bruit.

Le grand air en effet me fit du bien. Je retrouvai une lucidité et un sang-froid qui ne m'étaient plus habituels. J'eus la force de réfléchir, de vouloir, et, ce jour-là, je n'allai pas aux étangs. J'errai jusqu'au soir à travers la lande.

La lampe s'alluma vers sept heures, un peu plus tard que de coutume. En rentrant à La Commanderie j'aperçus, de loin, une troupe de sangliers qui traversaient en biais le plateau. Il y en avait six. Ils disparurent du côté des étangs.

La maison était en ordre. On avait mis le couvert. Mais on avait oublié d'emporter le pot de grès. Je le pris et le posai, devant moi, sur la table. Des fleurs y trempaient. C'étaient des épis. Au sommet s'ouvraient des boutons d'un blanc rosé, sans odeur. Je reconnus tout de suite le trèfle d'eau qui ne pousse que sur les étangs.

J'allai pousser le verrou.

De ma vie, je ne me rappelle pas avoir pris, des objets environnants ni de mes actes, une conscience aussi nette. En moi et devant moi, ce soir-là, tout se dessinait d'un trait vif. J'avais le sentiment presque matériel de toucher la réalité. Peut-être cependant me paraissait-elle trop détachée, et un peu blessante. Mon inaptitude à rien distinguer laissait place en moi à un don visuel, auditif, tactile même, qui m'inquiétait. J'examinai un à un tous les meubles de la salle où j'avais achevé de dîner, avec l'impression inattendue qu'ils se trouvaient exactement là où je les voyais ; et cette coïncidence me semblait équivoque. Je me rendais compte qu'il y avait à portée de ma main, sur la table, un pot, une assiette, un verre à pied ; et je notais qu'on avait mis deux couteaux dans la corbeille à pain, au lieu d'un, comme il eût été naturel. Cette acuité d'observation ne me fatiguait pas. J'étais lucide, impersonnellement. Et cependant, en moi, tout près de ce cœur calme, mon coeur (un autre cœur) était troublé.

Car, pour la première fois, j'éprouvais la présence de la maison. Assis tout seul devant ma table, je me sentais placé au centre d'un grand corps de bois et de pierre, à peine éclairé. Des régions s'y perdaient dans l'ombre, retraites profondes où je n'étais jamais allé. Cependant c'était là mon abri. Je lui avais confié mon sommeil, ma vie même, avec une morne insouciance. Les murs épais, les toits, jusqu'alors m'avaient défendu. Maintenant je me méfiais puisque j'avais poussé le verrou.

Geste absurde, car je ne me méfiais pas des ténèbres extérieures, mais des lieux secrets de La Commanderie. Mes soupçons se portaient sur cette tour et cette salle basse où flottait l'odeur de la cire. Et ma chambre aussi m'inquiétait. Depuis que j'y avais trouvé Mélanie Duterroy cramponnée au pied de mon lit, j'appréhendais de remonter au premier étage et d'entrer dans cette pièce toujours un peu sombre. Elle ne m'effrayait pas ; mais lorsque j'y pensais, j'éprouvais une gêne. C'était ce malaise diffus, qui vient d'une douleur sourde dont le point de départ reste encore imprécis. Mais ce malaise arrivait peut-être de plus loin. On aurait dit qu'il y avait dans la maison, depuis cinq ou six heures, une chose indéfinissable. Je cherchais vainement une figure, un nom à lui donner. J'avais l'impression qu'un acte, un acte inachevé, restait là quelque part, et vivait encore. J'en prenais une connaissance singulière, non point par les signes habituels que nous transmet le monde, mais par des émissions secrètes et cependant réelles qui touchaient en moi sourdement, à travers les réseaux d'une sensibilité inconnue, le sens du présage.

Je n'étais plus seul. Je conservais mon sang-froid, mon jugement ; car nulle crainte ne m'agitait. Cet acte, que j'avais peut-être interrompu, par là même restait mutilé, et impuissant à me nuire.

J'allai me coucher tard.

Arrivé dans ma chambre, j'hésitai un moment à fermer la porte. Il me semblait que si, pour la première fois je poussais ce verrou, je me mettrais au ban de la maison. Elle n'avait jamais trahi ma confiance. Il existe un pacte tacite entre toute maison et celui qui l'habite. La Commanderie était vieille, et probablement susceptible. Somme toute elle m'avait accueilli avec bienveillance. Il ne fallait pas me l'aliéner. La moindre hostilité de sa part me l'eût rendue inhabitable. J'avais besoin d'elle. Autour de mon désarroi elle dressait d'immobiles défenses. Par le sol elle communiquait avec cet étrange monastère de La Geneste qui dominait les étangs et le plateau de Saint-Gabriel.

J'ouvris la porte toute grande, soufflai la lampe et attendis.

Cette fois j'attendais pour mon propre compte. Je le compris aussitôt. La figure inconnue de mon attente, celle qui devait y répondre, je la situais hors de moi. La porte se trouvait en face de mon lit. Je ne la voyais pas, mais, dans le noir, je la percevais. C'était alors une porte béante, un lieu vide, la forme d'élection pour recevoir une âme. Sa présence m'était sensible par cette absence de matière. Là il n'y avait rien. Et c'était là que j'attendais. Si quelque chose survenait, parfum, figure, ce serait là. J'avais fermé les yeux et j'écoutais.

Mais la maison ne bougeait pas. Aucun craquement dans la charpente, les meubles se taisaient ; point d'insectes à tarauder les poutres. Une immobilité totale.

Elle me parut insolite, menaçante. Tant de discrétion cachait peut-être quelque réticence. Cette réserve, si sensible au milieu des ténèbres, d'une vieille maison, dure et secrète, me plaçait tout à coup moi-même devant moi. Je ne m'échappais plus : j'étais prisonnier. La maison ne m'observait pas ; elle me gardait. Les démons de ma fantaisie gisaient, anéantis ; j'avais, dans l'ombre, devant moi, mes désespoirs eux-mêmes. Je ne les souffrais plus ; je les pensais. Ils oscillaient lentement dans la balance et je les regardais monter et descendre, sans haine, car c'étaient alors de purs désespoirs. Détaché de mon cœur, je les jugeais.

Dans le cadre noir de la porte la figure attendue s'était glissée en silence. Mais ce n'était pas le fantôme, l'intrus mystérieux que j'attendais, peut-être avec une lâche espérance : c'était une âme.

J'eus peur. A peine si je l'apercevais. Ainsi rien n'avait pu entrer du dehors, pénétrer dans la chambre ; car la maison, elle, était forte, sûre ; elle me protégeait. Mais de moi, qui n'étais pas sûr, insidieusement venait de s'échapper cet être. Je n'en distinguais pas la forme ; je savais cependant qu'il était là et qu'il vivait. Dehors la nuit ne bougeait pas. Ni un bruit ni un souffle. Pas un chien aboyeur, pas un frémissement d'insecte : la solitude. Sur toute l'étendue du plateau de Saint-Gabriel le ciel avait glissé en silence. Là-bas, la lampe. Ici rien, mais cette maison. Elle me gardait, seul et triste, par vocation domestique. Elle était sans amour, mais fidèle au pacte. Si je le respectais, j'aurais sa force. Il me suffirait pour cela d'être un homme, comme ils sont tous. Je le sais, comme ils sont. Lorsque tombe la nuit, ils vont fermer le portail ; ils ne laissent jamais avant de s'endormir un acte inachevé. Mais moi, qui veillais dans la nuit, en regardant mon âme suspendue entre les chambranles de la porte, que pouvais-je achever, en moi ? Je ne connaissais que trop mon impuissance...

Mieux valait s'endormir, peut-être, comme toujours, consentir au sommeil déjà présent, prendre congé. J'étais las, désintéressé. L'attention inaccoutumée que j'avais attachée aux événements ce soir-là se dissolvait, et déjà je voyais s'enfoncer et décroître mes constellations mentales. Ma méditation se fondait en images. Sur le seuil de cette maison intérieure, où j'allais m'égarer sans doute, avant de quitter le monde de la veille, je retins le silence. Rien encore dans la campagne n'avait bougé.

Je mis le pied dans le vide.

Je tombai des bords de moi-même. Je perdis le sens de la terre, mais non pas celui de ce vaste silence. Personne ne me parlait ; j'étais loin, dans un état pur au centre même du sommeil, sans un rêve pour m'éveiller, sans un message ; et cependant de tous côtés le silence de la terre arrivait en moi et me traversait.

Je n'entendais plus rien du monde mais je sentais cet écoulement inconcevable. Car ce silence n'était pas le néant des sons perceptibles, mais une matière à silence fluide comme j'imagine l'éther des espaces célestes et qui en touchant mon sommeil imperceptiblement crissait. De ma conscience abolie s'étaient détachées les distances. Toutes les consignes secrètes qu'à part soi l'on donne au sommeil avant de lui passer la main, s'étaient effacées de sa mémoire. Il semblait impuissant à dénouer ses charmes et je glissais en lui comme dans ces lieux transitoires, ces pays de passage où rien n'arrête le regard.

J'allais ailleurs. Les aventures qu'il prépare, ses rêves, ne parvenaient plus à m'atteindre. Un mystérieux intérêt m'attirait plus loin que ces somnolences mauvaises où des lueurs de souvenirs découpent dans l'étendue dormante quelques régions absurdes consacrées à la veille. Peut-être dormais-je vraiment tout en orientant ma vie profonde vers cette paix immense. L'unité que je réservais, mon point de vie irréductible, n'était plus que ce calme interplanétaire. J'étais enfin passé au-delà du sommeil, dans une tranquillité plane, continue, et j'attendais sans impatience le retour de l'aube.

Je ne la vis pas venir ; elle fut. Elle avait éclos doucement en moi. Mon orient intérieur annonçait maintenant un peu de lumière ; elle venait de moi : et à mesure qu'elle se levait, colorant mes premiers souvenirs, je sentais que je me plaçais silencieusement à côté de ma forme humaine, quelque part, en un lieu où déjà atteignaient les songes du matin. Sans doute me touchaient les premiers appels de la terre, à mon insu. Ils s'incorporaient et leurs formes fluides présageaient l'avenir, le réveil. Les inventions du sommeil expirant au seuil de ma mémoire s'ordonnaient entre les incohérences du rêve et les premiers charmes de la rêverie. Il trahissait encore le sens des messages du monde et construisait ainsi à part, des réalités hypnotiques, dont je savais pertinemment qu'elles me trompaient. Car je comprenais que la vie m'envoyait ses premiers signes, et parfois une grande émotion me gonflait le cœur. Peu à peu, je me censurais et je rebâtissais moi-même ces hallucinations qui tendaient à se dissoudre et où je devinais qu'essayaient de revivre les vieux désirs que j'avais exilés. Ainsi se formait, dans cette clarté grandissante, comme une unité dramatique, où déjà la figure du sommeil me faisait le signe de l'adieu. J'allais émerger sans secousse, comme un monstre inoffensif qui remonte des profondeurs de la mer. Je n'ouvrais pas les yeux encore ; car je ne pouvais pas les ouvrir. Mais je sentais, à sa tiédeur humaine, la forme étroite de mon corps où je venais mystérieusement de redescendre. Je me retrouvais étendu, dans le sens de la marche des étoiles, au milieu d'une pièce basse, et encore sombre, que je ne connaissais pas, mais que j'allais connaître, du moins je l'espérais ; et ce petit doute angoissait ma poitrine. Je fis un effort ; j'ouvris les yeux et j'aperçus la porte. Il faisait jour.

Pendant un bon moment rien ne remua. Le silence de la terre me parut alors plus profond que le silence du sommeil. Il n'y avait pas un oiseau dans la campagne. Il faisait doux.

Un bruit vint d'en bas. On avait poussé une chaise dans la grand-salle.

Ma chambre baignait dans cette lumière diffuse qui filtrait à travers le feuillage. Cependant on y voyait assez pour reconnaître chaque objet. Tout était à sa place. Cette fidélité me fit du bien.

On poussa de nouveau la chaise, en bas. Je pensai à Mélanie Duterroy. Elle avait une clef : elle pouvait entrer dans la maison par les communs. Mais elle était venue la veille, un vendredi ; je ne l'attendais donc que le mardi suivant, quatre jours plus tard.

Maintenant j'entendais qu'on balayait le sol très légèrement. Puis on déplaça des assiettes. Puis tout se tut. J'attendis sans impatience. Tout à coup un bruit de pattes et un souffle vif monta dans l'escalier, erra le long du couloir, s'arrêta juste dans la porte. C'était le chien. Je me soulevai : je le vis.

Il me vit aussi et gronda un peu. Je lui parlai. Il leva le museau et se mit à renifler avec une rapidité extraordinaire, puis il flaira le sol. Je prononçai son nom. Il me regarda et poussa un bref gémissement. Je sautai de mon lit, plongeai ma tête dans l'eau, m'habillai.

Il s'était couché en travers de la porte, et le museau

tourné vers le fond du couloir, de temps en temps il haletait. Je l'appelai : « Ragui » aussi doucement que je le pus. Alors il se leva lentement et à regret et vint se placer tout contre moi. Je sentais la chaleur de son oreille sur ma cuisse. De cette bête réservée, farouche, un tel mouvement m'étonna. Je le caressai. Il leva la tête et pour la première fois, je vis ses yeux. C'étaient des yeux puissants de bête, gris, striés d'or, et qui changeaient. Ils changeaient sous le regard. Ils ne faiblissaient pas comme les yeux des chiens vulgaires, facilement noyés de larmes, extasiés. Ils s'enfonçaient. On ne les voyait plus ; on n'apercevait, dans un trou, qu'une lueur phosphorescente ; puis cette lueur s'éteignait. Il n'y avait plus que le trou. Et c'est alors que lui vous regardait. Il vous fixait du fond de lui-même, non plus avec ses yeux d'animal familier, émus de haine ou d'affection, mais avec ses vrais yeux de bête. Ils n'exprimaient rien, mais ils vivaient.

J'appelai de nouveau « Ragui », avec douceur. Il bougea, sortit de la chambre, descendit l'escalier. Je le suivis. En bas, Mélanie Duterroy se tenait debout devant la table. Elle regardait d'un air sombre le pot de grès où le bouquet de trèfle d'eau trempait encore.

Je la saluai. Elle me répondit à peine, mais prit le bouquet et le mit dans son sac avec le pot.

— Comment se fait-il que vous soyez venue aujourd'hui ? demandai-je.

Elle se troubla, fit un effort et me répondit.

— C'est à cause d'hier.

Je m'étonnai.

— Oui, j'ai été malade, alors j'ai pensé qu'il fallait remplacer…

— Remplacer quoi ?

Elle se troubla encore plus.

— Il faut m'excuser ; j'ai dû me mettre au lit, le matin. Voilà pourquoi je ne suis pas venue.

Je la regardai avec étonnement.

— Mais hier vous étiez ici. Vous avez fait le ménage.

Elle leva les yeux, épouvantée, mais ne dit rien.

— Je vous ai vue, au pied de mon lit, dans ma chambre.

Elle se signa, puis se mit à parler d'une voix sourde.

— Non, ce n'est pas possible. Des Nomades sont passés avant-hier dans le village. Je leur ai acheté des raisins et j'ai été malade pendant la nuit, puis tout hier.

Elle avait baissé la tête.

Je pensai :

— Est-ce possible qu'elle soit folle ?

Elle ne bougeait pas, se taisait. Je lui dis :

— Vous ne m'avez pas répondu. Qui est venu, ici, hier ?

Elle secoua la tête.

— Vous avez dû rêver.

Puis elle se baissa, prit une grande cruche pleine d'eau, et se dirigea vers l'escalier où elle disparut.

Je m'assis devant la table. J'avais besoin de réfléchir.

Par la porte entrouverte on voyait la campagne encore toute fraîche de la nuit. Le plateau pierreux était touché d'une lumière basse qui arrivait doucement au ras du sol. Les bruyères sortaient de l'humidité, toutes colorées, odorantes. Il faisait bon. Il y avait dans l'air un parfum de chiendent mouillé. Devant moi les champs s'étendaient avec un air de volonté et de patience, de vie à soi. Le jour abordait gravement : il avait devant lui le plateau de Saint-Gabriel.

Je ne rêvais pas. Mais la veille, sans doute, j'avais rêvé... Cependant pouvais-je l'affirmer ?

Que savais-je de Mélanie Duterroy ?

On me l'avait indiquée, au village, lors de mon arrivée comme la seule femme capable de monter à La Commanderie, pour me servir. A cette occasion on m'avait parlé un peu d'elle, sans méchanceté, mais avec cette indulgence désabusée qui est courante à la campagne. On excuse ce qu'on réprouve à part soi parce qu'on sait que la terre porte un peu de tout et qu'il faut se montrer patient avec elle. Mélanie Duterroy vivait seule, avec son chien. Elle avait une quarantaine d'années. Son père, Duterroy, était mort depuis longtemps. Veuf, sur le tard, il s'était remarié. Mal remarié, disait-on, car il avait pris une fille de rien, une Nomade. Des vanniers ambulants, venus Dieu sait d'où, s'étaient installés pendant un mois à l'entrée du village. C'est là qu'il avait vu la fille ; et il l'avait épousée, selon toutes règles, chrétiennement. Aussitôt après il s'était retiré avec elle dans un petit bien qu'il possédait hors du pays. Mélanie y était née, et elle y habitait encore. Sa mère avait disparu, un beau soir. L'enfant alors comptait à peine six mois. Duterroy l'avait élevée, puis était mort. Elle n'avait jamais voulu se marier. Grande, forte, osseuse, elle ressemblait à son père ; elle était laide. Cependant elle eût pu trouver un mari, à cause de son bien. Mais, restée seule au monde, après la mort de son père, elle avait obstinément vécu à l'écart. Un matin, on l'avait vue traverser le village, précédée de ce chien. On raconta aussitôt qu'un homme lui avait rendu visite, la veille, à la nuit. Il y avait alors, de nouveau (comme du reste toutes les années), un petit campement de vanniers, près du village. C'était de là que l'homme était venu. Les vanniers avaient disparu, le lendemain, à la pointe du jour. Interrogée, Mélanie n'avait pas fait de mystère. « C'est mon demi-frère, avait-elle dit. Il m'a appris que ma mère est morte. »

L'homme était reparti avec sa tribu, mais il avait

laissé le chien. Les gens en avaient peur. Cependant il ne molestait personne ; il ne cherchait pas querelle aux autres bêtes. Il avait simplement un air de force et de sauvagerie.

Lui aussi, vivait à l'écart.

Même assis, à deux pas de vous, il restait seul.

Pendant que je pensais à lui et à la femme, il était revenu. Je le voyais, allongé en travers de la porte que visiblement il gardait. Il avait un pelage fauve et de grandes mâchoires calmes. Je me levai et vins me placer juste à côté de lui. Il ne bougea pas ; mais il gronda un peu pour me signifier qu'il ne voulait pas que je sorte en enjambant son corps. Rien qu'à le voir, on comprenait qu'en aucun cas, il ne pourrait souffrir pareille liberté. Il n'obéissait pas à Mélanie Duterroy ; il marchait devant elle ; et bien souvent on avait l'impression qu'il la surveillait.

Je revins m'asseoir. Je le fis, non par crainte des crocs formidables mais poussé par un sentiment d'amitié et d'estime. J'aimais cette bête. Elle ne m'était pas hostile, je le sentais ; et mon silence devait lui plaire.

Quand je fus assis, Ragui détourna lentement la tête pour me regarder. Il avait alors ses yeux gris, striés d'or. Je n'y lus nul mépris pour ma retraite et pas de menace. Il m'avait expliqué quelque chose d'obscur que j'avais compris : il fallait rester là. J'y restais. Tout était dans l'ordre.

Maintenant par la porte et les deux fenêtres la lumière entrait dans la salle. Elle y était plus douce encore que dans la campagne. L'un après l'autre, elle touchait les meubles. Ils luisaient un peu. Quelques bouts de bois brûlaient dans l'âtre et il en montait un filet de fumée aigrelette. Cette quiétude m'était sensible et je m'y délassais. Chaque objet s'affirmait si plein, si pur et si doucement à sa place que j'en éprouvais une satisfaction presque physique. Ma lucidité excessive s'était atténuée ; entre moi et les choses s'était posée cette lumière du matin. Je ne voyais plus les objets directement, comme des formes sèches, tranchantes. Ils baignaient dans la vie elle-même. La lumière en tirait les couleurs plutôt que le dessin, les intentions que le contour. Elle ne s'adressait pas à mon intelligence, mais à mon être tout entier. Dans ce fluide délicat, je ne cherchais plus à me connaître, à m'arrêter ; pour une fois, je me laissais vivre comme dans mon enfance.

Mélanie en descendant de ma chambre me retrouva assis devant la table. Elle eut une expression d'étonnement, mais ne dit rien. Elle prit son cabas et je pensai qu'elle s'apprêtait à partir. Cependant elle restait là, debout, devant la cheminée. Elle semblait attendre une parole, peut-être une question, peut-être que je lui demande de ne pas s'en aller tout de suite. Je compris qu'il fallait lui parler ; mais je savais d'avance que fatalement je ne lui dirais pas ce qu'elle espérait. Je fis un geste maladroit :

— A mardi...

Elle leva la tête et me regarda ; elle avait de grands yeux inexpressifs.

— Vous emmenez le chien ? lui demandai-je.

Question absurde. Elle haussa les épaules avec résignation, comme pour me répondre : il le faut bien.

Debout au milieu de la pièce, le chien attendait.

Alors elle grommela quelques mots et sortit de la maison. Je la vis traverser la cour, passer le portail. Elle disparut.

Aussitôt je fus seul. Rien dans la pièce n'avait changé ; mais j'y étais seul, seul comme jamais je n'avais été nulle part. Tout était devenu impersonnel : les objets, la maison et moi. Car de moi j'avais l'impression que quelque chose était parti, m'avait abandonné. Je ne pensais pas, je ne sentais rien, sauf que j'étais absolument seul. Tout ce monde fuyant, insaisissable (mon tourment) avait disparu. Jamais je n'avais constaté, en moi, un calme pareil. Je bougeai pour me rendre compte de moi-même. J'entendis le frottement de mes gros souliers sur les dalles. Je ramenai un pied sur une chaise et ne remuai plus. Le bruit n'avait rien éveillé. J'étais seul.

Je ne percevais pas autour de moi l'étendue d'une solitude, j'étais moi-même la solitude. Tout s'était retiré de moi. Abandonné sur place, vide, immobile, et ainsi délié de tout, je ne tenais au monde que par la conscience de ce calme inaltérable.

La matinée continuait à m'apporter tant de douceur, de parfums détachés des pierres du plateau, de lumières paisibles, que je ne souffrais pas de mon inhumaine tranquillité.

Je ne sais jusqu'à quand je serais demeuré dans cet état d'exacte indifférence si une ombre n'avait paru silencieusement devant la porte. Une ombre tiède, sensible, comme une présence réelle.

Je consultai ma montre, il était trois heures. Le temps avait changé ; l'air avait perdu sa fraîcheur. Il s'alourdissait imperceptiblement.

L'ombre que j'avais vue passer n'était pas restée dans le cadre de la porte. Mais quelqu'un était là, derrière le mur, à droite. Un oiseau poussa un grand cri du côté des étangs.

Je regardai autour de moi. Je savais que dans la maison il n'y avait personne, mais je savais aussi que j'y étais. J'avais retrouvé le sens de mon isolement humain, parce que derrière ce mur, un être que je ne voyais pas mais qui pouvait m'entendre, respirait en silence.

Car je le sentais respirer. Il haletait comme après une course. Je ne pouvais me figurer ses traits ni sa forme tant l'ombre avait fui rapidement ? Il n'y avait là qu'un souffle ; on n'imagine pas un souffle ; mais je ne rêvais pas, non plus. Je distinguais facilement tous les objets ; j'étais toujours calme, mais d'un calme sensible. Mon âme avait repris une élasticité où tous les contacts matériels les plus légers laissaient une trace. La moindre pression y marquait, et j'avais de ce souffle une conscience si sûre que je n'éprouvais pas le désir de voir, de mes yeux, qui respirait.

Le temps avait tourné. Il faisait chaud ; l'air devenait lourd ; la lumière moins franche s'embuait peu à peu. De tous les murs de la salle commençait à sortir une odeur de pierre et d'humidité. Dehors continuait à régner le silence. Dans la maison on entendait par moments de petits bruits : une tuile remuait sur le toit, une poutre craquait. L'âtre de la cheminée sentait la cendre et la vieille fonte. D'un placard entrouvert m'arrivait un parfum de bourrache et de thé des Alpes. Je le respirais avec délices. Je savais que je goûtais les derniers moments de ce calme. L'inconnu était encore là. Il s'appuyait toujours contre le mur, à droite de la porte d'entrée. Il ne haletait plus ; il allait partir, me laisser. De nouveau, je serais seul, mais d'une solitude encore différente. Elle ne serait ni l'immobilité exacte où m'avait glacé brusquement le départ de Mélanie Duterroy, ni cette quiétude menacée, que ne hantait aucun visage et qui se maintenait sur le bord de mon âme, comme un édifice fragile, par la vertu d'un souffle.

J'avais pris dans ma main un couteau qui traînait sur la table et je m'amusais à en plier la lame. Il devait être cinq heures. Quelques mouches bourdonnaient dans la maison ; de ces mouches nerveuses qu'affole l'approche de l'orage.

J'entendis crisser le gravier de la cour. Je me levai. J'hésitai un moment à aller jusqu'à la porte. Quelqu'un marcha. Le pas se dirigea vers les communs. Le portillon à claire-voie qui sépare la cour du potager grinça ; puis battit. Je n'arrivais pas à bouger. La salle maintenant était sombre. J'étouffais un peu. Par la porte on voyait la cour, le portail, la route. Je jetai le couteau sur la table et allai sur le seuil.

Une extraordinaire chaleur m'arrêta. Elle montait du sol ; les murs brûlaient. Par-dessus le toit des communs, on apercevait La Geneste et ses peupliers. De ce côté le ciel était noir. Je sortis dans la cour.

Des vieilles écuries abandonnées arrivait encore une odeur de cuirs et de litière. Elle me serra le cœur. Je revins vers la maison. La porte s'ouvrait sur le noir. La salle du rez-de-chaussée semblait pleine d'ombre. J'appréhendais d'y rentrer. Une vigne grimpait contre le mur, s'étalait, couronnait le linteau et des grappes énormes pendaient, où grondaient de petits vols d'abeilles. Au pied de la vigne, il y avait du sable et, dans le sable, la trace de deux pieds, deux pieds étroits, longs, bien joints. L'empreinte était fraîche.

Tout se taisait. J'entrai dans la maison ; j'étais inquiet, mécontent peut-être ; je ne savais que faire. Je me mis à errer. Je montai au premier étage, j'ouvris les volets de ma chambre, parce qu'elle sentait, me semblait-t-il, le camphre. Je pris des allumettes et une lampe sur ma commode et je descendis l'escalier de la tour.

L'odeur de la cire brûlée y flottait encore et venait du sol. Je me baissai. Sur les dalles quelqu'un (il y avait longtemps, peut-être) avait tracé à la craie une étoile à six branches. Sur chaque pointe de l'étoile, on voyait un petit tas de cire qui avait dû couler d'une bougie. J'examinai les murs. Je n'y découvris rien, sauf un mot, écrit maladroitement :

Armeniy

Où l'avais-je vu ? N'était-ce pas dans cette petite chapelle des étangs ?... Je sortis de la tour, la poitrine lourde.

Dans cette bâtisse si vaste, il y avait au moins dix pièces que je n'avais jamais ouvertes. Que renfermaient-elles ? Je soulevai la trappe du grenier.

Il s'étendait sur toute une aile de la maison. Au fond une porte menait je ne sais où.

Il était vide. Aux poutres pendaient çà et là quelques quenouilles de maïs séchées. On circulait facilement sous la charpente. Les tuiles brûlaient. Dans un coin on avait oublié un vieux fusil. Il pendait, le canon en bas, à un clou. C'était un fusil à piston. Je le pris et fis jouer le chien, la gâchette. Comme il y avait encore une capsule, je retins le déclic et le chien se reposa doucement. A côté du fusil, mais sur le plancher, on avait laissé aussi un carnier qui contenait deux ou trois cartouches. Dans une poche intérieure je trouvai un petit carré de carton.

D'un côté, il portait, imprimée, une image pieuse. On voyait les Apôtres assis devant une table de campagne où était dressé un ciboire. Par-dessus chaque Apôtre une langue de feu et, contre le plafond, les ailes étendues, la colombe de la Pentecôte. Au revers, d'une grande écriture ferme, ces mots :

« *Tu ne tueras pas les bêtes. En souvenir du Saint-Esprit.* »

5 *juin* 1854.

La chaleur était si étouffante sous les tuiles que je redescendis dans la salle du rez-de-chaussée. J'avais machinalement emporté le carnier et le fusil. Je les posai sur la table ; je mis l'image pieuse dans ma poche et je sortis.

Le ciel s'était chargé. Il pesait sur les toits des communs et de la maison. Sous ce plafond l'air ne bougeait pas. Il avait apporté une odeur de bois mort, de feuilles pourries et d'argile douceâtre. Le sol brûlait sous les pieds ; on respirait mal.

Je traversai la cour et poussai le portillon du verger. Je crus que j'entrais dans une fournaise. Le verger n'était pas vaste. Une muraille, à peu près intacte, le séparait de la campagne. J'y allais rarement, car on pouvait à peine y circuler. L'enclos serrait une végétation violente, touffue. Du verger abandonné il restait deux ou trois cognassiers, des pêchers, un abricotier sauvage. Çà et là un bout de rigoles, des tuiles, une petite haie de buis. Contre le mur du fond, envahi par le lierre et le chèvrefeuille, s'étalait, encore noir, noueux, vivace, un poirier qui donnait quelques fruits acides. L'herbe poussait à hauteur de poitrine. Partout, dans ces vieilles allées, dans les plates-bandes, renouée, saponaire, armoise, jaillissaient du sol. Des sureaux, des viornes coupaient le chemin. Par-dessus ce fouillis d'arbustes s'élançaient deux trembles géants, et un érable. L'air vibrait de mouches luisantes, de frelons, d'abeilles, de guêpes ; il sentait le miel âcre, la gomme tiède, le lait végétal. C'était un air poisseux qui collait la bouche et les mains. Il engourdissait le cerveau.

L'orage imminent, quand je pénétrai sous les arbres, avait exalté ces puissances. Les feuilles jetaient peu d'éclat ; mais une sourde vibration craquelait l'argile, les fibres, les écorces. La lumière était mate, basse. Une chaleur étrange couvait sous la terre et affleurait déjà, soulevant des colonnes d'insectes. Sur les arbres, pas un battement d'ailes. Le peuple d'en haut se taisait. Les branches restaient immobiles. J'étais seul, entre la maison menaçante et le plateau livide, sur lequel s'étendait très lentement une ombre plombée. Dans ce verger brûlant, où j'étais venu chercher un refuge, je haletais déjà. Une appréhension, une inquiétude vague, chargeaient mon attente ; et cependant je désirais. Je désirais sournoisement. Quoi ? Je n'aurais su le dire. Peut-être l'orage, peut-être une étrange figure humaine. Car j'étais tourmenté en dedans par une flamme courte.

Il tonna vers l'Ouest. Une ombre glissa sous les arbres, mais pas un souffle ne toucha les feuilles. J'attendis un moment... Je ne rêvais pas : de nouveau on marchait dans la cour. Mon cœur palpitait à rompre. Je m'étais appuyé à un arbre et j'écoutais. Mais je n'entendais contre mes tempes que le battement de mon sang sauvage. J'avais peur. Je ne pouvais pas douter de ma peur ; mes jambes tremblaient, mon corps était paralysé d'émotion ; et cependant montait, au plus fort de cette intolérable angoisse, comme un étouffement de volupté.

Il tonna encore, plus près du plateau.

Il pouvait être cinq heures ; et il me sembla que le bois s'obscurcissait rapidement. Je sortis du verger. La cour était vide, la maison hostile. Au premier étage les volets restaient clos. Toute la bâtisse avait l'air de se ramasser sous l'orage. Jamais je ne l'avais vue si large, si trapue, et jamais aussi solitaire. Sa façade basse, têtue, exprimait maintenant quelque chose de son secret. Après quarante ans d'abandon, elle ne pouvait plus abriter les hommes. Elle les avait oubliés. Sans doute avait-elle fini par vivre en elle-même. Avec ses celliers souterrains, sa grande salle, son escalier, ses chambres et son grenier immense, elle avait dû se construire en silence, et dans sa profondeur, une idée d'elle-même. Le lent effritement de ses plâtres, la désagrégation fatale de ses pierres et le mouvement grave de sa charpente sous l'influence des saisons, avaient développé en elle, à côté de cette pensée de solitude, une mélancolie contenue et je ne sais quel obscur mépris de son destin. Et pourtant le destin s'y exprimait partout. Il s'inscrivait entre ses corniches et la terre et ses lourds contreforts. Un esprit de fatalité avait présidé à son orientation ; elle regardait La Geneste...

La nue était livide. Une hirondelle filant comme une flèche, rasa la terre devant moi. « L'orage va éclater, pensai-je, il faut rentrer. » Je passai le seuil. Il faisait noir. A tâtons je cherchai des allumettes sur la table. Ma main rencontra la crosse du fusil. Je n'arrivais pas à retrouver du feu. J'étais agacé, et je craignais à tout moment, dans l'ombre, de me heurter à un être vivant, tiède. Où était le mur, pour m'y adosser ? Je ne bougeais plus. J'attendais l'orage, mais l'orage dont la puissance grandissait de minute en minute, semblait suspendu sur ma tête, et cette énorme masse descendait. Il me fallait de l'air à tout prix. Je sortis dans la cour. Elle brûlait. Alors je franchis le portail, traversai la route et fis quelques pas sur le plateau.

De là on découvrait toute la grandeur de l'orage.

Il montait de l'Ouest. Il le barrait déjà d'une muraille sombre. Devant elle se tenaient quelques flocons de vapeur, immobiles. D'immenses édifices de nuées, qui s'étaient avancés du Nord et du Sud, avaient investi les positions de la Terre, à l'Orient, et l'esprit de l'orage les poussait lentement vers le haut du ciel où circulaient déjà de petits nuages échevelés.

Il tonna encore, gravement, tout près du plateau. Le jour baissait. Je partis pour les étangs.

Je marchais vite; j'avais hâte de respirer un peu d'humidité. J'arrivai aux roseaux. Avant de les franchir, je jetai un regard vers La Geneste. Elle se découpait, basse, noire, à cinq cents mètres. Pas une lumière. Sur ce bloc de pierre pendait une nuée énorme. Je passai. Les roseaux secs crépitaient à mon passage quand je les écartais et ils me cinglaient le visage et les mains. Je retrouvai facilement la jetée.

L'eau des étangs était livide, morte.

Je marchais de plus en plus vite et je haletais. Déjà je voyais la cabane. Un cri déchira l'air, un cri de bête ; je m'arrêtai. Il avait éclaté devant moi, tout près de la cabane. Le cœur battant, je me glissai derrière un rideau de joncs et, sans bruit, j'arrivai jusqu'à l'îlot. On y voyait encore.

Devant moi s'ouvrait le canal qui s'enfonce à travers les étangs. Sur l'eau il y avait une barque. Elle ne bougeait pas. Au milieu de la barque, debout mais appuyé sur une perche, se tenait un homme. Il paraissait vieux, courbé. L'eau luisait à côté de la barque qu'un reflet éclairait à peine, mais la nuit descendait rapidement et bientôt je ne distinguai plus qu'une forme noire, toujours immobile.

Autour de moi pas une branche ne remuait : toute l'étendue des étangs se taisait sous l'orage.

Tout à coup à travers ce silence, un large, un puissant froissement de plumes ébouriffées fendit l'air sur ma tête, et je vis passer deux grands cygnes qui se posèrent, en soulevant un léger clapotis, à cent mètres du bord, sur l'eau où ils se mirent à nager doucement vers la barque noire.

Maintenant il faisait nuit. Je voyais cependant les cygnes glisser en silence sur la nappe des étangs. Ils disparurent derrière la barque. J'entendis peu après un bruit de gouttelettes et un grincement de planches très léger. L'embarcation-fantôme s'éloignait dans le canal. La coque qui flottait, au ras de l'eau, et la silhouette de l'homme s'effaçaient peu à peu, et bientôt ils s'évanouirent dans les vapeurs. J'étais seul.

Des nuages aux flancs bleuâtres étaient descendus très bas sur les étangs. Par endroits ils paraissaient toucher le faîte des arbres.

Toute ma vie je me souviendrai. Il se passa alors sur le territoire lacustre un fait inexplicable. L'orage était là, chargé à crever. Une accumulation formidable de nuées obstruait l'horizon, bouchait le ciel. C'était comme une immense ville des tempêtes. Ses murs, ses portes, ses tours, ses redoutables citadelles en se superposant atteignaient des hauteurs vertigineuses. On devinait de lourds déplacements de masses électriques.

Cependant rien ne remuait. Partout le silence ; le plateau semblait mort ; les bois ne bougeaient pas ; sur les étangs pas le moindre clapotis ; les milliers d'oiseaux, ailes closes, que l'on sentait brûlants, au-dessus de soi dans les branches, se taisaient. Les poissons nocturnes avaient dû se laisser couler dans les fonds. L'herbe sentait le soufre et l'air avait un goût aigrelet. L'orage étouffait la terre. Il pesait sur sa poitrine anxieuse et lentement elle exhalait son souffle, et perdait sa vie, sans même pouvoir haleter. Une arrière-pensée sournoise semblait veiller derrière cette attente.

L'esprit qui conduisait l'orage cachait son dessein. Sur toutes ces puissances suspendues, s'étendait une main menaçante et calme qui les contenait. Et une volonté maléfique, fixée au centre des éléments, en différait la ruée imminente.

Sous cette pression magnétique, les étangs semblaient prêts à flamber. Des lueurs par moments couraient le long des berges, et la pellicule des eaux, cependant immobiles, s'éclairait çà et là de phosphorescences subites aussitôt diluées. La menace, partout où pouvaient s'infiltrer et s'accumuler des puissances, dans le ciel, sous le sol, les eaux et l'écorce des arbres, suintait et épandait un rayonnement sourd. Cette irradiation devenait si intense qu'on ne voyait plus la nuée, matière de l'orage, mais qu'on sentait l'orage comme un être. Présence vague, encore voilée et qui donnait l'impression angoissante d'une masse morale arrêtée au flanc de la tempête.

Elle me déchirait les nerfs ; leurs réseaux tressaillaient sous ma peau ; des picotements irritaient mes narines. La bouche amère, la langue sèche, je respirais avec peine. L'éther vibrait ; je vibrais ; des fluides fugitivement me transperçaient des talons à la tête. Je m'étais appuyé contre la cabane. Je sentais un poids sur mon cerveau ; le poids de cette malveillance. Je désirais l'orage qu'on ne m'accordait pas. Ce refus exaspérait mon désir. Il n'entrait plus d'air dans mes poumons : tout autour de moi flottait cette nuée électrique d'où filtraient des clartés diffuses ; un bourdonnement montait de mon cœur et se propageait, dans mon sang et ma chair, jusqu'aux os sensibles de ma tête. Le temps s'était arrêté. Sous ces nuages mon attente s'exaltait de minute en minute. La proximité de l'orage dégageait de moi une énergie inattendue, non pas volonté dominante, mais puissance vitale ; et mon corps, mêlé à mon âme, fondu comme jamais, soutenait désespérément cette tension. Entre moi, les nuées, l'eau, la vase tiède et cette immense étendue des roseaux phosphorescents, circulaient des courants, s'échangeaient des forces latentes, et j'étais tellement enveloppé d'air brûlant, de vapeurs, de fluides, que je me perdais à moi-même. Étais-je encore un homme ou une parcelle de l'orage ? Une âme ou la tempête ? D'où jaillirait l'éclatement ? De moi, de la terre, du ciel ? La pression atteignait son paroxysme.

Tout à coup un calme se fit, hors de moi. J'avais la sensation du vide. La pression de mon sang, l'afflux violent de mon âme, ployèrent le peu de raison qui résistait encore.

Une flamme rougeâtre éclaira les étangs. Un coup de feu partit, un coup long chargé d'étincelles, et qui fusa avec une détonation sourde. Des plombs crépitèrent sur l'eau et fouettèrent les feuilles. Un affreux gémissement déchira la nuit, à cinquante mètres devant moi, puis un battement d'ailes, et tout se tut. L'air sentait la poudre.

Brusquement un éclair violet vola sur l'eau. Il avait jailli au ras des étangs. Sa flamme illumina, balayant les rives, toute l'étendue du canal. Et alors en face de moi le ciel craqua. D'un écartèlement de la terre surgit un arbre de feu : un tronc et des branches éblouissantes. Dans un rapide fracas de tonnerre il creva la terre, le ciel, et tout s'embrasa. La foudre flamboyait de tous côtés. Des éclats déchiraient le ciel. La terre grondait à mes pieds. Sous ces secousses répétées, cette commotion tellurique s'élargissait en vastes ébranlements ; et, comme une base profonde, on entendit, monté d'on ne sait quels abîmes, un roulement sourd.

Je brûlais comme une torche. Ma gorge, à vif, se déchirait. Le dos contre la cabane, ébloui par les éclairs, je me cramponnais aux montants de la porte. Dans mon égarement, je me criais sans cesse : « La pluie, la pluie ». Mais il ne pleuvait pas ; il n'y avait pas le moindre vent. Sous l'illumination continue des éclairs on voyait les bords immobiles et les eaux lisses. Le tonnerre éclatait, mais l'air, par un prodige, ne bougeait pas.

Seul, au centre de cet enfer, les yeux ensanglantés, la chair dévorée par le feu, les poumons ravagés par l'odeur de l'embrasement, sous le fil de la flamme, je sentis ma tête se fendre et je tombai.

Quand je revins à moi l'orage avait cessé. J'étais étendu devant la cabane. L'herbe était toujours sèche ; il n'avait pas plu.

Par-dessus la cime des bois, à deux ou trois cents mètres, on voyait brûler quelques arbres. Tout à coup, ils craquaient et une colonne d'étincelles montait vivement dans le noir puis s'éparpillait. Bientôt le foyer baissa, les arbres devaient être consumés. Le brasier diminué ne jetait plus que de brèves lueurs rougeâtres et une odeur d'incendie. Le feu ne s'était pas propagé au-delà de l'îlot où avait dû tomber la foudre.

De temps à autre un grand éclair violet balayait le ciel à l'Ouest, et on entendait un grondement lent et grave, très loin.

J'étais moulu. Couché sur le dos, je regardais en l'air. Le plafond des nuages était remonté ; mais le ciel restait clos. Aucun souffle n'en descendait. Néanmoins on respirait un peu mieux. Quand une lueur plus vive s'élevait du brasier, l'eau du canal luisait entre ses berges.

Tout se taisait. Cependant par moments m'arrivait un bruit flou. On eût dit qu'on plongeait régulièrement dans l'eau une rame maniée avec précaution.

Je ne bougeais pas. Pourtant je n'attendais plus rien ; mais j'étais las et un sentiment vague m'attachait à ce sol. Il m'inquiétait, car je ne savais pas le définir. A peine écarté de mon esprit, il revenait doucement à la même place. C'était comme une préoccupation sans objet. Elle créait un trouble qui agissait obscurément, en arrière de ma raison, sur des sens mal connus et dont je redoutais l'éveil. Je sais que je les porte en moi, mais j'en ignore la nature. Leurs réseaux sont tendus je ne sais où, au-delà des ondes du son et de la lumière. Dans leur cadre mystérieux, ils capturent les émissions d'une vie invisible. Je n'ai jamais pu découvrir en quel point ils touchent à moi. Parfois je crois qu'ils s'en détachent. Quand je sens, au contact, la pointe de leurs fils, je passe malgré moi des apparences familières à d'autres apparences, secrètes. Les images que j'en reçois semblent adressées en moi-même à une intelligence à part, qui dort encore, mais que parfois ces lueurs étranges tirent de son engourdissement. Ces crises douloureuses sont rares, par bonheur, car elles me laissent vides, désespéré. Je ne retrouve plus mes sens. Ils me paraissent primitifs, grossiers ; l'intelligence ne m'offre plus qu'un monde de murailles. Je souffre. Je souffre d'être en deçà de moi-même. Mais je suis épouvanté quand je pars au-delà.

Maintenant je sentais l'imminence de ce départ.

Qu'allais-je devenir ? Je fis un effort, je me levai. J'étais tellement brisé de fatigue que je dus m'appuyer contre un arbre. Il valait mieux regagner au plus tôt La Commanderie. Tout compte fait, c'était un abri solide.

Je m'éloignai.

Comme on y voyait peu je n'avançais pas vite ; mes pas s'enfonçaient dans la boue gluante ; je sentais sous mes pieds une glaise toute fraîche que je ne m'attendais pas à trouver. J'en fus si étonné que je me baissai pour toucher le sol et ma main trempa dans une flaque d'eau. M'étais-je trompé de chemin ?

Je réfléchis ; je me rappelai qu'en deux points des épis venaient se brancher sur la digue ; mais je les avais toujours vus immergés. Le niveau des étangs avait-il baissé pendant la nuit, dégageant de nouvelles chaussées ? Je m'orientais mal, j'avais perdu de vue la cabane. De tous côtés, des taillis plus hauts que ma tête me dérobaient le bord des étangs. Devais-je revenir sur mes pas ? Je craignis d'ébaucher une panique et je continuai mon chemin, difficilement, mais avec une persévérance raisonnable.

Plus j'allais cependant, plus j'avais l'impression de tourner le dos à la rive. Il me semblait que la digue avait dévié à travers le dédale des îlots et des oseraies. Je me trouvais très loin du plateau de Saint-Gabriel, au centre des étangs. J'avais remarqué d'autres fois que dans cette région s'élevaient des arbres énormes, de beaucoup les plus hauts de la flore lacustre cependant si puissante ; mais ces amples feuillages la dominaient. Or j'étais maintenant au milieu de ces arbres.

La chaussée que j'avais suivie m'avait amené au cœur d'une retraite étrange.

C'était une clairière d'eau close de tous côtés. Très haut se confondaient les branches qui formaient une voûte, sous laquelle flottaient des odeurs de pourriture végétale. L'ombre y régnait. Je dus m'arrêter de crainte d'enlisement.

J'essayai de revenir, mais je mis le pied dans la vase. Il valait mieux attendre le jour. Quelle heure pouvait-il être ? Au jugé, à peu près minuit. Je m'assis au milieu des roseaux. Le dos appuyé à un tronc d'arbre, je réfléchis. Si l'eau remontait, que ferais-je ? Appeler ? Personne ne venait aux étangs et le bois où je m'étais perdu se trouvait loin du rivage. L'orage semblait reparti vers l'Ouest, mais la chaleur restait inquiétante, et le ciel couvert de nuées basses. A tout moment, la foudre pouvait y éclater et la pluie tomber à torrents. Quel moyen alors de sortir de cette position ? J'eus honte ; j'éloignai un peu ce souci pour écouter.

J'étais étonné du silence. Je goûte, j'aime le silence. J'en ai connu de toutes sortes et je sais distinguer leurs natures diverses. Car chaque silence, comme chaque son, a sa hauteur, son timbre, sa densité.

Il forme ainsi une musique étrange qui se développe en deçà et au-delà de tous les registres perceptibles. Elle n'arrive pas directement à nous ; mais chaque bruit, qui s'élève autour de cette étendue où tout semble se taire, décèle ce qu'on n'entend pas et peut-être éveille de mystérieuses résonances. Ainsi se forme peu à peu autour de ce vide sonore comme une frange vibrante, qui n'est ni le son ni le silence habituels, mais le halo de l'imperceptible. Dans le monde rien ne se tait, ni la mer, ni la montagne, ni le ciel, ni sans doute jamais le cœur de l'homme.

Ainsi bloqué par ces eaux mortes, dans cette crypte de feuillages où régnait la nuit, j'essayais de comprendre ce silence. Je n'en avais jamais affronté de pareil. Il semblait avoir emprunté de l'humide chaleur de ces lieux clos un poids et une immobilité insolites. Pour la première fois de ma vie, je me trouvais en présence, non d'un monde qui s'était tû, mais d'un monde qui n'avait jamais cessé de se taire. Rien n'indiquait qu'un jour il fût entré dans le silence ou qu'il en dût sortir jamais. Pas un fil de vent n'agitait les feuilles ; pas une fibre ni une écorce ne craquait ; pas une brindille ne tombait dans l'eau, cette nuit-là. Je ne pouvais imaginer que plus tard (à l'aube peut-être) un souffle pût tirer de ce sanctuaire lacustre le moindre soupir.

Je m'allongeai au milieu des roseaux et me disposai à attendre la fin de la nuit. Peut-être pourrais-je dormir ? mais je n'avais pas sommeil. A quelques doigts de l'eau, ma nuque reposait dans l'herbe. Je ne bougeais pas ; j'étais bien caché ; je pouvais épier la vie des étangs. Car je commençais à me rendre compte qu'ils vivaient, en dépit du silence. Depuis que j'avais posé ma tête contre la terre, je percevais une faible vibration. Elle montait puis s'atténuait pour reprendre, suivant une cadence lente et à peu près régulière. La surface de l'eau cependant paraissait immobile. Sur le bord nul clapotis. Ce bourdonnement sourd venait d'en bas. Sans doute faisait-il frissonner les nappes inférieures. Je tendis mon bras et touchai l'eau. Elle était tiède. J'y laissai tremper ma main et ne bougeai plus. Je sentis alors distinctement que l'eau montait et descendait. Ses variations à peu près insensibles suivaient le flux et le reflux des ondes vibratoires. Les étangs respiraient, et ma main plongeait dans le cœur des eaux.

Il me sembla bientôt que j'étais en contact avec une vie à peine imaginable. Cette respiration un peu oppressée m'apportait la tiédeur des étendues humides qui désiraient l'orage. Ce souffle s'accordait à mon propre souffle, c'est-à-dire à mon anxiété, et je mêlais ainsi aux opérations de mon sang et aux hantises de mon âme, les mouvements secrets des eaux et de la terre.

Cet échange de vie matérielle et morale me disposa à la confiance et je m'abandonnai. J'entrai alors dans ce demi-sommeil, familier et pourtant étrange, où je sais que je veille encore, mais où je ne discerne plus si le monde qui m'apparaît est ou n'est pas un rêve. Tantôt je crois qu'il me visite et tantôt j'ai le sentiment que je l'invente. Dans cet état crépusculaire j'entre en rapport avec les mêmes apparences que m'offre la veille, mais elles semblent se montrer un peu en deçà d'elles-mêmes, juste sur le bord de leur propre réalité. Tout se lie raisonnablement mais rien de ce que je vois n'est raisonnable. Je saisis alors l'à peu près du visible, et j'allège ainsi ma vie mentale du poids de la matière. Est-ce un songe qui me séduit auquel je feins de ne pas croire, ou bien arrivent-ils du dehors, ces visages humains dont, pour me rassurer, je me dis qu'ils ne sont que des fantaisies du sommeil ? J'hésite, et les visions disparaissent.

Il m'est difficile de me rappeler à quel moment je passai ces frontières indéfinissables. Je me détachai sans secousse du souci de sortir des étangs et je partis à la dérive. D'abord j'eus l'impression d'un allégement ; la terre flotta sous ce qui restait de mon corps (à peine le dessin de ma forme), vira en silence, et je vis se rapprocher puis tourner les arbres colossaux du rivage. Une goutte d'eau tiède vint gicler sur ma joue, et, très loin au-dessus de moi, j'entendis tomber la pluie dans les feuilles. C'était une pluie lente, large et encore hésitante. Elle sentait le végétal et un peu le soufre. Elle s'arrêta, puis reprit, mais çà et là, par petits paquets. De temps à autre une goutte s'aplatissait sur ma peau et je sursautais. Mais le bruit s'apaisa dans les hautes régions des arbres et la pluie s'éloigna aussi doucement qu'elle était venue.

Le temps me durait...

Tout à coup j'entendis un grincement de planche très léger, et le plongeon dans l'eau d'une rame maniée avec précaution. Je voulus soulever ma tête mais ne le pus pas. Une toute petite lumière apparut sous les arbres et une barque déboucha silencieusement, d'un canal, à travers les roseaux. A l'avant de la barque, posée sur la lisse, brûlait dans un globe de verre une minuscule lampe à huile. Au milieu, se dressait un vieil homme, tête nue, qui manœuvrait une longue perche. Assis à la poupe il y avait quelqu'un que je distinguais à peine. Mal éclairée par la lampe, ce n'était qu'une forme vague comme une figure voilée.

La barque s'avançait vers mon refuge. Elle aborda. J'entendis le froissement des feuilles de roseaux et la coque qui racla contre de petits cailloux. Entre les tiges, je voyais la lampe tout près de ma tête.

Le vieillard descendit, se pencha, et me regarda un moment. A travers mes paupières mi-closes, moi aussi, je le regardais. Il avait une barbe courte, drue, et de grandes rides sur les joues. C'était une vieille, une très vieille figure d'homme, une figure au fond de laquelle s'ouvraient deux yeux pâles, un peu effrayants. Ces yeux me regardaient. L'homme ne disait mot ; mais son regard ne bougeait pas. Il s'était arrêté sur ma figure et il y restait. Il n'examinait pas mes traits ; il n'était échauffé par nulle sympathie ; mais il regardait. Cela semblait une vocation surnaturelle : il regardait. Il regardait au-delà de ma forme, de mes craintes, de mes désirs, des mots que je ne pouvais pas lui dire ; il regardait peut-être comment vivait en moi l'immense étendue des étangs qui venaient doucement remuer à deux doigts de ma tête.

Au bout d'un moment il se mit à genoux, me prit dans ses bras et me souleva avec assez de facilité.

Il me déposa dans la barque, souffla la lampe et d'un coup de perche repoussa le rivage qui partit lentement dans le noir. Nous embouchâmes le canal.

Je gisais dans le fond de la barque et comme le bordage était très bas, je pouvais voir les rives passer silencieusement près de ma figure, au ras de l'eau à peine remuée, d'où montait une odeur de vase et de racines.

Nous avancions dans un tunnel de feuillages si sombre que je n'arrivais pas à comprendre comment nous pouvions nous conduire sans nous échouer. Quelquefois des branches basses frôlaient le bordage ; quelquefois le grincement des ais de la barque éveillait un nid de courlis ou de brantes, posé dans une touffe humide, au niveau des eaux noires ; et j'entendais alors, presque contre ma joue, quelques pépiements étonnés et le bref frémissement des plumes. Je ne voyais ni le vieillard, debout derrière moi, qui maniait la perche, ni la figure mystérieuse, assise à la poupe. Les deux pieds tournés vers l'avant, je regardais la proue ou peu à peu l'ombre diminuait. Nous sortions du tunnel. Le feuillage s'évanouit et je vis le ciel. Un nuage s'était déchiré. Par la déchirure on apercevait deux ou trois étoiles. A l'air libre on respirait mieux. Personne ne parlait à bord. La barque glissait dans les herbes, sans bruit, comme une barque imaginaire. Par moments j'oubliais que j'étais sur les eaux et je me disais : pourvu qu'en t'éveillant tu te souviennes de ce songe... Les canaux luisaient faiblement devant moi, à cause des étoiles. Nous n'allions nulle part ; nous visitions des pays invisibles, peut-être le royaume de la pluie et des vents. Nous étions la barque des âmes. Nous passâmes devant une anse où sur l'eau dormaient des cygnes ; et cette vision s'effaça derrière un bois de saules. Une hutte d'osiers et de roseaux m'apparut sur des pilotis au milieu d'une grande étendue liquide. Nous la laissâmes à notre gauche et bientôt elle disparut. Nous étions maintenant sur un étang plus vaste. Retirant sa perche inutile, le vieillard s'était mis sur le fil d'un courant qui paraissait nous emporter vers les pures solitudes. Quand je levais les yeux je voyais au-dessus de moi une grande fente dans le ciel, par où passaient les branches d'une constellation que je n'arrivais pas à reconnaître. Puis la fente se referma et l'obscurité devint telle que je ne vis plus ni le ciel, ni les rives ni même l'étendue des eaux. Nous flottions sur un fluide invisible détaché des étangs.

Quand je m'éveillai, je me trouvais à l'abri de la digue, dans l'herbe. Il faisait nuit et il soufflait un peu de vent ; un vent court, chaud. Rien qu'à l'odeur je reconnus que j'étais sur le plateau. Je me levai. Le sol était dur. Il fallait s'orienter dans l'ombre. Je cherchai la lampe de La Geneste, mais ne la vis pas. Alors je m'éloignai, au hasard, de la digue, et longeai un boqueteau. Derrière ce boqueteau se dressait un petit monticule que je gravis.

De là on voyait la lampe. Elle était beaucoup plus à gauche que je ne l'avais imaginé, et plus loin. A peine l'apercevait-on. Mais sa vue me soulagea. Ce n'était qu'un point pur. Dans la confusion de la nuit, ce point situait La Geneste. Un peu à droite La Commanderie.

Je me dirigeai d'abord vers La Geneste, puis, après un quart d'heure de marche, j'obliquai. Bientôt la masse sombre de La Commanderie apparut devant moi. J'avais le corps dispos, l'esprit libre.

J'entrai dans la cour, pénétrai dans la salle basse, trouvai l'escalier facilement, montai dans ma chambre et me déshabillai sans allumer la bougie. Je n'avais rien oublié ; mais en moi tout demeurait calme. J'allai fermer la porte à clef. Le lit me parut frais, souple et je m'y étendis avec plaisir. C'était un vieux lit de bois qui sentait la paille de maïs. J'allongeai la main gauche et touchai le drap. Je parcourus ainsi une grande étendue de toile bise parfumée au savon. J'y laissai mon bras nu. J'étais seul.

Je me souviens très bien que peu après il se mit à pleuvoir. Une pluie régulière qui dura toute la nuit.

Je m'éveillai à plusieurs reprises et chaque fois je l'entendais qui battait très légèrement les tuiles sur ma tête. Tout à coup une goutte énorme claquait en s'aplatissant sur la pierre du seuil. De la terre mouillée s'élevait une fraîcheur odorante qui passait à travers le lierre et les volets de bois.

Je pensais aux étangs sous la pluie. L'étrange monde où j'avais pénétré, me revenait de temps à autre, mais son apparition me laissait très calme. Pourtant quelquefois j'étais troublé par le souvenir de cette forme humaine assise à la poupe de la barque. Elle m'accompagnait pendant ces courtes veilles tant que luisait un peu de conscience et disparaissait la dernière lorsque déjà je m'enfonçais dans les brumes du sommeil.

La nuit se retira pendant que je dormais. Je ne me réveillai qu'au milieu de la matinée, tard. J'aperçus toute la campagne couverte de nuages bas, effilochés. La pluie recommença à midi et dura jusqu'au soir. Je sortis dans la cour vers six heures. Un grand nuage blanc se trouvait au ras du plateau. On ne voyait pas La Geneste.

La pluie tomba encore toute cette nuit-là et toute la journée du lendemain. Cependant il y eut de nouveau une accalmie, une heure environ avant la fin du jour. J'en profitai pour aller jusqu'aux étangs.

Du haut de la digue on découvrait une immense nappe d'eau. La chaussée avait disparu. Désormais les étangs m'étaient interdits.

Comme la nuit descendait rapidement et que la pluie menaçait encore, je rentrai à grands pas.

LE FEU

J'ai dit ce que furent les dernières semaines de l'automne, l'arrivée de l'hiver, les premières neiges.

Je souffris de ne plus aller aux étangs. Désormais je n'avais, comme territoire moral, que le plateau de Saint-Gabriel. Il ne m'invitait pas à ces vagabondages qui m'étaient devenus chers. Il imposait une rêverie grave, nourrie d'une seule pensée, éclairée d'une seule lampe. Celle qui brûlait chaque soir à La Geneste trahissait cette fidélité intérieure, cette attentive pureté.

Tant que l'automne dura, avec ses rafales, ses nuages, ses pluies, ses déchirements, je ne pus offrir mon âme, ballottée en tous sens, à ce mâle génie. J'en revins peu à peu à un dégoût de moi que décelait à la surface le plus vulgaire ennui ; et sans doute j'eusse quitté le plateau, si je n'avais été retenu par la lampe. Certes elle brûlait du même esprit que le pays dont elle était l'unique feu ; mais à cette rude constance qu'il proposait de toutes parts, elle ajoutait les vertus émouvantes d'une lumière allumée par un souvenir tendre. Déjà au milieu des fureurs de l'automne son immuable douceur m'avait étonné ; mais je devinais bien que cette pureté, pour attirante qu'elle fût, n'était qu'un présage. Je me disais qu'elle prendrait sa valeur la plus haute dans la saison qui allait venir et qu'un tel feu de vigilance était la lampe même de l'hiver. Ce pressentiment me retint sur le plateau de Saint-Gabriel, jusqu'au moment des neiges.

Elles vinrent si doucement que, purifié par leur candeur, je pus enfin me replacer sans peine dans cette position favorable à la paisible rêverie qui s'était quelquefois épanchée vers moi de La Geneste. Alors je connus de nouveau des temps meilleurs, comparables aux jours où je jouissais des étangs. Mais maintenant il s'agissait d'un homme.

Depuis que j'avais vu sa lampe, La Geneste m'avait alimenté de sentiments et de pensées, qui ne paraissaient pas évoqués du profond de mes ombres, mais fournis du dehors par un inconnu à qui j'avais voué une amitié étrange. Ne l'ayant jamais aperçu, j'avais dégagé de ses voiles, en moi, pour des confrontations émouvantes, ce beau visage d'homme.

Et de l'apercevoir si pareil à moi-même et cependant chargé de ses secrets, je me reprenais à revivre et quelquefois je m'oubliais en lui jusqu'à ne plus savoir qui de nous deux j'étais. Ces déplacements d'âmes m'étaient peu à peu devenus très familiers, au point qu'à tout moment je partais de moi-même et me détachais des objets usuels. J'étais si facilement l'Autre que j'avais fini par me composer tout un monde de méditations sur l'étranger de La Commanderie tel qu'on pouvait l'imaginer de La Geneste ; et j'éprouvais quelque tristesse du fait que jamais dans cette maison solitaire on ne voyait brûler de lampe, quand tombait la nuit. Plus que de moi alors j'étais préoccupé de cet intrus, arrivé un jour sur le plateau de Saint-Gabriel, on ne savait dans quel dessein et dont j'ignorais tout à coup les faiblesses et le désir qui l'animaient encore. Je l'imaginais malheureux, plus malheureux que moi qui du moins attendais une âme, justement parce que j'avais une âme moi-même. Lui peut-être en attendait une qu'il n'avait plus ou qui n'existait pas encore. Ces transmutations, la neige légère les avait dépouillées de toute substance. Sur ce monde irréel, quelle irréalité était inconcevable ? Je passais comme un fluide à travers tous les impossibles, et parfois je n'avais plus de contact qu'avec les créatures de mon esprit. Ce monde où tout se déplaçait au gré de mes aspirations souvent informulées n'offrait aux fantaisies de mon désir que des obstacles transparents, et qu'un rien écartait. J'évoluais à travers une matière aérienne faite de quelques sentiments lucides, d'une idée cristalline et d'un peu de neige imaginaire.

Je sortais rarement. Mélanie Duterroy venait avec ponctualité à La Commanderie. A peine un salut. Toujours les mêmes épisodes : le chien, le cabas, le pot de fleurs, une vie sans secousses. J'avais une ample provision de bois et faisais de grands feux. Le cellier touchait à la salle; ainsi je pouvais, sans sortir, transporter les bûches dans la maison. Je m'asseyais souvent à une fenêtre pour regarder la cour toute blanche, les communs clos, humides, et par-dessus la muraille, les branches du tremble géant et de l'érable. Plus une feuille. Les ramures seules s'élevaient dans le ciel d'hiver.

Dehors l'air était calme, frais. Il sentait cette odeur d'eau limpide et de neige d'où s'exhale un parfum de rose cristallisée. Dedans, la maison tout entière était tiède. On l'avait bâtie pour l'hiver. Ses murs conservaient la chaleur parce que des hommes, familiers du feu, y avaient, pendant des années, entretenu jadis, de novembre au printemps, et la nuit autant que le jour, des foyers bien fournis de bois.

Quelquefois je lisais. Le plus souvent, assis devant

une fenêtre ou près de la cheminée, je me confiais à mes rêveries favorites.

Elles prenaient maintenant un tour nouveau.

Je restais encore incapable d'être profondément moi-même et je conservais cette faculté dangereuse de me libérer trop facilement de cette ombre de moi qui m'échappait toujours. Mais l'étendue des neiges proposait à mon inquiétude un nouveau désert. L'automne avait sollicité les puissances du sang. Ces fermentations m'avaient procuré les plus troubles extases. Maintenant l'hiver me donnait un pur paysage moral détaché de la terre. La moindre branche s'y dessinait, grêle et précise ; et j'avais un plan de candeur où tracer les figures de l'âme. Sur cette surface à peu près irréelle, j'imaginais à mon usage, une géométrie sentimentale, où les courbes du souvenir, du regret, de l'espoir, semblaient formulées par une intelligence tendre. Nul obstacle. J'avais fourni aux opérations de mon âme une surface issue de l'âme même. Les constructions les plus hardies tout à coup devenaient possibles. Dans un monde où plus rien n'arrêtait le développement de mes desseins, l'agilité de mon esprit acquit alors une aisance inattendue. J'errais autant et plus vite que jamais. Je m'étais délesté de ces voluptés qui vous traînent ou vous ralentissent. Rien ne me tentait plus. En moi ne survivait qu'une passion plus légère que moi. Je ne vivais plus dans les formes colorées ; les odeurs m'atteignaient à peine ; et je me tenais, par miracle, au cœur d'une lucidité éclatante et fragile. Mon esprit pénétrait partout, et je me voyais.

Je pris alors une connaissance pleine de mes infirmités, et de ma position morale. Ce que j'étais venu chercher dans ce désert, le peu que j'y avais trouvé, et ce que malgré tout j'en attendais encore, tout clairement m'apparut.

J'avais vécu avec les hommes, et j'avais été seul.

J'avais vécu avec moi-même et j'avais été seul. En moi un gouffre me séparait de ma patrie profonde. Mon moi habituel ne m'offrait qu'un spectacle et qui toujours se dérobait. Ainsi je n'avais pu ni toucher ma réalité même, ni arrêter le vol des apparences.

J'avais cherché le désert. D'abord je n'en avais rien espéré qu'une satisfaction ironique et cruelle, dans cette quête d'un néant parfait. Autour de mon incurable solitude humaine, j'avais voulu, pour combler la mesure, étendre cette solitude naturelle.

Et je comprenais que le désert m'avait trompé.

Je n'y étais pas seul ; il y avait cette lampe. Elle avait éclairé en moi une singulière rêverie. Maintenant cette rêverie aboutissait à une découverte inattendue : il existait à cinq cents mètres de ma maison un solitaire, le solitaire que je n'étais pas (et mon désir me tourmentait de l'être).

Possesseur d'un secret, nourri d'un espoir, lui, hantait notre solitude pour fournir aux fantômes qu'il appelait une patrie favorable. Et là, il attendait. La puissance de son attente avait rayonné jusqu'à moi ; et j'avais subi le désir de savoir à qui s'adressait l'appel grave de cet homme.

J'avais parcouru le plateau, les étangs. Je n'y avais point rencontré de figure précise, mais pourtant j'avais senti des présences. Cette intuition m'avait troublé au point que, m'oubliant moi-même, j'avais dépassé mon néant, pour descendre et me perdre dans une extase sensuelle, au cœur de ce monde confus des eaux et des forêts. Je n'avais repris vie que par un subterfuge, en devenant autre chose que moi, en étant une tiède parcelle de la terre.

Je pressentais bien que, privé de ces lieux où j'avais atteint à tant de puissance, je devrais, pour me retrouver, me perdre encore.

Si je n'avais plus les étangs, j'avais cet homme. En

lui seul, je pouvais me ressaisir, car en lui vivait le visage de cette attente, pour moi forme encore voilée, pour lui, sans doute, imminente promesse. Ainsi à son insu, je devais le hanter afin de découvrir ce qu'il attendait si passionnément de lui-même et qui n'était autre chose, sans doute, que ce démon ou cet ange que je cherchais dans le désespoir.

Hélas ! encore un subterfuge : après la Terre, l'homme. Ma faiblesse me condamnait à n'être plus jamais qu'un parasite. Je savais le danger de cette condition dégradante. Elle m'obligeait à errer de refuge en refuge et à ne connaître que des hôtes. Les hôtes ne vous accueillent que pour peu de temps. L'étranger qui n'a pas de toit, dès le seuil, en entrant, à qui lui ouvre sa maison, ne présente déjà que la figure de l'adieu. Pour rester il faut qu'on vous aime ; et je devinais qu'au milieu de ma solitude, mon rêve me poussait sournoisement aux lieux où sommeillait le désir de l'amour.

Ce fut le temps du plus lucide égarement. La présence de ce désir que je ne situais pas et dont je méconnaissais la nature, exaltait à la fois mon intelligence et mon âme. L'une, d'un élan familier, à tout moment, me transportait en dehors du réel ; et l'autre, du réel abandonné, me dessinait d'en haut, une épure si détachée de la matière qu'elle me semblait inhumaine.

Il m'est arrivé alors d'inscrire sur quelques feuillets, que j'ai conservés ici, le récit de ces expériences dangereuses. Elles ne tardèrent pas à me devenir si faciles que je ne pouvais plus vivre autrement.

J'avais essayé de parcourir de nouveau la campagne. L'air de l'hiver m'a toujours été agréable. Je chaussais quelquefois de solides bottes et je traversais le plateau.

Mais bientôt la neige devint si épaisse qu'elle effaça les sentiers.

Il y avait des trous, des flaques, sous cette croûte friable. Je renonçai à mes courses et me confinai à La Commanderie. Cette claustration ne me pesait point, au contraire. Elle offrait à mes divagations toute l'étendue d'une oisiveté monotone. Il eût été prudent de ne pas m'y abandonner. Mais à part quelques notes, rédigées par hasard, et de rares lectures, je me livrais pendant des heures à l'amer plaisir de me quitter.

L'ennui béant que je trouvais en moi disparaissait dès que je pénétrais dans cette Geneste où, près de la lampe, m'attendait mon âme. Inquiet de savoir ce que je me dissimulais toujours, là seulement, je me parlais. Mais jamais de réponse... De guerre lasse, morceau par morceau, je m'inventais une vie. Je retirais d'une mémoire imaginaire toute une enfance que je ne me connaissais pas encore et que cependant je reconnaissais. Sans doute était-ce l'enfance interdite dont je rêvais déjà lorsque j'étais enfant. Je m'y retrouvais, étrangement sensible, passionné... Je vivais dans une maison calme et familière, que je n'avais point eue, avec des compagnons de jeu comme quelquefois j'avais souhaité d'en avoir. J'habitais, me semblait-il, dans un village, au pied de grandes collines. J'étais élevé par de vieilles gens, de ces grands-parents de campagne, un aïeul innocent, une aïeule sage comme la terre. Il y avait devant la maison un verger, un cyprès et une toute petite fille que, tout à coup quelqu'un appelait Hyacinthe. Et je haïssais Hyacinthe parce qu'elle avait des yeux inexpressifs. Mais Hyacinthe était partie ; et peut-être même était-elle morte (personne n'en savait rien). Il y avait aussi, quelque part, dans le temps de ce pays étrange, un jardin perdu au milieu des collines, où je montais, en cachette, pour visiter un vieil homme qui me donnait des figues et du vin clairet. Quelquefois il me semblait que c'était ce vieillard qui avait emporté Hyacinthe.

Puis je me revoyais ailleurs... Je me tenais à genoux, au milieu d'une sacristie de campagne. Devant moi se dressait un vieux prêtre. J'étais en train de me confesser. Il joignait les mains et sans dire un mot il m'écoutait. Derrière lui, dans un vitrail on voyait un lieu merveilleusement ombragé. Sous ces ombrages se promenaient un lion et un homme à côté d'une femme. Et quand on cherchait bien, dans un coin, à droite de la femme, on apercevait, enroulé au tronc lisse d'un arbre couvert de fruits éclatants, le grand Serpent du Paradis terrestre.

Quelquefois je m'étonnais de ces visions. Je me demandais d'où me provenaient les images d'un temps que je n'avais pas connu. Car j'avais conservé une bonne mémoire de mon enfance. Et cependant ces images plausibles se transformaient aussitôt sous mes yeux en purs souvenirs. Elles offraient cette transparence et cette fragilité des figures qui se détachent de l'oubli. Un halo temporel les enveloppait. Ainsi elles flottaient dans cette clarté singulière où baignent les régions du passé, quand par hasard il se détache de l'ombre. C'est d'elle que les souvenirs reçoivent cette immatérielle couleur qui les situe à quelque distance de nous. Ils ne la franchissaient jamais. Ils se tenaient sur les frontières habituelles du passé. Leurs figures se succédaient, libres de toute évocation volontaire, spontanément, comme une naturelle rêverie. Si je me les étais imposés à moi-même, dans le désir de m'inventer un passé conforme à mes aspirations secrètes, elles n'eussent pas pris ce pli d'être présentes aussi capricieusement que de vrais souvenirs ; et peut-être n'y aurais-je point cru.

Car j'y croyais. A leur apparition il y avait des parties

de mon être qui cédaient à l'attendrissement, au regret. Cette attitude sentimentale devant ces figures du retour m'aidait sans doute à les reconnaître. Si je les aime, me disais-je, c'est que je les ai déjà aimées. Et je me consolais un peu d'un présent véritable par un passé imaginaire.

Quelquefois je cherchais le lieu, et le point de rencontre dramatique où se faisait la liaison inexplicable entre ces mondes illusoires et le monde réel. Si je hantais l'âme d'un autre, n'y avais-je pas subi ses hantises ? Et n'était-ce pas lui qui, détaché de lui, à son insu, vivait en moi ? Où étions-nous l'un l'autre ? Savait-il que je l'épiais et que, nourri de sa substance, je détournais vers mon néant quelques parcelles de ce monde de merveilles que j'avais créé pour son âme et qui maintenant rayonnaient sur la neige entre nous deux ? Sentait-il quelquefois monter des inquiétudes ? Et ne voyait-il pas sur le champ magnétique de son affût (ah ! qui attendait-il ?) glisser cette ombre d'homme, avide de lui ravir la créature qui, peut-être, rôdait autour du plateau de Saint-Gabriel ?

Quel être, quelle créature ? Je ne parvenais pas à le savoir. Là s'arrêtait la transfusion des âmes ; et il y avait en la sienne un secret qu'il ne livrait pas. J'en souffrais. Sans doute inventais-je des figures ; mais toutes dans ma rêverie pénétraient en intruses et ne pouvaient s'incorporer à ce monde pourtant plastique que déroulait ma fantaisie. Cette créature sans visage n'en devenait que plus troublante. Ne pouvant lui attribuer d'apparences sensibles j'en étais réduit à son âme pure ; et c'est une âme que je guettais sur la neige.

J'espérais que cette blancheur m'offrirait une chance, car il n'y a guère sur terre d'étendue favorable, sauf peut-être la neige, où se puisse risquer une âme.

Cependant j'espérais qu'elle ne me découvrirait pas. Ma présence pouvait l'effaroucher ; et je supposais qu'elle voulait passer inaperçue. Mais comment eût-elle pu m'apercevoir ? Des deux habitants du plateau Saint-Gabriel, n'étais-je pas le plus secret ? L'autre, celui de La Geneste, de loin élevait cette lampe ; mais moi, que rien ne signalait ?...

Et cependant je profitais de ce feu allumé par un autre ; nous attendions tous deux la même âme. Il s'offrait à elle, visible de tout l'horizon, au risque de la mettre en défiance. Moi caché près de lui et favorisé par mon ombre, n'avais-je pas placé ma veille plus près des chemins où elle pourrait apparaître ? Quelquefois j'étais tourmenté par l'espoir et l'inquiétude de la rencontrer avant lui. Alors je me rendais compte que j'appréhendais de la voir ; et je me troublais.

Quelquefois ce monde vaporeux et ce vague visage m'inquiétaient. Je craignais de m'y perdre et je cherchais ailleurs, à l'abri de leurs dangereux prestiges, un refuge assuré. Je n'avais que le réduit de ma mémoire. Bien vite mes vrais souvenirs y disparaissaient. J'étais de nouveau envahi par cette vie antérieure que je savais n'avoir jamais vécue. Mais tous les détails m'en étaient devenus si familiers que je cédais alors à l'illusion de rentrer dans un monde raisonnable. Je n'en étais que plus égaré du moment que tout m'y semblait connu.

Des objets usuels qui avaient dû me plaire revenaient à mes yeux avec une singulière netteté. Mais les êtres restaient plus vagues. Les traits m'en échappaient quand j'appliquais mon attention à contempler leurs visages fantomatiques. Ils évoluaient dans une brume où se dessinaient à peine des silhouettes. Ce n'étaient plus des corps mais les formes, déjà lointaines, de la bienveillance et de l'amour. Je ne parvenais pas à les atteindre. Ni la vue ni l'ouïe, ni le toucher ne me suffisaient à communiquer avec elles ; mais j'entrais en contact avec leurs sentiments. D'eux que j'aurais voulu passionnément revoir, entendre, et dont la chair sensible avait disparu, il ne restait, en présence de mes regrets, que cette buée de tendresse. A tout moment je tremblais qu'elle pût disparaître, tant cette légère vapeur semblait sans consistance. Le moindre souffle la dissipait ; mais elle se reformait toujours, comme par miracle, autour d'un aimant invisible et il en émanait encore ce peu de grâce, ou de gravité familière, qui suffisent à détacher de l'oubli, où tombent tant de traits des plus chères figures, un timbre ou une inflexion éphémères, qu'on n'avait jamais entendus du vivant de ces êtres, et dont le souvenir gravé en nous, à notre insu, longtemps après leur mort, nous transmet le tendre message.

Quelquefois j'avais honte d'usurper ces affections qui s'adressaient à un autre homme et de tromper à la fois ce vivant et ces morts. J'avais interposé mon âme cupide de bonheur sur le chemin tellement pur de leurs échanges ; et je me demandais avec inquiétude si quelque châtiment n'allait pas, un jour, me frapper dans l'exercice de mon sacrilège. Mais ces ombres me traversaient sans haine ; et parfois il me semblait que je n'étais pas étranger à leurs apparitions.

Alors je ne savais plus guère qui, de l'homme de La Geneste ou de moi, était possédé. L'obsession s'était étendue jusqu'à mon âme, par la seule puissance de sa rêverie dont j'avais capté quelques ondes indéchiffrables. M'étant fortifié de cet aliment redoutable j'avais à son attente ajouté mon attente ; et je la dirigeais avec une violence égale vers le but qu'il s'était fixé pour nous deux. Ainsi je lui rendais quelques parcelles des richesses que j'avais détournées, trésor où je plongeais, chaque jour, avec effroi, mes pauvres mains brûlantes de toucher aux biens du mystère.

Parmi les souvenirs qui me ramenaient à cette enfance inconnue, le plus fidèle à reparaître était une vieille cabane de planches. Un petit rideau de cretonne rose flottait à la porte. Depuis longtemps désaffectée (je savais que jadis on y avait logé des chiens) cette cabane se cachait au milieu des ronces, derrière le verger. Un énorme cyprès (tel qu'on n'en voit qu'en songe) se dressait à peu près au centre du jardin. En deçà il y avait une quarantaine de cerisiers. Au-delà s'étendait un territoire profond où poussaient sauvagement des genêts d'Espagne. Personne n'y allait jamais. On avait abandonné cette cabane. Elle avait un nom : Noir-Asile. Quelqu'un (que j'avais oublié) avait dû me le dire. Je le trouvais étrange, inquiétant, mais beau à en rêver toute sa vie. Il m'attirait. Je me revoyais, l'âme en peine, errant sur ce territoire émouvant autour du petit abri de bois. J'y revenais souvent ; je m'y attardais des heures entières. C'était (je le comprenais maintenant) l'un des plus graves habitats de mon enfance. J'y avais trouvé un refuge. L'enfance cache le souci, le goût des lieux secrets. Elle a besoin, pour célébrer ses petits cultes et pour essayer ses magies, de retraites même fictives. Dès qu'elle se sent séparée, qu'elle se trouve à l'abri des regards, le monde entier se plie à ses naïfs sortilèges. Ceux qui me revenaient de Noir-Asile m'étonnaient par leur violence. Je m'y sentais un désir sournois, et une vigilance au-dessus des caprices de cet âge. Car j'aimais surveiller, attendre. Dans l'air, autour de Noir-Asile, flottait comme une faible odeur humaine, un parfum de peau savonnée et de fleurs des champs.

Adossé aux parois de planches, assis dans l'herbe sèche qui sentait le feu de l'été, j'y reprenais peu à peu avec la terre tiède ce contact de plaisir et d'angoisse dont le souvenir depuis lors n'a cessé de troubler ma vie. Car j'aime la terre.

La cabane m'apparaissait le plus souvent le soir, entre chien et loup, mais quelquefois aussi dans un paysage nocturne. Elle semblait vraiment une cabane de la nuit. C'est dans l'ombre qu'elle prenait toute sa force. Elle devenait le lieu le plus dramatique de mon enfance. Pourquoi ? Je ne parvenais pas à me le rappeler. J'y avais attendu, jadis, souffert, espéré. C'est pourquoi maintenant j'y cherchais désespérément une figure humaine : mais aucune ne me revenait. J'entendais seulement un souffle tout près de moi, comme si quelqu'un haletait un peu ; la respiration courte et fauve d'une jeune poitrine, et puis un nom. Il partait d'une bouche brûlante et m'appelait tout bas ; mais ce n'était pas le mien. Il venait tout à coup sur moi, et me touchait doucement, puis s'éloignait. De la prairie montait un appel, comme un chant bref et doux de crapaud à la lune. Mais il n'y avait pas de lune. Le ciel accueillait seulement des millions d'étoiles. Touchés par la tiédeur de la terre, ces astres lointains n'accordaient qu'une faible lumière. J'étais là, et j'aimais. Je ne savais plus ce que j'aimais, mais je me souvenais de cette angoisse et de ces délices. Près de moi, je ne voyais personne, et cependant il y avait dans cet étrange souvenir, à défaut de ce jeune corps et de ce visage farouche que je cherchais partout en vain, un parfum de sauge écrasée et de jeune sang.

Maintenant je n'étais plus seul. De toutes parts et à toute heure me hantaient ces fantômes. Ils intervenaient dans mon sommeil et me libéraient du présent. Dans cette seconde mémoire le paysage s'était composé et les êtres évoluaient avec aisance. Entre eux et moi, à mesure que s'éclairait le fond de ce mystérieux spectacle, se formait une ombre. Elle n'avait pas forme humaine et cependant tenait dans des contours sensibles. On eût dit l'ombre même d'une passion. Projetée hors du corps, libérée, mouvante, elle se tenait devant moi pour me tenter. C'était un souvenir revenu seul, délié de toute figure, comme un pur mouvement de douleur oubliée ou un élan de tendresse. J'y reconnaissais mon amour. Mais je ne savais toujours pas qui j'aimais. Je n'en brûlais qu'avec plus de fureur. Je ne contenais que désir ; mais cette ardeur ce n'était plus du souvenir ; c'était moi, ici et ailleurs, moi jadis et maintenant. Je m'y perdais. Mes sens vibraient comme des cordes ; mais je restais lucide. J'avais seulement abandonné mon corps. Il errait vaguement, le jour, la nuit, à travers cette immense maison, ou bien il demeurait immobile, des heures entières, tantôt devant la cheminée, tantôt à la fenêtre, comme s'il eût été non plus ma personne et ma chair, mais leur simulacre. Je ne sais jusqu'où m'eût emporté ce nouveau délire si je n'avais gardé au fond de moi, sur un socle encore solide, le culte de la lampe. Car seule elle ne bougeait pas. De loin elle éclairait ma démence.

C'était certainement une simple petite lampe comme on en voit dans les cuisines de campagne ; une lampe de cuivre posée sur le coin d'une table et qui fournit une lumière médiocre ; la lampe des travaux domestiques et des prières bien dites ; la lampe habituelle de l'hiver ; et, dans les métairies où l'on veille un peu, celle qu'on pend à un crochet, au-dessus de l'âtre, quand on veut jouir à la fois de la chaleur du foyer et de la lumière. C'était bien celle-là qu'il me fallait. Sans éclat elle m'enseignait l'attention, la tranquillité. Dès lors ce n'était plus, pour moi, simplement une lampe rustique, mais un état d'âme modeste. Toute une religion familière et patiente vivait dans le rond de sa clarté. Là on ne cherchait plus son âme : elle y était ; car les âmes aiment ces simples lampes sous lesquelles l'on sait souffrir, regretter et attendre.

Ce message de piété grave, contenue, m'atteignait au milieu des pires égarements de mon esprit. Il les apaisait. La Geneste m'apparaissait alors comme un monastère de la mémoire où des rites que j'ignorais permettaient d'évoquer peut-être d'étranges, de mystérieux visages. Ils étaient maintenus par une piété prévoyante. Leur évocation devait confirmer dans son idéologie passionnée un culte dont je devinais la ferveur mais dont l'objet me restait encore invisible. Tout cet édifice de l'âme, je me l'imaginais construit sur un sentiment tendre et durable dont l'existence et la survie devaient importer avant tout à celui qui en était l'hôte. Il lui était doux et terrible d'en sentir remuer le souvenir ; peut-être cependant accordait-il plus d'importance encore à sa valeur spirituelle. S'il aimait et tenait à prolonger le mouvement de cet amour, n'était-ce pas le signe que son culte ne vivait encore que sur une promesse, dans l'attente du vrai message ? Il ne formait pas une religion close, déjà organisée, avec sa théologie intérieure, ses prières d'échange et ses églises consolantes. Il était tout entier tourné vers une absence, ouvert du côté de la Terre. Si l'homme y murmurait des oraisons, elles ne contenaient sans doute que les versets du pur amour. La Geneste ne demandait rien dans ses prières parce que l'espoir y vivait.

La proximité de cette assurance tranquille me rassurait un peu. Je redevenais assez simple pour jouir des plaisirs d'une solitude abritée ; je me félicitais du feu qui chauffait la maison et j'écoutais le vent qui passait sur la neige, avec un frisson de contentement. Je retrouvais mon enfance, ma jeunesse et le pays de grandes collines où je suis né. Je pensais aux bêtes que tourmente l'hiver, quand le renard et la fouine errent en quête de gibier sur les plateaux. Alors pour tromper la soif et la faim les loups mangent de la neige. Partout les crèches sont bien closes. Le chien et le berger couchent au milieu du troupeau, dans l'odeur tiède de la laine et des souffles humides. La paille craque et sent le fromage et le lait. Dehors les vents descendent à la mer ; les cyprès gémissent. La bise a chassé les dernières eaux vers les fleuves. La chasse est fermée. Il gèle. La terre est tiède dans les gîtes. Quelquefois, de petites hordes de sangliers débouchent des ravins. Ils cherchent des racines et des sources. Du toit des métairies terrées au pied des collines monte un fil de fumée. Quelques amis calmes et simples frappent à la porte. Sur leurs vêtements on respire l'odeur du vent et de la neige. Le feu fait chanter la bouilloire de cuivre d'où s'exhale un doigt de vapeur. On chauffe de grands bols de vin chargé de sucre et de cannelle. Il y a une lampe autour de laquelle tout le monde s'assied. Quelquefois on parle à voix basse des derniers vols de canards sauvages, et les chiens tout mouillés, qui se sèchent devant le feu, grognent de plaisir. Tout le monde se tait. Alors des ombres familières se détachent du mur et se mêlent à la douceur de vivre. On écoute battre le vieux sang des hommes. Chacun, dans sa poitrine, entend le choc obstiné de son cœur. L'armée des Rois mages apparaît déjà dans les étoiles. Elle va prendre ses quartiers d'hiver. Bientôt, elle quittera ce désert criblé d'astres, pour descendre vers les bergers.

Je me souviens qu'on avait franchi sans encombre la première quinzaine de décembre, quand se produisit sur le plateau de Saint-Gabriel un événement extraordinaire.

J'y ai assisté. Aujourd'hui j'ai peine à y croire.

C'était la veille de la Noël. Dans la journée il avait neigé. Je n'étais pas sorti : c'eût été impossible. Un grand rideau de neige était descendu vers midi ; on n'y voyait pas à dix mètres. La nuit était venue ; il neigeait toujours. J'avais tiré les contrevents, allumé, pris mon repas. Après quoi, j'avais lu jusqu'à onze heures. A onze heures le sommeil était venu. Cependant il faisait si bon devant le feu que j'hésitais à monter dans ma chambre. J'aurais volontiers dormi là. Je traînai une chaise longue près de la cheminée. Au moment de m'y installer je pensai qu'un manteau ne me serait pas inutile. Un gros caban de cuir était pendu dans un réduit, près de la salle. Ce réduit était éclairé par une fenêtre sans volets qui donnait directement sur les champs.

Quand j'entrai je fus enveloppé d'une clarté étrange. Elle arrivait à travers les vitres. Je m'approchai et regardai dehors. Le ciel était dégagé, limpide. La lune illuminait l'étendue calme du plateau.

On apercevait La Geneste, mais non pas la lampe. La lampe avait disparu. Je fus étonné. Je supposai que de ce réduit on ne découvrait pas la façade éclairée de la métairie. Je pris le caban et l'enfilai. De la route on verrait la lampe.

Revenu dans la grand-salle, je me boutonnai avec soin et je sortis. Il y avait beaucoup de neige dans la cour. Mes bottes s'enfonçaient à mi-jambe. Mais il faisait doux. La lune était haute, pleine ; elle éblouissait.

J'arrivai sur la route. On y voyait comme en plein jour. La Geneste était close ; pas un feu. Mais entre La Geneste et moi se dressait un édifice. Je crus que je rêvais. Je ne rêvais pas. C'était une immense tente d'argent, qui étincelait sous la lune. On eût dit un cirque de neige dressé sur le sol friable comme une poussière de verre.

Il s'élevait tout près de la métairie, à quatre cents mètres environ de chez moi. Des hommes s'agitaient sur la neige ; et on entendait des coups de marteau, comme s'ils plantaient des piquets. Il y en avait cinq ou six. Leur travail achevé ils disparurent, l'un après l'autre, en se glissant par une fente, derrière la muraille de toile.

Un cheval poussa un hennissement vif, puis tout se tut. Je pensai que j'étais la proie d'un mirage. Je tournai le dos à cette vision et fis quelques pas. Je m'arrêtai. La bise soufflait légèrement. L'air sentait une odeur d'écurie et de neige. Je me retournai. Le grand cône de toile argentée m'apparut de nouveau, au pied de La Geneste. Pas un bruit. Je pris le parti d'aller voir.

Il avait tellement neigé que parfois j'enfonçais jusqu'aux genoux. Le moindre souffle soulevait du sol une poudre brillante qui s'éparpillait.

A cinquante pas de la tente je m'arrêtai pour bien la voir.

A travers l'étoffe on apercevait quelques lueurs. Par moments, montait un murmure de voix, vite étouffées.

A cent mètres de là, sous un bouquet de peupliers, stationnaient une dizaine de grandes roulottes noires. Pas un feu. Quelquefois le piaffement d'un cheval au piquet.

Je m'approchai davantage. Je ne parvenais pas à en croire mes yeux, mes oreilles ; je butai du pied contre une corde et faillis tomber. La corde vibra, et tout un côté de la tente fut secoué. Je touchai le tissu, grenu. De petites courroies de cuir bouclaient les pans de toile qui formaient la paroi circulaire. J'en dénouai deux et me glissai à l'intérieur.

Il y faisait sombre. Au mât central était accroché un lumignon fumeux. Des hommes, que je voyais mal, s'affairaient autour de la piste. On avait balayé la neige et jeté de la sciure sur le sol. Il s'en exhalait une odeur de sapin frais.

Personne ne m'avait vu entrer. Un homme armé d'un râteau passa près de moi ; il me frôla, mais ne dit rien. C'était un grand gaillard, maigre et brun, me sembla-t-il. Il s'éloigna. J'entendis glisser des anneaux sur une tringle. Tous les hommes qui travaillaient autour de la piste disparurent, l'un après l'autre. Le dernier emporta le lumignon.

Alors dans l'obscurité s'alluma un globe de verre dépoli suspendu au sommet de la tente; puis un second, puis un troisième, plus bas, et, çà et là autour du pavillon, une dizaine d'autres. Je découvris toute la piste. En l'air pendaient des agrès d'acrobates. Les anneaux de nickel étincelaient.

Sur la piste on avait tracé à la chaux de grandes raies qui formaient une immense étoile à six branches inscrite dans l'ovale. A la pointe de chaque branche se dressait un lourd candélabre de métal. De l'autre côté, en face de moi, une draperie noire voilait une ouverture.

Pendant un moment la piste resta déserte. Puis trois vieilles femmes vinrent s'accroupir devant le rideau.

Une sorte de pauvre clown ventru alla s'asseoir sur un escabeau de fer à quelque distance des vieilles.

On entendait piaffer des chevaux. Un enfant pleurait.

Le clown frappa très légèrement dans ses mains.

Un homme apparut, mince, noir. Sous son bras il portait une canne à pommeau d'argent.

Silencieusement il posa son chapeau sur le sol. C'était un petit feutre. Il le regarda un moment, retroussa ses manches, étendit sa canne. La canne se mit à trembler.

De la pointe il toucha le chapeau. Un serpent souleva la tête, puis glissa sur le sol où il s'enroula.

Alors le prestidigitateur se tourna de mon côté et me vit. Il avait des yeux verts, phosphorescents. Il resta un moment immobile, son regard fixé sur le mien.

Il tournait le dos à son chapeau ; sans le regarder, il le toucha du bout de sa canne.

Un homme apparut, vêtu d'un pantalon bouffant et d'un petit casaquin bleu.

Il fit quelques pas.

Un très vieil écuyer en culotte blanche, nu-tête, dans un grand habit rouge à parements de soie, s'était arrêté sur le bord de la piste devant le rideau noir.

Il tenait une mince trompette d'argent.

En la soulevant des deux mains il l'emboucha. Je vis sa joue qui se gonflait.

Le pavillon d'argent vibra avec douceur ; il exhala une plainte. C'était une note tremblante, une note sentimentale, qui évoquait les vieilles écuries ; elle déchirait le cœur. Derrière elle on voyait des forêts vertes, et d'anciennes maisons douces au souvenir ; puis des chevaux, attachés à des arbres, la crinière pendante, et qui tournaient la tête dans le vent...

Dès que la trompette eut sonné, les vieilles tirèrent le rideau.

Une cinquantaine de personnes allèrent se grouper devant la portière. Des hommes, des femmes. Puis des animaux : deux grands ours paisibles, trois poneys et un petit taureau qui portait une guirlande de feuillages enroulées à ses cornes. Conduit par quatre hommes, il disparut derrière la foule.

Je n'osais m'approcher.

Par-delà la portière on apercevait un couloir. Il donnait sur une tente plus petite. Cette tente était éclairée d'une lumière rougeâtre qui bougeait comme la flamme d'une torche.

Dans le cirque on avait allumé six candélabres. Les globes lumineux s'étaient éteints.

Je grimpai sur un banc et regardai.

Personne ne disait mot. J'essayai de voir ce qui se passait sous la tente. On y apercevait une estrade. Le taureau s'y trouvait ; il était entouré de quatre ou cinq hommes. Une femme était là aussi, près d'un vieillard. De lourdes volutes de fumée s'élevèrent ; on faisait brûler de la paille mouillée...

Le taureau beugla très doucement. Le vieillard éleva le bras. La foule poussa un ahan sourd, étrange ; la fumée était devenue si épaisse qu'on ne distinguait plus rien.

Tout à coup sur ma tête éclata un fracas de cordes, d'anneaux, de tringles, et une partie du grand pavillon de la tente se rabattit, à droite et à gauche, en deux pans, avec un claquement de voiles.

Le ciel se déploya. Un ciel tout noir, rayé de feu. Les contellations d'hiver étincelaient. L'air restait cependant assez doux, et la lune était partie vers d'autres mondes.

On avait éteint les flambeaux. Seule la petite tente était encore éclairée, mais faiblement, par un feu qui achevait de mourir.

Sur l'estrade il n'y avait plus personne. Au fond, contre la toile, on voyait, peinte en noir, une croix énorme brisée aux quatre bouts, comme le Swastika.

Le feu s'éteignit. Tout disparut.

On entendait des pas, des voix étouffées. Dans les agrès, quelques cliquetis. Les hommes devaient redescendre.

Quelqu'un passa près de moi, qui sentait la sueur, et haletait. Puis on me toucha. Une main me saisit la manche, près du coude. On prononça un nom à voix basse. Je me dégageai doucement et reculai vers la paroi de la tente. L'air était devenu irrespirable : il sentait la paille brûlée et la sciure.

A tâtons, je trouvai une issue.

Dehors il faisait doux. Étourdi, je m'éloignai d'une cinquantaine de pas en titubant. Je me baissai et touchai la neige. Elle était fraîche et un peu cassante.

Je n'avais pas rêvé. Je ne rêvais pas. Mais je ne voulais pas tourner la tête. Il me semblait que le cirque n'était plus là.

Alors je me dirigeai vers La Commanderie. On voyait dans la neige les traces qu'avaient faites mes pieds, une heure ou deux avant, quand j'étais venu.

Arrivé sur la route, je fus pris d'un violent désir de me retourner.

Je résistai à ce désir et je marchai jusqu'à la maison.

La porte était restée ouverte. De la cour on voyait la lampe allumée.

Elle était posée sur un coin de la table.

Je fus saisi tout d'abord d'une étrange apathie.

L'apparition du cirque ne m'étonnait que médiocrement. D'où venait-il ? Pourquoi avait-il campé dans ce désert ? Ces questions, je me les posai à peine. Moi, d'ordinaire si inquiet d'aller au-delà de moi-même, je n'éprouvais qu'une faible curiosité à chercher la raison des événements, à peu près incroyables dont j'avais été le témoin.

Le lendemain, je me levai assez tard. Je ne mis aucune hâte à ouvrir mes volets. Je le fis cependant, mais avec répugnance, vers dix heures.

Comme je m'y attendais, le cirque était parti. Mais on voyait encore ses traces. Quoiqu'il eût de nouveau neigé, dans la matinée, le dessin de la piste restait visible. Des roues, des pas, des sabots de chevaux avaient creusé la neige.

Les traces s'éloignaient vers le Sud-Est. L'étrange caravane avait disparu, à travers le plateau à peu près du côté où la route d'Aumonge coupe le chemin d'Orgeval.

La Geneste était close. Le ciel cotonneux annonçait une nouvelle tourmente.

La douceur de la nuit précédente n'avait été qu'un répit dans l'hiver.

C'était le jour même de la Noël, et je n'attendais pas Mélanie Duterroy. Je me sentais plutôt de bonne humeur. Je fis un grand feu, et déjeunai d'appétit.

A midi il neigea. Je m'assis devant la fenêtre et regardai tomber la neige. A la nuit elle tombait encore.

Vers six heures du soir j'entendis marcher dans la cour. On frappa à la porte. C'était Mélanie Duterroy.

Elle était couverte de neige.

Comme je m'étonnais de sa visite, elle me tendit un petit panier, enveloppé dans un linge.

Je voulus soulever le linge. Elle me fit signe d'attendre un peu.

Je posai le panier sur la table.

Je pensai qu'elle avait froid et lui offris du café.

— Merci, je vais le faire chauffer moi-même, dit-elle.

Elle approcha la cafetière du feu, prit un bol, et s'agenouilla devant la cheminée.

Elle n'avait pas rejeté son capuchon et je voyais mal sa tête.

Je lui demandai si elle ne craignait pas de rentrer seule. Son chien, pour la première fois, ne l'avait pas accompagnée.

Elle me répondit qu'elle connaissait le chemin. Puis elle but son café sans souffler mot, et se leva pour partir.

Au moment d'ouvrir la porte elle s'arrêta et me dit :

— Hier soir j'ai revu mon frère. Il y avait dix ans qu'il n'était plus repassé par le pays.

Cette confidence me troubla.

— Votre frère, lui dis-je, où était-il ?

— Je ne sais pas, murmura-t-elle. Mon frère voyage.

— Avec qui ?

Elle baissa la tête et d'une voix sourde :

— C'est lui qui soigne la bête...

— Quelle bête ?

Elle me regarda étonnée :

— Vous le savez bien...

J'aurais voulu voir son visage, mais elle le cachait contre la porte. Je l'entendis qui murmurait :

— Il faut que je parte. On y voit encore. La lune éclaire un peu tout de même, à travers les nuages.

— Voyons, lui dis-je, vous ne m'avez pas répondu...

Elle se tut.

Je m'approchai d'elle.

Soudain elle me demanda :

— Aujourd'hui, vous avez rencontré votre voisin ?

— Celui de La Geneste ?

— Sans doute ; il n'y en a pas d'autre.

— Non, je ne l'ai pas rencontré ; je ne suis pas sorti. D'ailleurs, je ne l'ai jamais vu et je ne sais même pas son nom.

— Son nom, ce n'est pas un secret, murmura-t-elle. Tout le monde l'appelle Constantin.

— Il est jeune ?

— Oui, il est jeune.

— Alors qu'est-ce qu'il fait ici dans ce désert ?

Cette fois, elle tourna la tête et me regarda ; mais ses yeux jaunes restaient inexpressifs.

Comme je ne répondais rien, elle ajouta :

— Ce soir toutes les fenêtres sont encore fermées. On ne voit plus la lampe.

Je l'accompagnai jusque sur la route. Il neigeait doucement.

En effet La Geneste était noire.

Mélanie Duterroy s'arrêta au milieu de la route.

— Ils sont peut-être couchés, me dit-elle, je vais en faire autant.

Je fis quelques pas vers La Geneste, puis quelques pas encore. Je me retrouvai sur la piste du cirque. La neige l'avait recouverte, mais on en distinguait encore le contour. Je retrouvai l'emplacement de la petite tente. Là on avait creusé dans le sol une fosse assez profonde, que la neige avait à demi comblée.

Au moment où je me baissai pour l'examiner de plus près j'entendis un grincement.

Je me relevai. Le bruit venait de la fenêtre. Je vis une ombre qui se retirait après avoir repoussé un volet contre le mur. Peu après la fenêtre s'éclaira.

Elle s'ouvrait au deuxième étage, presque sous la toiture. D'en bas on apercevait un morceau du plafond de bois, éclairé, et une poutre ronde.

J'attendis un moment dans l'espoir que l'ombre repasserait.

Mais rien ne vint. Bientôt je sentis le froid et je rentrai à La Commanderie.

En entrant, la première chose que je vis, ce fut le panier que m'avait apporté Mélanie Duterroy.

Je le pris et m'assis devant le feu...

C'était un de ces beaux feux d'hiver qui semblent jaillir de la terre. Ils prennent l'âtre par le centre, tordent leurs branches et tout à coup élèvent leur flamme maîtresse, d'un jet vif, vers le cœur de la cheminée. Alors la colonne d'air tourbillonne et un train de fumée et d'étincelles part en grondant à travers le canon, dans le noir, vers le ciel...

Pour lors il illuminait la plaque de fonte encastrée dans le mur, derrière l'âtre. Jamais je ne l'avais aussi bien remarquée. Sous l'éclat insolite du feu, des figures se détachaient en relief.

A droite on voyait un palmier sous lequel se tenaient

deux hommes à cheval. L'un d'eux portait un étendard. Sur l'étendard je pus lire ce mot : « *Beauséant.* »

A gauche, l'étoile à six branches, le sceau de Salomon.

Au milieu, éclatant de rayons, un disque solaire.

Au centre du disque, une croix. Les quatre bouts de la croix étaient tordus.

En dessus cette devise latine

Rota mundi orbem volventi
Res mortalium volvuntur.

« C'est la roue qui traçant l'orbe de l'univers
Fait tourner les choses humaines. »

... *Beauséant,* je m'en souvenais, était une devise du Temple. Les Chevaliers la portaient, inscrite sur leurs oriflammes.

La maison avait dû appartenir à l'Ordre. De là son nom. Une ancienne Commanderie, défigurée, refaite, mais de laquelle subsistaient la tour dont j'ai parlé et le gros œuvre de la bâtisse.

En regardant le feu je pensais à ces vieilles histoires. Pourtant le sens général de la scène me restait inexplicable.

Et la croix me troublait.

C'était la même croix aux bouts brisés que j'avais vue la veille.

Quel étrange spectacle !

Là aussi le sens de la scène m'échappait.

Je pris le panier sur mes genoux et soulevai le linge. Sur le linge, il y avait une branche de tamaris et trois petits pains. J'en brisai un. Il était pétri d'une pâte sans levain, comme celle que mangent les Juifs, à leur Pâque. La forme rappelait une galette ronde. Dans la pâte on avait façonné grossièrement une tête d'animal : peut-être un bœuf, ou un taureau.

Je retournai le pain. Là, à mon grand étonnement, je vis la croix. Elle était imprimée au milieu d'une sorte de roue à quatre rayons.

Dans la croûte, on avait piqué des grains d'aromates.

Que signifiaient ces symboles ?... Maintenant j'étais sûr de leur provenance. Mélanie Duterroy se trouvait sous la petite tente... Et elle m'avait aperçu. Mais que faisait-elle parmi ces gens ?

Tout d'abord je ne pensai pas à son frère. Puis cette phrase me revint. « C'est lui qui soigne la bête. » Quand je lui avais demandé quelle bête, elle m'avait répondu que je le savais bien...

Ce n'était là qu'une lueur. Plus je réfléchissais plus je me rendais compte de l'étrangeté des événements. Mais il me paraissait encore plus étrange que je n'en eusse pas senti plutôt l'étrangeté. Maintenant seulement je croyais les comprendre. J'avais dû assister à la célébration d'une sorte de culte, peut-être à un sacrifice... Mais lequel ?

De nouveau j'eus peur de moi-même. Sans doute de nouveau je divaguais. N'avais-je pas traversé quelque prodigieuse hallucination ?...

Dans un moment d'humeur, je pris le pain et le jetai dans la braise. Il pétilla, puis une longue flamme blanche s'élança en soufflant dans le canon. Elle disparut.

Un flocon de fumée s'étendit, flotta. Cette fumée sentait l'odeur amère, un peu enivrante, d'une essence lourde, comme de térébenthine.

La braise luisait sous la cendre et les bûches continuaient à flamber paisiblement.

Je regardais vivre le feu, le vieux feu des hommes...

Il me chauffait les pieds, les cuisses. C'était mon feu. Je l'avais allumé moi-même, tiré du bois. Il vivait. Sa vie montait et descendait sur cette dalle, un peu creusée au centre. Je l'avais évoqué du néant, par besoin, à cause du froid. Il s'était construit peu à peu sur la cendre, comme un simple feu rustique. Il me chauffait. Je le tenais là devant moi, contre le mur. Parfois il le léchait de ses flammèches. Avant lui d'autres feux avaient noirci ces pierres luisantes. Des feux morts. Mais se peut-il que le feu meure ? Le feu de la résurrection, de l'éternel retour ?...

Et je me rappelais les paroles d'un vieil Hymne !

« Flamme sainte, énergie du monde, cachée dans le sein de la terre, dormante au fond des eaux, Toi qui brûles le cœur des hommes, qui maîtrises les vents, qui crées le souffle, inlassable, éternelle, étincelle de vie, par Toi, de l'Orient à l'Ombre et du Couchant à la Lumière, tout s'écoule et rien ne demeure, par Toi ! Mais par Toi, tout revient ! Reçois l'Offrande, Ô Purifiante, le miel, la liqueur aux herbes magiques, et le rameau de tamarisque ! Voici l'An Nouveau du Soleil. C'est par la flamme sacrificielle que l'Oblation des hommes brûlant sur les hauteurs réunit la Terre et le Ciel. »

Pourquoi ce souvenir ? Et que me voulait maintenant ce vieux chant perdu au fond de ma mémoire, d'où il remontait tout à coup avec tant de puissance ?...

Ainsi je rêvais dans cette nuit d'hiver, qui était celle de la Noël. Je me disais : « Souvent l'âme n'est plus elle-même, elle devient ce qu'elle contemple. »

Et, pour la première fois, j'avais le cœur pur.

C'est un coup de vent qui me tira, vers onze heures, de ma rêverie. Une tourmente menaçait, quand j'étais allé sur la route accompagner Mélanie Duterroy. Le mauvais temps avait dû se lever. Pendant la soirée il avait grandi peu à peu, à mon insu. Maintenant la bise soufflait du Nord-Est. Des trombes de vent s'engouffraient dans la cheminée. Je posai quelques grosses bûches sur le feu. Sans doute neigeait-il encore...

... Ici la maison était forte; elle tenait tête aux rafales; et les pièces du bas, tièdes et closes, offraient à ma passion de la retraite un abri sûr contre le génie de l'hiver.

J'allai chercher une bouteille de vin vieux et la posai sur la table. Je mis un morceau de cannelle, du sucre, avec deux feuilles de laurier, dans un poêlon de terre, et je versai du vin par-dessus. La flamme lécha le poêlon; l'air embaumait...

Je pensais aux Noëls de mon enfance, quand mon père clouait contre le plafond peint en bleu, au-dessus de ma tête, cette grande étoile de papier d'or que j'admirais tant. Le souvenir de mon pays m'a bien tourmenté, ce soir-là. Je le désirais avec cet amour éperdu, ce désespoir qui saisit les bêtes, l'hiver, sur les plateaux balayés du vent quand elles hument la neige et la bise pour y sentir l'odeur du terrier...

Mais moi je me tenais au chaud sous mon toit domestique, tandis que la terre montait dans le Signe des tempêtes.

Car l'ouragan se déchaînait. C'était bien un temps pour les anges... Je les imaginais qui descendaient du ciel les épaules chargées de neige et qui se posaient lentement par petits groupes à l'Orient du plateau de Saint-Gabriel...

Cependant ici, j'étais seul et j'attendais...

HYACINTHE ELLE-MÊME

A dater de ce jour j'ai noté les événements avec soin. Pas tous, mais ceux qui m'ont paru utiles. Ce n'est pas en raison de leur étrangeté que j'ai fait ce travail. L'étrangeté ne pouvait plus me sembler remarquable. J'en vivais.

J'ai voulu conserver des souvenirs exacts. Certes ces souvenirs restaient en moi ; mais de moi j'avais peur.

Qu'allais-je faire de ce beau visage ?

Il fallait l'écarter de mes démons. J'ai donc mis à l'abri le peu que j'ai aperçu de cette âme. J'ai compris aussitôt qu'elle allait me hanter toute ma vie et qu'on n'atteint jamais une figure qui vous hante. Dès qu'on lui tend les mains elle s'éloigne ; et déjà je les lui tendais.

Je pensai donc que, pour l'évoquer malgré elle, il fallait réserver hors de moi quelques faits significatifs, notés méticuleusement et sans émotion. Pour absurde que cela paraisse, une phrase sèche, banale, contient, plus qu'un cri de passion, le pouvoir de tirer du néant ceux qui nous ont quittés.

Hyacinthe est partie.

C'est ici seulement qu'elle vit avec moi.

Elle est entrée dans La Commanderie, le 25 décembre, jour de la Noël, un peu avant minuit.

J'étais en train de mettre du bois dans le feu, quand elle a frappé. Comme la tempête, depuis un moment, secouait la porte, j'ai continué ma besogne.

Alors elle m'a appelé. J'ai cru que c'était Mélanie Duterroy. Naturellement je me suis étonné qu'elle vînt par ce temps, à cette heure.

Je suis allé ouvrir et j'ai vu une femme, les pieds dans la neige à deux mètres du seuil.

Elle m'a demandé quelque chose mais, à cause du vent, je n'ai pas compris. Je lui ai fait signe d'entrer.

Elle est venue ; j'ai refermé la porte. Elle a secoué la neige qui couvrait son manteau. J'ai remarqué alors que c'était un manteau de laine brune, exactement pareil à celui que portait Mélanie Duterroy. Mais elle n'avait pas coiffé le capuchon.

C'est ainsi que j'ai vu tout de suite son visage.

Visiblement, elle avait froid. Je l'ai fait asseoir devant le feu et je lui ai donné un doigt de vin chaud.

Elle a bu, puis elle a parlé.

J'ai oublié ce qu'elle m'a dit. Je ne me souviens que de son visage. Peut-être n'ai-je pas écouté ses paroles. J'entendais les arbres du verger qui gémissaient dans la tempête.

Elle paraissait extrêmement lasse ; elle avait sommeil.

Je lui ai préparé un lit, dans une petite chambre, encore en bon état, près de la tour, au premier étage.

Puis je suis redescendu.

Elle m'a dit qu'il y avait un sac, dehors, près de la porte.

Je suis allé le chercher. C'était un gros sac de toile et de cuir, assez lourd.

Je l'ai transporté dans sa chambre, où j'ai laissé une bougie allumée sur la chaise.

Elle est montée un quart d'heure plus tard. Je suis resté seul devant le feu.

C'était toujours le même feu.

L'air sentait le vin chaud, le laurier, le clou de girofle. J'ai vidé tout un panier de bûches, au-dessus des cendres brûlantes.

Puis je suis allé me coucher.

Et j'ai bien dormi.

L'arrivée de Hyacinthe ne m'a pas étonné. Je l'ai trouvée aussitôt naturelle. En fait, Hyacinthe n'arrivait pas : elle était de retour. Je me rappelle seulement qu'elle avait, ce soir-là, une voix un peu rauque mais aussi, par moments, très douce.

Je ne crois pas qu'elle m'ait expliqué les raisons de sa présence. Sa présence était si merveilleusement inexplicable que je n'eusse pour rien au monde souffert qu'elle éclairât, même d'une lueur, un événement qui pour moi tenait son ombre du destin.

Mais je fus tout de suite rassuré.

Elle était apparue à La Commanderie comme j'aurais voulu qu'elle y vînt, si j'avais su qu'elle existait, et que j'eusse souhaité, cette nuit-là, l'intrusion d'un dieu, ou d'un ange : sans raison, par un temps terrible, à une heure inaccoutumée, alors que j'étais disposé à passer une nuit calme.

Je sais que je ne l'attendais pas. Certes j'attendais quelque chose, mais l'objet incertain de cet espoir n'avait pas encore de visage.

Le sien mystérieusement s'est placé devant moi, et tel que jamais je n'en ai revu de plus sauvage ni de plus tendre.

Le 26 décembre, je me suis levé à sept heures, comme d'habitude, et je suis descendu pour préparer le café.

J'ai trouvé que la cafetière tiédissait, à côté de la cendre.

Sur la table, mon bol, le sucrier, et des tranches de pain, dans une corbeille.

J'ai bu mon café et mangé de bon appétit.

Près de l'âtre, on avait déposé un fagot de houx vert.

J'ai regardé le calendrier. J'ai vu que c'était un samedi : Mélanie Duterroy ne reviendrait que dans trois jours. Cela m'a fait plaisir.

Je suis sorti et j'ai trouvé Hyacinthe dans le verger.

Elle m'a parlé la première. Elle aussi, avait bien dormi.

Sur sa tête elle avait noué un mouchoir. Quelques cheveux, un peu roux, apparaissaient, près des tempes.

Elle m'a dit :

— J'ai fait le café fort...

Elle n'est pas très grande, mais bien prise.

Nous sommes allés dans le fond du verger. Elle s'est arrêtée devant le grand érable, et m'a demandé s'il y avait jamais eu une cabane dans ce coin. Je l'ignorais.

— Il faudrait ici une cabane, a-t-elle affirmé ; une vraie.

J'ai répondu :

— On la fera. Et je lui donnerai un nom ; j'en sais un, très beau...

— Moi aussi, a-t-elle murmuré...

J'ai cru qu'elle allait me l'apprendre ; mais elle s'est tue.

C'est alors que je l'ai appelée Hyacinthe. Elle m'a regardé avec un vif étonnement, et a fait quelques pas.

Je me suis approché d'elle. Son visage exprimait un trouble violent. Elle s'est appuyée contre un arbre. A la fin elle a relevé les yeux et m'a dit, d'une voix un peu sourde :

— Il faudra me garder tout l'hiver.

Nous avons remonté l'allée, en marchant dans la neige, jusqu'au portillon.

Elle m'a demandé si, le soir, on fermait le portail qui ouvre sur la route.

— Non, ai-je répondu. En cette saison, il ne passe personne.

Elle a secoué la tête.

— Il peut toujours passer quelqu'un, a-t-elle dit.

Elle paraissait inquiète. La neige s'était remis à tomber, tout doucement. Comme je me taisais, elle est entrée dans la maison.

Hyacinthe est sortie à quatre heures. Je lui ai fait remarquer qu'il était tard : en cette saison la nuit tombe vite. Elle m'a répondu qu'elle serait bientôt de retour.

Je me suis approché de la fenêtre pour voir où elle allait. Elle est allée sur la route. Là elle a hésité, une minute.

J'ai failli la rejoindre pour lui proposer de l'accompagner ; mais à la réflexion, je me suis abstenu de cette démarche.

Elle a sauté par-dessus le fossé, dans le champ, et fait quelques pas vers le bois de La Déonne.

Puis elle a obliqué à gauche, et a atteint une petite grange. Cette grange s'appelle Morette ; elle est abandonnée.

Hyacinthe a contourné le bâtiment et je l'ai perdue de vue.

Je suis revenu près du feu. La nuit est tombée aussitôt ; mais je n'ai pas allumé la lampe. Les contrevents étant ouverts, on l'aurait vue briller de La Geneste. Je ne voulais pas les tirer, à cause de Hyacinthe. Je suis donc resté, devant l'âtre, éclairé seulement par les petites flammes du bois encore humide.

D'abord le temps ne m'a pas paru long. J'ai pris avec lui mes habitudes. Au bout d'un moment, cependant, j'ai regardé ma montre. Elle marquait six heures.

J'ai été étonné qu'il fût si tard ; et j'ai pensé que Hyacinthe avait dû aller jusqu'au village, par les raccourcis du plateau.

Néanmoins j'ai mis mon manteau et je suis sorti.

La première chose que j'ai remarquée c'est que La Geneste était noire. Pas de lampe. Je ne sais pourquoi, cela m'a fait plaisir.

J'ai franchi le fossé et j'ai poussé jusqu'à La Morette. Derrière le bâtiment, j'ai relevé le passage de Hyacinthe. Elle avait pénétré dans la grange. J'ai suivi les pas à travers les genévriers. Sur ce coin du plateau, ils forment des taillis à peu près inextricables. Les deux ou trois sentiers qui s'y aventurent disparaissent bientôt dans le maquis.

J'y ai perdu les traces.

Je suis revenu à La Morette, inquiet. De toute évidence, Hyacinthe n'est pas allée au village.

De retour à La Commanderie, j'ai ranimé le feu qui menaçait de s'éteindre et j'ai pris un livre. J'ai lu jusqu'à huit heures.

Pour lire, j'ai dû allumer la lampe ; mais je n'ai pu me résoudre à tirer les contrevents. La Geneste demeurant close, j'ai pensé que ses hôtes ne verraient pas ma fenêtre éclairée.

Cependant une inquiétude me travaillait. Pourquoi, depuis hier, le feu a-t-il disparu ?

D'un jour à l'autre La Geneste s'est fermée ; et c'est moi qui, ce soir, sur le plateau, éclaire de ma lampe l'étendue des neiges.

Je sais, par expérience, ce qu'un tel feu, dans une telle solitude, éveille de pensées, provoque de découvertes étranges.

L'idée qu'on pût me regarder m'est devenue bientôt intolérable. J'ai naturellement horreur qu'on me remarque. Dès qu'on me fixe, je fuis ou je fais front d'un air agressif. Mais encore faut-il que je m'en aperçoive.

A dix heures, n'y tenant plus, je suis sorti de nouveau. Je me suis approché de La Geneste, en suivant un sentier que cachent des buissons.

La maison est bâtie sur un bloc de rocher abrupt, haut de huit à dix mètres. Du côté qui regarde La Commanderie, elle se dresse ainsi au sommet d'une petite falaise. Dans les murs, on a percé des fenêtres étroites : une en bas, deux un peu plus haut, la quatrième au ras du toit. C'est là que jusqu'alors on allumait la lampe.

Les fenêtres du bas avaient leurs volets clos. Ceux du haut étaient rabattus contre la façade. Les vitres jetaient des lueurs, sans doute un reflet de la neige.

Je suis resté un moment sous les roches. Puis j'ai eu froid, et je suis retourné à La Commanderie. Je n'étais pas plus avancé.

J'ai alimenté le feu pour la nuit, baissé la mèche de la lampe ; et je me suis couché.

J'ai cherché tout de suite une bonne position pour dormir ; mais le sommeil n'est pas venu. J'ai senti qu'il allait se refuser longtemps. Quelquefois cependant, quand il tarde à descendre, une rêverie de secours se substitue à lui et m'accompagne jusqu'à l'arrivée de son ombre. Mais cette rêverie aussi s'est refusée. Le monde mobile des songes ne saurait affluer autour d'une idée fixe. J'attendais. Hors de là, je n'étais rien.

Mais je percevais tous les bruits. Il n'en arrivait point du dehors. Le cœur de la maison restait également silencieux. J'entendais battre seulement le balancier de ma montre.

Pas un instant je n'ai cédé à la nervosité. Je me suis étendu sur le dos et j'ai usé de ma patience. J'ai compris aussitôt qu'il serait vain de recourir à des subterfuges ; car je n'étais plus seul. Dans la solitude on s'abuse soi-même, puisque fatalement il faut que quelqu'un nous déçoive. Mais, du moment que l'on est deux, on sait d'où viendra le prestige, et qui déjà nous prépare notre douleur. On ne s'abuse plus ; on feint ; et l'on préfère se méprendre, tant on est devenu lucide, au milieu des pires peines, dans les pires abdications.

Je n'ai pas dormi. J'ai attendu, les yeux ouverts. Hyacinthe est rentrée fort tard.

Je l'ai entendue qui montait l'escalier. Elle s'est arrêtée, devant ma porte. Son manteau a frôlé le panneau de bois. J'ai cru qu'elle allait entrer. C'était certainement une idée folle. La poignée de la porte a bougé imperceptiblement. Je me suis tourné contre le mur. Du couloir, il est arrivé dans la chambre une grande odeur de bois et de neige. Puis Hyacinthe est repartie.

J'ai fermé les yeux.

Je voudrais vivre seulement la nuit ; ne pas me lever, surtout ne pas la voir ; mais l'entendre, me dire qu'elle est là, et qu'elle circule dans la maison.

Je crains de la rencontrer.

Tant que nous sommes séparés je pense que rien ne remue. Le destin se repose de chaque côté de la muraille. On ne le voit pas ; il dort ; on pourrait croire qu'il est parti. Mais je sais que, si je la croise, ou me tiens immobile dans la pièce où elle se trouve, lui, brusquement se lève quelque part, au fond de la maison, près de la tour peut-être, et à tâtons, il descend l'escalier. Son visage doit être si terrible que je détourne la tête pour ne pas le voir.

Il me fait peur. Sans doute il est son compagnon d'enfance, serviteur ou maître, on ne sait, les deux peut-être.

Elle ne l'aime pas : elle le rudoie, mais le craint. Lui, il se tait.

(Du moins, pour le moment, il se tait.)

Quand elle a pénétré dans la salle du bas, je ne l'ai pas vu ; mais, au grand mouvement de l'air, j'ai deviné que quelqu'un entrait avec elle.

Maintenant je sais qu'il était là.

Pendant deux jours, j'ai appréhendé le retour de Mélanie Duterroy.

Elle devait revenir le mardi matin. Dès le dimanche, j'ai commencé à être inquiet. La veille, l'arrivée de Hyacinthe m'avait entièrement occupé l'esprit. De parti pris, je n'avais rien voulu savoir : ni d'où elle venait, ni quand elle quitterait la maison. Le brusque souvenir de Mélanie Duterroy m'a imposé ces deux problèmes. J'aurais aimé cacher Hyacinthe ; mais je ne pouvais pas l'inviter à disparaître. L'eût-elle fait que cela n'eût servi de rien. Mélanie Duterroy a un flair de chienne.

D'ailleurs, après son escapade nocturne, Hyacinthe n'a plus bougé de La Commanderie. C'est à peine si, vers onze heures, le lundi matin, elle est entrée dans le verger. Elle en est revenue presque aussitôt.

Je ne l'ai plus interrogée. J'ai décidé de ne jamais le faire. Nous pouvons vivre côte à côte, sans nous gêner. Rien ne saurait expliquer sa présence. Il me suffit qu'elle soit avec moi, à La Commanderie. Je n'en attends ni bien ni mal. Pourvu qu'elle passe, deux ou trois fois par jour, devant mes yeux, je suis content.

Il me semble qu'elle est très belle. Je ne saurais dire comment. Quand elle s'assied devant le feu, elle l'est. A d'autres moments aussi. Quelquefois elle perd cette beauté. On dirait que, du fond d'elle-même, une main monte et la lui retire. Il ne reste alors de son visage qu'un masque clos à l'air soucieux, comme d'une bête qui a peur.

Elle parle peu. J'attends toujours qu'elle m'adresse la parole. Elle m'a demandé si j'allais quelquefois chasser sur le plateau ou du côté des étangs. J'ai répondu que non.

— Il y a des sangliers, m'a-t-elle dit. Hier soir, j'en ai croisé un, énorme, près de l'autre maison, vous voyez où...

Comme je me taisais, elle a ajouté, d'un ton indifférent :

— L'endroit est désert ; la maison m'a semblé inhabitée.

Je n'ai pas aimé ce ton d'indifférence ; ni la mention de La Geneste. J'ai craint aussi qu'elle m'interrogeât sur ses habitants.

Mais elle a reparlé de sa rencontre :

— On voit bien que, depuis longtemps, personne ne chasse sur ce plateau. Le gibier ne fuit pas...

Mon mutisme a dû la décourager. Elle s'est tue un bon moment. Pourtant elle a fini par ajouter, avec la même indifférence :

— J'aimerais vivre, comme vous, ici.

Elle était assise devant le feu, penchée en avant. Je la voyais de profil. Ses cheveux lui couvraient la joue.

Je lui ai fait remarquer, un peu désagréablement, que vivre ici, c'était dur :

— On y est seul.

— Vous n'y êtes plus seul, m'a-t-elle dit.

Sa voix était basse, rauque. Elle m'a troublé.

Le mardi matin je me suis levé tôt. J'étais inquiet. J'ai trouvé la maison silencieuse. Pas de Hyacinthe. Mais, en bas, tout en ordre.

Vers huit heures, comme je regardais, vers l'est, par la fenêtre, j'ai vu Mélanie Duterroy avec son chien, qui arrivaient. Ils étaient encore très loin ; et ils avançaient difficilement dans la neige.

Tout à coup j'ai senti une tiédeur. Je me suis retourné. Hyacinthe s'est alors appuyée à mon épaule. Jamais je n'avais vu son visage de si près.

Elle a regardé, comme moi, la femme et le chien qui marchaient dans la neige. Sa présence m'a un peu irrité. Je lui ai dit :

— Voilà Mélanie Duterroy...

Sans doute ai-je parlé avec humeur car, au bout d'un moment, elle s'est détachée de moi. Je n'ai rien fait pour la retenir. Je ne me suis même pas retourné. J'ai entendu qu'elle montait dans sa chambre, dont la porte s'est refermée tout doucement.

Aussitôt j'ai éprouvé une joie, une joie courte, basse. J'ai cru qu'elle souffrait. Mais cette joie n'a pas duré longtemps ; elle s'est éteinte et m'a laissé seul devant la porte.

Alors j'ai quitté la maison. Je suis allé à la rencontre de Mélanie Duterroy. La bise soufflait et me coupait la figure. Aussi je marchais à grands pas en enfonçant brutalement mes bottes dans la neige.

La présence de Hyacinthe à La Commanderie est passée inaperçue. Mélanie Duterroy a fait son ouvrage.

Tous les rites ont été respectés. J'étais là, Ragui a levé le museau, flairé la pièce. Il a voulu grimper au premier étage. Mélanie Duterroy l'a arrêté :

— Les chiens restent en bas, a-t-elle dit.

Ragui est allé s'asseoir près du feu. Mélanie Duterroy est montée dans ma chambre ; j'étais inquiet ; mais Hyacinthe n'a pas bougé. Mélanie est redescendue au bout d'un quart d'heure. Elle s'est agenouillée devant l'âtre pour y installer la bouilloire.

Sans tourner la tête, elle a dit :

— J'ai revu mon frère...

Peut-être attendait-elle une question ; mais j'ai gardé le silence. Alors, avec peine, elle a repris :

— Il doit être loin, à cette heure. Ils ne repasseront plus avant sept ans...

J'ai demandé :

— Ils reviennent tous les sept ans ?

Mélanie a fait un effort :

— Oui... c'est l'habitude...

Elle arrangeait la braise, les cendres.

— Toujours ici ? Sur le plateau de Saint-Gabriel ?

— Toujours...

— Pourquoi ?

— C'est ici que venaient nos pères.

— Qui, vos pères ?

— Je ne sais pas...

Comme si je me parlais à moi-même, mais avec intention, j'ai murmuré :

— Alors c'est un anniversaire ? Il tombe justement la nuit de Noël...

Mélanie a continué :

— Oui, justement... et je suis baptisée, moi, tout de même... Toutes les fois j'ai peur... la bête crie... mais je n'ose pas dire non, quand mon frère vient me chercher... Ils brûleraient la bicoque...

Elle s'est relevée :

— ... Ils me la brûleraient, c'est sûr. Le feu, ils savent ce que c'est. Et puis, je crois qu'ils se méfient un peu... Je n'ai pas connu ma mère, moi... J'ai du sang des villages...

Un trouble inaccoutumé secouait ses épaules. Elle m'a averti, d'un souffle :

— Il y en a quelques-uns qui sont restés en arrière. Ils rôdent dans les bois de La Deonne. Je ne sais pas ce qu'ils attendent par là ; mais, je les connais : s'ils traînent, c'est qu'ils veulent quelque chose... N'ouvrez pas, la nuit...

Je pensais :

— La fille qui est là-haut a dû s'enfuir...

L'eau bouillait sur le feu. Mélanie Duterroy nouait son manteau pour partir.

Je lui ai souhaité bonne route :

— A vendredi !

Ragui se tenait devant la porte. Mélanie Duterroy m'a dit d'un ton brusque :

— Je vous le laisse.

— Il ne restera pas...

— Que si !

Elle l'a appelé : « Ragui ! Ragui ! » d'une voix rauque, douce, déchirante.

Ragui a grogné, mais s'est éloigné de la porte et est retourné près du feu.

Mélanie a ouvert. Le vent s'est engouffré dans son manteau et l'a soulevé violemment.

— Il va encore neiger, a-t-elle dit.

Je lui ai demandé :

— Et vous ? il ne vous manquera pas ?

Elle n'a rien répondu ; elle est partie.

J'ai refermé la porte. Je suis revenu devant le feu. Hyacinthe y était déjà. Elle m'a montré le pot de grès, oublié sur la cheminée.

— Elle nous a laissé les fleurs...

Ragui la regardait de ses yeux durs. Il n'avait pas bronché, quand elle était entrée.

L'eau bouillait vivement. Dehors, la tourmente semblait reprendre.

Hyacinthe, devant le feu, les cheveux dénoués, les bras nus, conservait le silence.

Le chien s'est levé, a traversé la pièce, et s'est couché, loin d'elle, en travers de la porte.

J'en ai fait la remarque :

— Nous sommes gardés maintenant...

— Il le faut bien, a répondu Hyacinthe.

Elle s'est tournée vers moi, et m'a regardé.

Moi aussi, je l'ai regardée. Elle a des traits courts, immobiles, mais une grande bouche vivante. Sa figure, secrète et passionnée, exprime l'entêtement, le désir. Des yeux gris, piqués d'or s'élève un regard bref, coupé. Seule la bouche la trahit. Le sang y monte et traîne l'âme. Et c'est là que sa chair, si dure, se gonfle un peu.

La journée s'est écoulée sans incidents. Hyacinthe a disparu dans les profondeurs de la maison. Je soupçonne qu'elle l'explore, pièce par pièce.

Le chien est sorti avec moi, vers quatre heures. Nous nous sommes éloignés de cent mètres à peine : le temps de respirer une gorgée d'air. Il faisait mauvais. En rentrant j'ai mis les verrous. Tout de suite, après le dîner, Hyacinthe s'est retirée. Moi, j'ai écrit des lettres.

... Après tout, mon ami d'Arbaud connaît peut-être bien ces gens bizarres qui, depuis quelques jours, je ne sais trop pour quelle raison, hantent le plateau de Saint-Gabriel. Il a vécu, sinon chez les Nomades (nul n'y est accueilli), du moins un peu à côté. Il doit savoir... Je lui ai posé quelques questions : on verra bien...

Les lettres terminées, j'ai lu.

A dix heures, j'ai fermé mon livre et j'ai écouté.

Sauf le gémissement de la brise, ni dans la maison, ni dehors, ne s'élevait le moindre bruit.

Je n'ai pas attendu longtemps. On a frappé. Aussitôt Ragui a soulevé sa tête énorme. En silence il s'est placé derrière la porte. Moi, je n'ai pas remué.

On a frappé, de nouveau, plus violemment.

D'instinct j'ai regardé vers l'escalier. J'ai vu Hyacinthe. Elle était appuyée contre le chambranle.

Dehors quelqu'un a appelé :

— Il y a un malade à La Geneste : on vous demande.

J'ai fait un mouvement. Hyacinthe, du doigt, m'a arrêté. Elle s'est approchée de la lampe et l'a soufflée.

L'autre, dehors, a grommelé, frappé encore, puis s'est tû. Il faisait noir.

Ragui s'est allongé en soupirant.

Tout à coup, près de moi, j'ai senti le corps de Hyacinthe. Elle a chuchoté :

— Dans l'autre maison, ils ont allumé une lampe. On la voit du grenier.

J'ai voulu lui saisir le bras. Je n'ai rien trouvé. Je l'ai appelée doucement. Elle m'a répondu : sa voix venait de l'escalier.

— Montez là-haut. N'allumez pas surtout...

A tâtons, je suis arrivé jusqu'à la première marche. Alors elle m'a touché. Elle était toute chaude. Ses cheveux brûlants avaient une odeur de fourrage. Elle m'a pris par la main ; nous sommes montés au grenier. Elle m'a entraîné jusqu'à la lucarne. On apercevait La Geneste.

Elle m'a demandé :

— C'est là qu'est le malade ?

J'ai répondu :

— Sans doute.

Elle s'est tue. Nous regardions brûler la lampe. J'ai dit :

— Il y a huit mois que je l'observe. Ce n'est pas une lampe de malade.

Elle s'est appuyée contre moi. Il m'a semblé qu'elle tremblait. Je suis plus grand qu'elle. Sa tête atteignait à peine mon épaule.

J'ai continué à parler :

— La lampe est posée sur une table ; mais il n'y a personne dans la chambre. Celui qui l'a allumée se tient, dans une autre pièce, pour mieux voir...

D'une voix douce, basse, elle m'a demandé :

— Que cherche-t-il ?

Je n'ai pas répondu. J'étais inquiet.

— Allons-nous en d'ici, Hyacinthe. Vous avez froid. On gèle dans ce grenier ; la bise passe partout ; et c'est folie de divaguer, comme je le fais, à propos d'une lampe qui n'éclaire, peut-être, qu'un vieux liseur d'almanach.

Elle s'est vivement écartée de moi ; le plancher a gémi ; je l'ai appelée ; j'ai frotté une allumette... Le grenier était vide...

Alors, malgré moi, mes yeux sont revenus à la lucarne. Entre La Commanderie et La Geneste, on voyait, très distinctement, sur la neige, trois hommes qui se dirigeaient vers les étangs.

Je les ai suivis des yeux jusqu'à ce qu'ils aient disparu. Puis mon regard a retrouvé la lampe.

Malgré le froid, je ne pouvais plus m'en aller. Je restais là, fasciné par ce feu comme une bête.

Car je suis aussi une bête sauvage. Sinon subirais-je cette fascination ?

Comme moi, du fond de son gîte, la bête observe la lumière. Dans son âme étroite s'agitent les démons du sang. Pourtant elle est en proie à une étrange béatitude : elle adore le feu. Le feu tente toujours sa vieille misère de créature des ténèbres. Et peu à peu elle s'approche, attirée par l'amour, épiée par la mort, de la flamme d'hiver, mère des hommes...

Hyacinthe vit à part ; je ne la vois que très rarement, même aux repas.

Il y a maintenant trois semaines qu'elle est arrivée à La Commanderie. Elle n'en est guère sortie, sauf de jour quelquefois, pour aller dans le verger. Ragui l'accompagne. On ne saurait dire qu'il s'est pris d'affection pour elle. Ragui, mène, à côté de nous, une vie séparée. Il semble accomplir un office, être au service du destin. Je ne puis admettre qu'il soit un chien comme les autres. Du chien il ne montre ni la soumission, ni les habitudes viles. Il n'est pas loup pourtant. Le loup a la démarche oblique, le museau inquiet. Lui, il va droit, le poitrail en avant. Pour manger il se cache. Il dort, le plus souvent, devant la chambre de Hyacinthe. Jamais il n'aboie. S'il gronde, c'est tout doucement, entre les crocs. Mais il ne gronde guère. Au moindre bruit, il se dresse et attend, prêt à tuer. Je l'aime ainsi. En moi, parle ce chien sauvage. C'est une bête de combat. Je voudrais être, comme elle, hors du troupeau, avec un col musclé et, dans les yeux cette large lumière de courage.

Mélanie Duterroy vient régulièrement. Régulièrement aussi elle oublie le pot de fleurs.

Quand elle est là, on ne voit pas Hyacinthe. Mélanie sait qu'il y a une femme à La Commanderie. Quelquefois Hyacinthe laisse traîner un foulard, un fichu. Mélanie Duterroy le range, sans rien dire.

Ragui, en la voyant, ne manifeste aucune joie. Il la regarde aller et venir.

Mélanie est redevenue taciturne. Mais son silence maintenant laisse percer quelque inquiétude. Je l'ai surprise hier qui me regardait avec méfiance, du moins je l'imagine ; mais j'imagine tant de choses...

Regrette-t-elle de s'être confiée ?... Sur cette figure de pierre, je soupçonne un débat. Ce n'est pas une fille banale. Elle aussi porte les marques du destin.

A qui obéit-elle ? Plus je vais, plus je me persuade qu'elle obéit à quelqu'un.

Le peu qu'elle m'a dit, semblait trahir de l'hostilité aux Nomades. Pourtant, j'en jurerais, elle était parmi eux, la veille de la Noël, dans le cirque, quand ils ont accompli ces rites étranges.

Qui donc se cache derrière elle ? Pour qu'elle n'ait pas craint de m'avertir de la présence des Nomades rôdant aux bois de La Déonne, et qu'elle m'ait laissé le chien, il faut qu'elle ait des sûretés.

Qui les lui a données ? L'ascendant d'une volonté semble la pousser, malgré elle, à des démarches dont je ne vois pas le dessein.

Les trois Nomades que j'ai aperçus, l'autre nuit, entre La Commanderie et La Geneste, n'ont pas quitté le pays. J'ignore où ils se tiennent ; mais j'ai relevé des pas entre les étangs et les bois de La Déonne, à l'Ouest. J'ai poussé jusqu'à la digue. En plusieurs points, on avait brisé la glace, pour pêcher. Je sais qu'il y a une vieille maison de garde abandonnée au milieu du bois. Peut-être y logent-ils. D'après Mélanie Duterroy, on appelle cette maison Malecord, du nom d'un ancien maître. Il faut descendre au fond d'un petit ravin, près d'un ruisseau, pour le trouver. J'ai noté le renseignement ; j'irai.

Hier soir, Hyacinthe s'est montrée un peu plus parlante.

Elle m'a dit :

— Il y a, toutes les nuits, quelqu'un qui vient dans les communs...

Je me suis étonné :

— Je n'ai pas vu de traces sur la neige.

Elle m'a donné une bonne raison :

— Il arrive par le verger ; il marche sur la crête du mur.

J'ai poussé une exclamation. Elle a murmuré :

— Oui, c'est étrange...

Longtemps elle s'est tue, et je n'ai eu garde de rompre le silence.

Au bout d'un moment, comme si elle continuait la conversation, elle a dit :

— J'ai été élevée à la campagne ; à la campagne il n'y a rien d'étrange...

Ma curiosité a été la plus forte :

— Qui vous a élevée ?...

Elle n'a pas répondu à ma question ; elle a parlé d'autre chose :

— Il y avait un énorme cyprès ; jamais je n'en ai revu de pareil. Derrière le cyprès s'ouvrait le plus beau pays...

— Un verger ?

— Oui, un verger avec une cabane...

Elle s'est tue encore. Je lui ai demandé :

— Vous aviez peur ?

— Quelquefois, oui, mais pas dans le verger ; dans la maison surtout... J'ai habité d'abord, en bas, près de la cuisine ; puis on m'a envoyée, sous le toit, dans une mansarde...

— Où était ce pays ?

— Très loin, dans les collines...

Elle a ajouté simplement :

— J'étais heureuse ; je pouvais me cacher.

— Où ?

— Dans la cabane. J'y passais des journées entières.

— Et qu'est-ce que vous faisiez dans la cabane ?

Elle a réfléchi longuement :

— Rien. J'attendais...

— Vous ne jouiez pas ?

— Si quelquefois, toute seule...

Elle était assise devant le feu. Je l'ai bien observée. Par moments son visage change. Sa figure, pourtant si jeune, tout à coup rajeunit encore. Dans ce visage clos, mais passionné, se forme une figure enfantine, tout à fait inexpressive.

D'ordinaire elle prend cet air inhumain quand elle parle d'elle-même. Alors tout élan l'abandonne. Cette puérilité subite semble envelopper une hantise. On devine sous l'enveloppe qu'une intelligence cruelle s'est arrêtée sur un étroit désir. Mais quel désir ?...

Une enfant est là, qui couve ses ardeurs et qui vous trouble plus par ses précocités et ses soumissions que par ce qui lui reste encore de sa mouvante beauté.

Depuis plusieurs jours je me méfiais.

A leur insu je suis rentré par la porte qui donne sur les champs. Je me suis caché dans le réduit où l'on pend les manteaux. J'ai écouté.

Mélanie parlait à voix basse, mais j'entendais bien. Elle expliquait :

— Ils se méfient de moi ; ils se doutent bien que vous êtes ici. Gatso est venu me trouver... Il m'a dit : « Rends-moi le chien. » Je lui ai dit : « Je l'ai donné. Il est à la Commanderie. Va le chercher, si tu veux. » Il a grogné : « Si j'y vais, j'y mettrai le feu. »

Hyacinthe a demandé :

— Et tu crois que Ragui suivrait ton frère ?

Mélanie Duterroy a répondu :

— Jamais. Il n'obéit qu'au maître.

— Et lui, tu l'as revu ?

— Non.

Elles ont cessé de parler. Mélanie a remué des chaises, poussé la table. Puis Hyacinthe a dit :

— Crois-tu que lui aussi me cherche ?

Il m'a semblé que Mélanie hésitait. Elle a fini tout de même par répondre :

— Non. Il vous aurait déjà trouvée...

Hyacinthe a soupiré.

— Pourtant il doit avoir de la peine. J'en ai, moi.

— Je vous comprends. C'est plus que votre père.

— Je n'ai pas eu de père. Mais lui m'a tout donné. Tu connais le Jardin, toi... J'aurais dû y être heureuse.

— Vous l'avez quitté.

— Je souffrais.

— De quoi ?

— De tout avoir et de n'être pas libre. Car je possédais tout, sauf cette liberté de partir... J'ai fui...

— Pourquoi ?

— J'ai voulu tout de suite aller ailleurs, là où je n'aurais rien, ici, par exemple.

— Vous êtes heureuse, ici, maîtresse ?

Hyacinthe n'a pas répondu.

— La neige recommence à tomber, a fait observer Mélanie. Il va rentrer, sans doute.

— Oui, a dit Hyacinthe. D'ailleurs il n'est pas gênant. Pourtant j'ai envie de quitter cette maison. Il n'y a qu'une chose qui me retienne.

— Quoi ? a demandé Mélanie.

Hyacinthe a dit :

— Cette lampe.

Mélanie est allée au fond de la pièce. Au bout d'un moment Hyacinthe l'a rappelée :

— Tu ne m'as jamais dit qui habitait là-bas ?

— Oh ! a grommelé Mélanie, des gens comme tous les autres, un peu plus sauvages, voilà tout.

Longtemps elles se sont tues. Puis Hyacinthe a parlé de nouveau.

— Toi, pourquoi me sers-tu ?

Mélanie a élevé sa voix dure :

— Je fais mon devoir. Je sais qui vous êtes.

Hyacinthe :

— Je ne suis rien.

Mélanie n'a pas répondu.

— Que dois-je faire maintenant ? a demandé Hyacinthe.

— Attendre la fin de l'hiver.

— Et après ?

— Vous avez un pays ?

— Non. Mon pays c'est trois ou quatre âmes. Pas autre chose...

De nouveau elles se sont tues. Ragui a traversé la salle et s'est assis devant le feu.

Mélanie a pris son manteau.

Sans bruit j'ai quitté la maison. Un quart d'heure plus tard Mélanie repartit vers le village.

Je suis rentré.

Hyacinthe n'avait pas changé de place. Elle m'a regardé sans dire un mot. Elle paraissait calme.

Je lui ai annoncé que l'hiver serait long.

C'est une semaine plus tard que je suis allé à Malecord. Les événements provoqués par cette visite m'ont empêché, pendant plusieurs mois de continuer ce Journal. Cependant je me les rappelle bien.

Je suis parti de La Commanderie, un mardi, à dix heures du matin. Il faisait très froid.

Avant de partir, j'avais cherché Hyacinthe. Je ne l'avais trouvée ni dans la maison ni aux alentours. Je ne m'inquiétais pas trop. Depuis quelque temps elle vivait à part.

De l'étage qu'elle habitait, à l'Ouest, elle avait fait son domaine. Là s'ouvraient deux couloirs en croix, dont l'un aboutissait à la tour, l'autre à l'échelle du grenier. C'était une région que je m'étais interdite. Il y restait sept ou huit chambres délabrées. Deux au moins, dont celle de Hyacinthe, conservaient quelques meubles.

Hyacinthe passait là-haut, la majeure partie de son temps. Je ne la voyais plus guère. Souvent elle disparaissait, pendant toute la journée, et prenait seule ses repas. Quelquefois je l'entendais qui fermait une porte. Quelquefois son pas s'éloignait dans le long corridor qui mène à la tour. La nuit, elle descendait au rez-de-chaussée, et restait très longtemps dans la grande salle. En descendant elle passait devant ma porte. Souvent je m'endormais avant qu'elle fût remontée dans sa chambre. Elle peuplait ainsi la maison de pas, de bruits, de frôlements, devenus familiers à mon silence. Émanés d'un être invisible dont la présence me hantait, ils pénétraient, pour l'alimenter d'événements imaginaires, le plus naturellement du monde, dans ma rêverie. Peu à peu la grande maison, cependant si mystérieuse, prenait un caractère plus étrange encore, tant cette animation perceptible et confuse dégageait, des lieux souterrains, des vieux murs, des chambres abandonnées, une vie longtemps contenue, et que retenait dans ces pierres, depuis sept ou huit siècles, peut-être, ce simple mot de magie ou d'amour, que cherchait partout Hyacinthe.

Depuis la conversation que j'avais surprise entre elle et Mélanie Duterroy, je ne l'avais plus guère rencontrée. Son absence avait développé en moi une nervosité extrême. J'étais sourdement satisfait qu'elle fût devenue invisible ; mais je l'entendais ; elle était là. D'elle à moi, à travers la maison, passaient comme des messages étranges : mots obscurs, avertissements, craintes, appels étouffés. Mais surtout un étroit désir, à quoi je ne savais donner de nom, vibrait (qui devait bourdonner en elle), et ses ondes transmettaient de son cœur, aux murs, à ma chair, à mon cœur, l'angoisse qui la tourmentait, et même la courte chaleur de sa petite âme.

Je ne tirais plus aucun secours de la lampe. La lampe, obéissant à je ne savais quelle loi, tantôt s'allumait, tantôt non. Mais alors même qu'elle brillait à sa fenêtre habituelle il ne m'en venait rien. De La Geneste à La Commanderie n'existaient plus d'échanges.

La lampe cependant vivait, mais étrangère à moi ; et ses variations m'étaient devenues incompréhensibles. Matériellement elle me paraissait plus près de moi ; mais aussi plus banale. Il me semblait qu'on ne l'allumait plus que par habitude ; et encore négligemment : quand elle ne brillait pas, on l'avait oubliée... On l'entretenait mal... Je sentais une lassitude ; et cette défaillance me serrait le cœur. « Une nuit, me disais-je, elle s'éteindra à jamais. » Chaque soir, j'appréhendais de ne plus la voir luire. Quand elle tardait à paraître, je me torturais d'impatience. Les nuits où l'on négligeait d'allumer sa flamme familière, je restais, des heures durant, le front collé contre la vitre de ma chambre, à regarder le champ de neige et les murs bas de cette bâtisse, où je savais que vivait encore toute ma vie seconde, ma vraie vie, que pourtant je ne pouvais plus atteindre. Je pressentais qu'un drame obscur agitait les hôtes de la vieille métairie ; mais je n'avais plus de contact avec son contenu moral.

Maintenant il m'arrivait de me saisir moi-même, de me dire : « Tu es là ». Je me vivais. Mais je me vivais où j'étais ; je ne pouvais plus me vivre ailleurs. Cette unité puissante que j'avais poursuivie avec une passion sauvage, m'isolait tout à coup. Plus j'étais moi-vivant, saisi dans l'étreinte, plus j'étais seul. Sans doute était-ce la raison qui me rendait Hyacinthe invisible et qui faisait de La Geneste une maison de pierre, de briques et de tuiles où n'atteignaient plus mes effusions.

J'étais sensible au moindre appel arrivant au ras de la neige. Les étangs m'étaient interdits ; mais la forêt, à peine distante d'une demi-lieue, m'attirait par son odeur. Quelquefois un peu de vent m'apportait des exhalaisons de bois mort et de feuilles pourries.

Les trois hommes que j'avais aperçus quelques jours plus tôt n'avaient plus reparu. Pourtant je savais qu'ils n'avaient pas quitté le pays. Une ou deux fois ils avaient allumé du feu à la corne de la forêt qui s'avance vers les étangs. De La Commanderie, j'avais vu, vers le soir, s'élever au-dessus des arbres cette petite colonne de fumée.

Dans quel dessein s'attardaient-ils ?

A plusieurs reprises, la nuit, j'avais entendu remuer les tuiles des communs et grincer la porte du verger. J'étais sorti ; je n'avais rien su découvrir.

Des gens rôdaient pourtant. Les propos de Mélanie Duterroy me passaient par la tête ; et je pensais à la maison abandonnée de Malecord. J'avoue qu'elle me faisait un peu peur. Je ne suis ni lâche, ni brave ; mais cette maison m'inquiétait. Inquiétude d'autant plus pénible qu'elle demeurait vague ; et cette imprécision en augmentait la puissance.

C'est pour la dissiper que je me décidai à aller, le marti matin, à Malecord.

Une fois dehors, je retrouvai tout mon calme. La bise était tombée, mais la terre et le ciel semblaient figés dans une sorte de froid silencieux.

Je me dirigeai vers le bois de La Deonne où j'arrivai une demi-heure plus tard.

Je ne m'étais jamais enfoncé bien loin au milieu de ces bois, dans la direction de Malecord. J'errai un peu ; puis je découvris un sentier qui descendait. Dans le ciel d'hiver, les arbres, dépouillés de leurs feuilles, paraissaient vieux. Quelquefois, sous la neige, j'écrasais une branche qui cassait avec un bruit sec. Des corbeaux lourds, lustrés ; quelques croassements ; mais surtout le silence…

Je découvris Malecord à l'improviste, dans une dépression, près d'un ravin.

C'était un pavillon carré, d'un étage, avec un toit à quatre pentes que couronnait une boule de faïence vernissée. La porte était entrouverte. On voyait des pas sur la neige.

La maison cependant paraissait inhabitée.

Les pas provenaient des étangs, de La Geneste, et de la route qui longe la forêt, au-delà du plateau de Saint-Gabriel, et rejoint à Déorges le chemin vicinal de Volletiers.

Je descendis de la petite butte où d'abord je m'étais arrêté et je fis le tour de la maison. Les traces étaient bien marquées (il devait y avoir trois hommes, comme je le pensais).

Je les suivis. Je remarquai qu'on n'en trouvait point devant le seuil. Du côté de l'entrée la neige s'était amoncelée assez haut.

Je me dirigeai cependant vers la porte. Tout à coup la neige céda, et je glissai. Je voulus me raccrocher des mains ; mais je ne saisissais que neige friable. Je continuai à glisser. La neige s'éboula et me couvrit la tête. En me débattant je tombai dans une excavation.

Je me secouai, étourdi. Je n'avais point de mal.

J'étais dans une sorte de cave, éclairée par un petit soupirail. Il s'ouvrait, en haut, dans une voûte. Il devait prendre jour, à travers le sol de la bâtisse, à l'intérieur du pavillon ; car il n'était pas obstrué par la neige et il n'en tombait qu'une faible lumière.

Le terrain était en pente. Quand on avançait vers le soupirail, le sol se dérobait et on enfonçait dans l'eau. Je revins en arrière.

J'essayai d'approcher du trou par où j'étais tombé. La neige l'avait obstrué. J'y mis les mains pour en déblayer l'orifice. Je creusai un moment. Mais je dus m'arrêter bientôt. Mes doigts étaient glacés, en sang. Je les réchauffai sous ma veste, contre ma poitrine ; et je repris mon travail en m'aidant d'une grosse pierre. Je n'avais aucune inquiétude. Je pensais seulement à creuser le plus vite possible, pour me réchauffer. Malheureusement, malgré le secours de la pierre, mes doigts s'engourdissaient rapidement. Je n'avançais pas vite. Bientôt je dus m'arrêter. J'avais fait une excavation où je pouvais passer la tête et les épaules ; mais la neige offrait maintenant un dur obstacle. Je m'appuyai contre la paroi. Je regardai ma montre. Le cadran lumineux marquait dix heures. J'étais très las. J'aurais voulu m'asseoir.

Je comprenais parfaitement le danger de ma situation : j'étais enterré. Seul, jamais je ne me tirerais de là. Il fallait qu'on vînt me secourir. Je ne pouvais attendre d'aide que des trois vagabonds. Mais quand retourneraient-ils ? A La Commanderie, personne ne savait que j'étais parti pour Malecord. Hyacinthe ne bougeait pas de son étage. Mélanie ne devait revenir que dans trois jours.

J'aurais voulu m'asseoir ; mais le sol était boueux. Il faisait froid dans cette cave. Je n'osais cependant me déplacer, de crainte de tomber dans quelque autre trou.

Pas un bruit n'arrivait de la maison, ni de la forêt.

Je n'avais pas peur. J'écoutais. Mais je n'entendais rien sauf le tic-tac de ma montre et de temps à autre, le passage de ma respiration, quand je rejetais l'air avec plus de force.

J'étais seul. Du dehors rien ne m'atteignait ; et de moi ne s'échappait que ce souffle ; mais il était mon souffle ; je pouvais l'accroître, le diminuer, le suspendre. Je sentais ma réalité, toute tiède encore de vie, au fond de cette fosse. Je vivais.

Cependant le froid montait tout le long de mes jambes. Mes souliers prenaient l'eau. Mais j'avais le ventre, les reins, la poitrine encore bien chauds, sous mes vêtements de laine. Et mon cœur battait tranquillement.

Je ne pensais ni à La Commanderie où vivait Hyacinthe, ni à ma véritable situation, mais à la forêt. Avec un étrange détachement, je revoyais, du fond de cette fosse noire, les grands arbres muets.

Ils m'apportaient une pure image de l'hiver.

Une extraordinaire blancheur m'emplissait de quiétude. Dans ces ténèbres étroites je n'étais que neige et tranquille étendue. Accoté cependant à la paroi humide j'avais perdu tout sentiment de mon impuissance et acquis une aisance d'âme qui me délivrait. Pourtant je savais bien que j'étais dans la tombe. Là-haut, dans la forêt, la neige avait peut-être recommencé à tomber, ensevelissant mes traces. La descente silencieuse des milliers de flocons ouatant le sol cependant m'enchantait. Je perdais peu à peu conscience de l'ombre et des limites de ma vie. Je flottais quelque part, en moi, dans cet hiver imaginaire que nous portons tous dans le cœur. J'y étais au-delà des saisons de la terre, prêt à la quitter...

Je fus tiré de ma torpeur par un bruit de voix. Il me parut arriver du soupirail. Le peu de clarté qui jusqu'alors filtrait par là maintenant avait disparu. En haut, il devait faire sombre. Peut-être la nuit était-elle tombée...

Je me secouai et, en pataugeant, je fis quelques pas. Les voix descendaient en effet de la pièce située au-dessus du souterrain. Je ne distinguais pas les mots, mais les timbres graves. Des voix d'hommes : les Nomades, sans doute.

Ils parlaient avec lenteur, par petites phrases. Quelquefois ils s'interrompaient. Je n'avais qu'à crier : ils m'entendraient sûrement...

J'atteignais le mur du fond. J'avais de l'eau jusqu'aux genoux. En tâtonnant, je découvris, contre la paroi, une petite excavation où je me hissai. Là j'étais au sec. Ma tête touchait à la voûte ; le trou du soupirail s'ouvrait à côté de mon oreille.

J'écoutai. Les voix continuaient à parler ; mais je ne saisissais toujours qu'un bourdonnement...

Des bruits de plats et de bouteilles me donnèrent à penser que ces hommes mangeaient. A ma montre il était sept heures.

Puis il y eut un moment de silence. L'un des hommes bâilla très bruyamment. Ils avaient fait du feu, car une odeur de bois brûlé se glissait, par le soupirail, jusqu'à moi, par petits filets.

J'entendis des pas. Allaient-ils s'en aller à quelque affût ?...

Il fallait appeler ; mais je ne le pouvais pas. Une

bizarre timidité m'empêchait de le faire ; peut-être une sourde poussée d'orgueil...

Ils ne savaient pas que j'étais là, prisonnier. Ils ne devaient en aucune façon le savoir. A mon appel ils auraient répondu par quelque atroce ricanement...

Tant qu'ils ignoraient ma mésaventure, ils n'oseraient pas s'attaquer à La Commanderie. Ils me craignaient encore ou du moins ils comptaient encore avec moi. S'ils apprenaient que j'étais tombé à leur merci, de quoi ne deviendraient-ils pas capables ?

Réduit à l'extrême impuissance, voué à la mort, cependant j'exerçais toujours sur eux le même pouvoir. Je les écartais de Hyacinthe.

Et surtout j'étais là.

Ils ignoraient que j'étais là. J'y étais cependant et je sentais l'avantage de cette position. Désormais j'étais le plus fort. Tant qu'ils ignoreraient ma présence, je le serais. Il ne fallait pas crier ! Mais me tenir debout contre le roc, aussi longtemps que pourrait me porter mon corps. Ne rien dire, ne rien penser. Attendre. Devenir cet esprit souterrain...

Peu à peu je me figeai. Je fis corps avec la pierre, puis avec le froid de la pierre, puis avec le froid pur, et au-delà je perdis ce corps...

En haut quelqu'un chanta, très doucement... sans doute rêvait-il... Le chant s'éteignit, et je fus seul...

J'attendis un moment... je voulais m'assurer que j'étais seul. Je l'étais bien. Hors de moi et en moi s'étendait ce nouveau silence... et j'étais tellement identique à moi-même que par moments je ne sentais plus que j'étais seul.

Aucune sensation ne me traversait plus ; et un seul sentiment m'habitait, celui de me continuer et, plus profondément, de *m'être...* Était-ce même un sentiment ? Il n'émettait pas de chaleur, mais il en émanait comme une lueur de phosphore, sans température. Je ne vivais plus ; je durais et peu à peu je m'évadais, même hors de cette durée, dans une fluidité temporelle détachée de toute mesure, cependant que de moi s'épandait un rayonnement sourd.

Et ce rayonnement filtrait à travers les pierres de mon horrible demeure souterraine, traversait l'humus gras, les racines vivantes, la croûte glacée de la terre, et s'exhalait. Je le voyais flotter sur la neige, comme une buée brillante qu'un peu de vent quelquefois faisait osciller à deux pieds du sol et poussait lentement vers les étangs. Comme une lueur les étangs vers lesquels déjà s'inclinait la lune s'illuminaient entre les arbres à l'approche de ce brouillard. La Geneste était close et noire. La lampe en était descendue dans les profondeurs de la terre ; mais La Commanderie veillait. J'y voyais éclairée, près de la tour, la mystérieuse fenêtre de Hyacinthe... Je ne voyais pas Hyacinthe, car on ne peut pas voir Hyacinthe... (que n'a-t-elle une forme ?)... Mais je la devinais inquiète, attentive... Elle errait à travers la maison sans hâte, et cependant de plus en plus étreinte par l'angoisse. Car peu à peu elle découvrait qu'elle était seule, seule de cette terrible solitude humaine, qui n'est que l'incapacité de voir (mais non d'entendre) les monstres épars dans les ténèbres. Elle était descendue dans la grand-salle ; elle savait que je n'étais plus là, elle avait peur ; elle voulait sortir ; elle n'osait ; la nuit, la neige, lui glaçaient le cœur et je l'entendais, gémissante, qui m'appelait à travers toutes les chambres de La Commanderie ; et c'était peut-être mon nom qu'elle disait.

Peut-être. Car je ne le reconnaissais pas, mais quelqu'un l'avait reconnu, la bête. Et je voyais se lever, sur le seuil de ma chambre, où il dormait, Ragui.

Il secouait son col énorme, et, en gémissant à son tour, il se ruait dans l'escalier et se dressait furieux contre la porte que Hyacinthe entrouvrait puis refermait avec terreur. Car dehors on voyait du côté des étangs flotter cette buée brillante. Maintenant que la lune était tombée, la buée épandait une extraordinaire lumière sur les eaux glacées des étangs et le champ des neiges… Elle illuminait tout.

On apercevait le grand chien sauvage lancé, museau bas, sur la piste qui mène au bois de La Déonne, pénétrer dans le bois, puis flairer, et filer comme un fou vers Malecord. Et je l'entendais qui grattait de ses pattes robustes juste au-dessus de ma tête. Il creusait en grondant. Enfoncé jusqu'aux reins dans la neige, il fouissait le sol de son nez dur ; il mordait les racines ; ses ongles griffaient le terreau ; il soufflait avec rage ; il déchirait ; je sentais son haleine ; j'avais dans mes cheveux l'odeur acide de son poil ; ses crocs s'enfonçaient dans le cuir de ma veste… Il tirait, glissait, tirait encore ; il s'arc-boutait de ses grands ongles dans ce sol friable ; il gémissait ; et cependant ses longs muscles bandés me tiraient peu à peu de la terre ; il me hissait toujours plus haut ; déjà je respirais ; lui grognait de joie ; et l'air vif de la nuit me mordait la gorge.

Je brûlais, j'étais transi ; j'essayais de me relever ; je titubais. Ragui se tenait devant moi. J'apercevais le flamboiement de ses yeux inexplicables, les deux trous de phosphore. J'avançais cependant sur une étendue immatérielle, avec une soudaine légèreté. Quelqu'un que l'on ne voyait pas semblait m'enlever comme une plume au-dessus de la neige. Je faisais quelquefois de grands pas imprévus qui me portaient plus loin que mon désir ; et d'autres fois, je ne pouvais plus avancer, malgré mon élan, malgré mes efforts. Mais lui, Ragui m'attirait peu à peu en dépit de mes défaillances, vers la veilleuse de Hyacinthe. Il me conduisait avec calme, s'arrêtant quand je m'arrêtais à bout de souffle. Cependant au-dessus de la noire Geneste étincelaient des milliers d'astres.

Je les regardais de la terre avec amour et épouvante et j'allais sans savoir comment, là-bas, de moi-même à moi-même, à travers d'incessants vertiges, derrière ce grand chien sauvage qui avait retrouvé les traces de mon âme, dans le vent d'hiver.

CONVALESCENCE

NOTE

J'ai réuni ici des souvenirs

Ils se présentent quelquefois dans la forme vive de ces notes que l'on inscrit sur le moment.

Mais ce n'est pas ainsi que je les ai rédigés. Je les ai rédigés plus tard.

S'ils ont pris cependant les figures brûlantes d'une présence immédiate, c'est que leur résurrection m'a saisi. Je n'évoquais plus : je revivais. Et ce présent intemporel, je l'ai, sans le vouloir, noté comme si j'écrivais quelques heures à peine après les événements racontés.

Ces événements, il eût été plus naturel de les situer à leur place, à plusieurs années de distance. J'en parle comme s'ils étaient encore là, alors qu'il faut, en me lisant, les éloigner au-delà du temps de la phrase.

D'autres fois ce passé est resté un passé véritable ; et je l'ai relaté comme tel.

On ne situe pas des états, ni surtout des mouvements d'âme. Ceux-ci, en particulier, échappaient aux topographies habituelles de la mémoire.

Peut-être n'y faut-il voir que ces légers, ces solubles nuages qui ont glissé sur moi, au temps de ma convalescence, entre terre et ciel.

On m'a transporté pendant mon délire dans le grand lit de cette chambre.

Ce n'est pas ma chambre. Ma chambre a dû paraître trop froide pour un malade.

Celle-ci, deux fenêtres l'éclairent assez bien, surtout pendant la matinée.

L'une de ces fenêtres s'ouvre sur des arbres. L'autre je ne sais où.

J'ignore comment je suis arrivé dans cette pièce. Je n'ai gardé aucun souvenir.

Combien d'heures suis-je resté sous terre ?...

J'ai perdu la notion du temps. Car le temps ne m'a plus duré. Sans secousse il s'est détaché de ma vie et j'ai lâché les brides de ma conscience sensible.

Qui est venu alors ? Que s'est-il passé ?

On m'a soulevé, emporté. J'avais la nausée et des vertiges. Puis j'ai tout oublié.

J'ignore ce que j'ai oublié. Pendant quelque temps j'ai éprouvé la sensation de n'être plus qu'un malaise sans corps. Je m'étais mué en un poids de fièvre flottant que sa lourdeur énorme entraînait quelque part vers le sol.

Cette sensation elle-même a dû s'évanouir, et de moi il n'est plus resté qu'un trou.

Au cours de ce néant il a dû se passer dans la maison des choses vagues. Je ne sais rien de ces choses. Je les désigne avec imprécision par ignorance. Mais elles se sont certainement produites.

Peut-être ne furent-elles, en fin de compte, que de

menus événements domestiques. Cependant, à peine éveillé, elles ont hanté mon esprit et parfois elles le mettaient au désespoir.

J'ai failli mourir. J'ai déliré pendant plusieurs jours. Je l'ai dit : de mon délire je n'ai conservé aucun souvenir. Cependant j'ai dû faire un rêve. Je ne sais à quel moment le placer. Sans doute m'est-il apparu à peu près au moment où je commençais à perdre conscience.

... J'étais allongé dans mon lit. Du fond de l'horizon s'est avancé vers moi un drap immense, blanc, sans un pli. Il glissait, étendu sur toute la Terre. Ce drap horizontal atteignit mes pieds, mes genoux, mon ventre ; il était humide, glacé. Il a touché mon cou et mes épaules ; et peu à peu il m'a recouvert la face.

Je n'ai pas vu de monstres. Je porte en moi des monstres. Mais ils ne m'ont pas visité pendant mon délire.

On m'a déposé quelque part. Mon corps d'un côté, mon âme d'un autre. Mon corps s'est défendu tout seul. Mon âme a dormi.

Je ne sais qui les a doucement rapprochés par la suite, refondus dans le même désir de vivre.

Ces opérations magiques ont été faites à mon insu.

C'est une légère vapeur d'herbe médicinale qui d'abord, semble-t-il, m'a rendu sensible. Peut-être de la bourrache ou de la sauge. J'ai entendu ensuite une musique un peu vieillote, d'un accent campagnard, frais, jouée je ne sais où par je ne sais qui, mais bien tendrement.

L'odeur des herbes salutaires est arrivée dans mes poumons et s'y est étalée ; elle était amère et cicatrisante. Je la sentais monter dans mes fosses nasales et tiédir le fond de ma gorge...

Je l'ai aimée. J'ai pensé vaguement alors qu'il y avait de bonnes choses sur la terre, de vieux remèdes paternels, des élixirs, des plantes...

Cependant je n'ouvrais pas encore les yeux. Peu à peu se formait en moi l'idée d'une maladie lente et grave dont je goûtais maintenant les premières voluptés. J'étais encore un peu évanoui ; en deçà de la conscience, mais d'un rien ; et déjà je voyais sur le mur blanchi à la chaux se composer des figures précaires. Elles disparaissaient l'une derrière l'autre, mais si doucement que j'avais le loisir de les suivre très loin, jusqu'au plafond où elles se perdaient dans les nuages. D'autres apparaissaient, aussi doucement, à leur place et me regardaient avec bienveillance avant de s'éloigner. Une immatérielle blancheur illuminait ce mur d'où la vie revenait à moi.

Je ne pourrais dire combien de jours a duré ce lent, ce délicat dégagement. Je me recomposais, cellule par cellule, dans une sorte de bien-être fragile. Je devinais que je commençais à descendre le versant de la guérison, quand je me sentais tout à coup heureux d'être encore malade. Car cela m'arrivait. Je jouissais d'une convalescence tiède.

Il faisait bon dans la chambre. On y entretenait, nuit et jour, un feu de bois. C'est la première chose que j'ai découverte. De grosses bûches brûlaient avec gravité dans une petit cheminée de plâtre, d'où venait un ronflement discret, mais continu.

Il n'y avait personne dans la chambre. La porte était

fermée. Sur la cheminée, dormaient une veilleuse de porcelaine, un bol blanc et un sucrier. Il pouvait être neuf heures du matin. Du placard entrouvert arrivait une odeur de linge et de savon. Dans la maison personne ne savait encore que j'étais revenu. J'étais seul. Je jouissais avec délices de me retrouver sans témoin. Ma présence encore discrète m'attendrissait. Dehors il neigeait tout doucement, et je pleurais de bonheur.

J'ai bien examiné la chambre : je ne la reconnais pas.

Ce qui m'étonne, c'est son état de propreté. Il semble qu'on l'ait toujours entretenue.

La chaux des murs est fraîche, le plafond de bois nettoyé, le carrelage net ; on a lavé les vitres.

C'est une chambre douce. Je m'y trouve bien. Près de la fenêtre, une niche creuse le mur. Sur deux tablettes, on a posé quelques livres et une petite bouteille. Le col mince s'évase ; le verre est bleuâtre.

Tout repose. Aucun bruit ne traverse la maison.

Et cependant elle n'est pas inhabitée. Je le sens, en dépit du silence.

Tout y est tiède.

Dehors il neige.

Combien y a-t-il de temps que je suis éveillé ? Je n'arrive pas à le savoir. Cependant je ne suis ni las, ni dispos. Je pense faiblement.

Tout me touche, tout m'intéresse ; mais tout échappe vite à ma compréhension.

J'essaie d'orienter mon réveil sur des souvenirs clairs, sur des objets connus. Mais je ne trouve plus de souvenirs clairs ; et, de tous les objets que j'ai là sous les yeux, aucun ne me semble familier. Même le sucrier, le bol blanc, sont étranges...

Où a-t-on déniché la veilleuse ?

Oui, la maison est habitée ; mais sans bruit. Ses hôtes ont feutré leurs pas depuis longtemps.

Ils se tiennent au rez-de-chaussée. Ils chauffent continuellement et patiemment la maison.

Et toujours sans bruit.

Il y a des siècles qu'ils ne sont pas venus dans ma chambre.

Ils me laissent seul.

Aucune inquiétude. Ils savent bien que maintenant je ne cours plus aucun danger.

Ils se sont retirés en bas. Cependant tout autour de cette chambre veille leur merveilleuse honnêteté. Ils pensent à ma maladie.

Vers le soir, au moment des premières ombres, quand ils entreront, je feindrai de dormir.

Après avoir changé le bol de place, mis une bûche dans le feu, touché le sucre, ils se retireront sur la pointe des pieds.

De nouveau je serai seul. A ce moment la nuit entrera.

Les voici, je crois. Fermons les yeux.

Dehors il neige toujours.

Je ne les ai pas vus. Je n'ai pas voulu les voir. Ils sont entrés. Ils étaient deux. L'un s'est penché sur mon lit et j'ai senti sa respiration contre ma joue. Je ne sais pas qui s'est penché. Je n'ai pas voulu ouvrir les yeux.

Mais le souffle était si léger, un souffle de bouche humide, de salive fraîche. Je suppose que c'était une femme.

L'autre a remué le feu et déplacé une chaise, avec précaution.

Ils ont apporté dans la chambre une grande odeur de résine et de laine.

Ils n'ont pas dit un mot ; et ils n'ont fait probablement que les gestes indispensables, afin de ne pas agiter, au milieu de la chambre, cet air qu'ils avaient si bien composé pour mon repos.

Je les entendais à peine car ils remuaient très doucement, et ainsi j'éprouvais leur bienveillance.

Ils sont repartis aussi affectueusement qu'ils sont venus, et ils ont refermé la porte avec soin.

Je sais qu'ils me protègent.

Comme je l'avais prévu, la nuit est arrivée après leur départ.

Maintenant elle est installée dans la chambre. C'est une nuit étrange. Elle repose sur la blancheur de la neige.

Cette blancheur entre par la fenêtre et allège tous les objets.

Au pied de mon lit, le feu qui continue à brûler honnêtement anime de reflets (et parfois d'un brasillement sec) la paix immatérielle de cette pièce.

On n'a pas éclairé de lampe.

Où suis-je ? Et qui sont ces gens ?

J'arrive maintenant à réfléchir un peu. Ma pensée est encore floue, ouatée de neige. C'est là sans doute la raison qui fait que je ne parviens pas à comprendre le sens de ma convalescence.

Elle se dégage d'une étendue de ténèbres et débouche au milieu d'une telle blancheur que je n'ai pas encore acquis le sentiment de vivre. (D'où vient-elle ? Où me mène-t-elle ?) Car je ne vis pas : je ne trouve partout que mon bien-être...

Ce bien-être qui peu à peu m'envahit n'est qu'une façon d'innocence. Je ne reconnais ni cette chambre, ni ce corps qui l'habite, ni cette âme qui s'est reposée dans ce corps.

Des êtres qui veillent sur ce faible éveil, aucun, me semble-t-il maintenant, ne m'est familier.

J'ai dû perdre une grande étendue de mémoire.

Sans doute, tout à l'heure, vais-je m'endormir tout doucement et encore oublier. Et cependant ce sommeil qui viendra me prendre et qui de nouveau éteindra cette vie fragile, il ne m'inquiète pas. Rien ne m'inquiète. Je m'abandonne. Je suis à la merci d'une étrange bienveillance.

Je me suis endormi si facilement, ce jour-là, que pendant mon sommeil je n'ai pas eu le sentiment que je sortais d'un autre monde. De ce sommeil tout me fut rêve, si bien qu'en me réveillant de nouveau, quelques heures plus tard, je ne savais pas si j'avais dormi ; mais je ne savais pas non plus si je ne dormais pas encore.

De nouveau c'était le soir.

La chambre n'avait pas changé. La veilleuse, le bol, le sucrier occupaient toujours la même place. Mais à la tête de mon lit il y avait quelqu'un, dont j'entendais la respiration.

On me tendit, je crois, une tasse, et l'on me fit boire une infusion chaude, amère.

Pendant que je buvais, une main large me soutenait la nuque. J'étais trop faible pour tourner la tête.

On ouvrit la porte, on chuchota.

Ma tête redescendit sur l'oreiller. Une voix dit :

— On peut allumer la veilleuse.

En effet il commençait à faire nuit dans la chambre. Un homme s'approcha de la cheminée et éclaira la mèche, qui brasilla puis répandit une odeur d'huile.

Cet homme me parut plus grand que moi. Je ne voyais pas son visage : il me tournait le dos. La voix qui avait parlé, dit encore :

— Il faudra tirer les contrevents.

L'homme murmura :

— A quoi bon ? Il n'y a plus personne.

L'autre ne répondit rien, mais partit. J'entendis un pas s'éloigner dans le couloir.

L'homme s'assit près du feu, en soupirant. Il me tournait toujours le dos.

Parfois une bûche s'écroulait. Lui ne bougeait pas. Je ne pouvais plus détacher mes yeux de sa forme immobile. Dans cette pénombre, où vivaient seulement la faible veilleuse et le feu de bois, déjà il n'était plus un homme, mais peut-être, le génie de l'hiver.

J'étais endormi quand il est sorti de la chambre. Je ne crois pas l'avoir revu les jours suivants.

Peu de temps après son départ j'ai fait un rêve. Il a dû se former un peu avant que je m'assoupisse, quand on a apporté la lampe.

Jusque-là on n'avait allumé qu'une veilleuse.

Une femme est entrée, que je n'avais jamais vue encore. Petite, assez âgée.

Elle a posé la lampe sur la table, devant la fenêtre.

J'ai éprouvé aussitôt une extraordinaire émotion.

La femme a tiré les contrevents et réglé la mèche ; puis elle est partie.

Je suis resté seul avec la lampe.

L'émotion est alors devenue si violente que j'ai dû m'évanouir. De l'évanouissement, peu après, je suis remonté au sommeil. C'est alors que le rêve s'est formé.

Je me trouvais dans cette même chambre et je me tenais debout, près de la fenêtre.

De là, je voyais une grande bâtisse. Elle était close, noire. La nuit commençait à tomber ; mais il traînait encore assez de jour pour que l'on pût apercevoir un homme arrêté sur la route, devant la maison.

Il semblait examiner la campagne. Il est resté à la même place jusqu'à la nuit. Alors je ne l'ai plus vu.

J'ai quitté la fenêtre et suis allé m'asseoir.

Sur la table, il y avait un cahier. Je me le rappelle très bien. Un gros cahier rouge, cartonné. J'ai ouvert le cahier et j'ai lu :

« La maison est habitée. Ce soir, vers sept heures, la cheminée a fumé un peu.

« Il y a sept ans que je suis arrivé sur le plateau. »

« Les jours diminuent. J'allume la lampe plus tôt.

« Quoique la maison soit habitée depuis quinze jours, on n'y voit jamais de lumière. Tous les volets sont clos.

« Quelquefois on aperçoit un homme qui traverse la cour ou qui vient regarder sur la route.

« Il a l'air de vivre seul. »

« Je n'espère ni ne désespère ; je ne crois ni ne doute.

« Je ne nourris plus qu'un désir ; qu'une idée.

« Mon esprit se refuse aux attraits de la rêverie. A quoi bon s'évader, se divertir ?

« Je suis calme.
« Par bonheur, je suis calme : c'est un don de Dieu.
« Le calme attire.
« Voici l'heure d'allumer la lampe. »

A ce moment quelqu'un est entré.

J'ai fermé le cahier. Le rêve s'est évanoui. (Du moins, je le suppose, car, s'il a continué quelque temps encore, je n'en ai gardé aucun souvenir.)

Cependant c'est ce rêve qui m'a fourni alors une personnalité provisoire.

Si depuis mon éveil je revivais, personne ne se dégageait encore de mon être. Je ne sentais partout qu'une faible chaleur anonyme.

Je suis devenu moi non pas au contact du réel, mais grâce à ce don intérieur que me tendit le songe. Je ne retrouvai pas le moi (si instable du reste) qui m'avait abandonné pendant ma maladie ; mais je reçus un hôte étrange, un voyageur de passage. Je ne me rendis pas compte de cette intrusion. Je crus me reconnaître. Aujourd'hui même, alors que cet hôte est parti, je ne suis pas certain encore de m'être trompé.

Sans doute étais-je si peu éveillé que je n'avais franchi, entre ces éveils délicats et ce faible dormir, qu'une frontière imperceptible au-dessus de laquelle je flottais. Je ne perdais pas conscience, mais tantôt je m'alimentais aux premières offrandes de la vie, de quelques sensations venues du monde, et tantôt je me nourrissais d'une substance intérieure. Substance rare et parcimonieuse, mais qui ne devait rien aux apports nouveaux. Car si tout s'était aboli de ma mémoire véritable, tout par contre vivait avec une extraordinaire fraîcheur de ma mémoire imaginaire. Au milieu des vastes étendues dépouillées par l'oubli, luisait continuellement cette enfance merveilleuse qu'il me semblait jadis que j'avais inventée. Je revoyais le verger, les collines, le jardin du vieil homme et l'enfant Hyacinthe assise sagement sur le seuil de la cabane Noir-Asile. Et comme de tout mon passé, récent et lointain, cela seul survivait en moi, sans que j'eusse de ma vraie vie antérieure conservé la plus fugitive réminiscence, peut-être n'avais-je plus d'âme, mais je possédais enfin ma jeunesse.

Car c'était ma jeunesse, à moi, celle que je m'étais créée, et non pas cette jeunesse que m'avait imposée du dehors une enfance douloureusement subie. J'y retrouvais les seules plantes que j'étais né pour voir fleurir, la montagne attendue, et l'enfant que j'avais désirée, sans doute, dans mes jeux, et que jamais je n'avais vue. Mais dans cet étrange état d'âme où plus rien de vécu n'existait, je ne savais pas que cette jeunesse (qui me semblait et qui était vraiment la seule qui fût mienne) avait fleuri peu de temps auparavant, aux lieux mêmes de ma solitude, peut-être pour calmer, par une fiction, l'ardeur sournoise de quelque vieux désir d'innocence et d'ivresse, descendu dans mon sang, depuis les jours de Paradis.

A côté du passé pesant de mon existence vécue, soumis aux fatalités de matière, j'avais d'un souffle épanoui un passé en accord avec mes destins intérieurs. Et en revenant à la vie j'allais tout naturellement aux naïves délices de cette mémoire irréelle.

Sans doute, par une faiblesse immense, étais-je encore retenu, un peu en deçà d'une convalescence véritable. Tout à coup je divaguais. A la moindre émotion, je lâchais l'amarre ; et le moindre choc déchirait mon cœur. Pendant plusieurs semaines tous mes sommeils furent légers comme toutes mes veilles incertaines. Dans cette continuelle confusion je ne cessais pas de rêver.

Quelquefois les rares objets qui habitaient ma chambre m'atteignaient nettement, j'étais touché. Je les discernais bien, je les mettais à part. D'autres fois ils partaient hors de toute atteinte jusqu'à devenir invisibles.

J'étais ainsi placé au sein d'un Univers évasif, délesté de matière. De moi il n'y restait que mon double inventé, ce visage sauvage et tendre, que je regardais en moi-même passionnément, sans me lasser. Mais à force de le fixer avec tant de passion je le voyais grandir, s'échapper de l'enfance et prendre cet aspect de fervente piété, et ces grands traits virils dont j'avais composé, pendant mes mois de solitude, le visage du maître de La Geneste. Et j'étais troublé jusqu'aux racines de mon être.

Car le maître de La Geneste, maintenant, c'était moi, en train de me ressusciter.

C'est l'apparition de la lampe qui a dégagé tout à coup cette personnalité étrange. L'objet a ému les profondeurs. Mais j'aurais dû rester indifférent. A La Commanderie j'avais aussi une lampe dans ma chambre.

En admettant que dans cette maison anonyme où commençait à peine ma convalescence elle ait pu évoquer immédiatement La Geneste, pourquoi mon esprit bouleversé n'a-t-il pas aussitôt oublié cette pièce qui ne m'était rien, pour rejoindre d'un bond les lieux si émouvants d'où jusqu'alors j'avais pu contempler cette inoubliable lumière ?

Je ne sais.

Faute de mieux, voici encore des notes.

La lampe revient chaque soir. C'est toujours la vieille femme qui l'apporte, déjà allumée.

Je ne connais pas cette vieille femme. Elle est propre, soigneuse. Jamais elle ne me parle. Sans doute pense-t-elle que je suis encore trop faible pour lui répondre.

Je pourrais cependant lui répondre ; mais je tiens au silence.

Oui, je tiens au silence. Ainsi tout ce que je sais reste à moi. D'ailleurs si je parlais, je ne livrerais rien du monde étrange qui peu à peu se dégage de mes ténèbres. Il y a en moi un visage que je ne reconnais pas. C'est le seul qui m'habite et c'est le mien. Il me trouble. Ai-je été cela ?

Oui, j'ai été cela. Mais où ? Quand ? Sans doute sur les lieux et dans le temps de cette enfance dont le souvenir (qui parfois me semble perfide) apparaît derrière ce visage taciturne. Car lui aussi observe le silence. Il ne livre pas son secret. Mon autre moi-même m'habite discrètement. A-t-il donc oublié qui je suis ?

La femme vient d'entrer. J'ai les yeux ouverts. Elle me regarde. Il me semble qu'elle aussi ne me reconnaît pas.

Je suis éveillé, maintenant, depuis plusieurs jours,

ou plutôt depuis plusieurs jours je continue à me réveiller. Mais tout doucement. Je n'ai pas hâté ce retour ; j'ai ralenti, en moi, autant que je l'ai pu, les mouvements de la convalescence. Je reste encore très faible, et secrètement j'en suis heureux. Ainsi je gagne du temps ; ce temps que je prends sur ma vie. Je veux observer avant de revivre.

Car j'ai besoin d'observer. Tout me paraît nouveau autour de moi. Et ce moi plus encore. (Mais je n'ai que lui et il faut bien que je m'en contente.)

Il y a deux personnes dans la maison, du moins je n'en ai vu que deux. (Il est vrai qu'on entend quelquefois marcher au-dessus de la chambre.)

Il y a la vieille femme. Et un homme. L'homme est vieux aussi, trapu et noueux. Il a une figure blanche, une courte moustache.

Tout me paraît nouveau. Oui. Et cependant cette maison, parfois je sais que c'est la mienne. Conviction étrange qui me fait dire : « Si tu n'étais pas aussi sûr de te trouver chez toi, tu ne pourrais pas y croire. »

Mais j'en suis sûr. De là provient mon inquiétude. La moindre certitude me paraît anormale, menaçante. Je crains de m'y habituer. Je ne veux pas de certitude. Je veux quelque chose de plus que je ne comprends pas.

Le vieux s'est assis devant le feu. Il a cru que je dormais. Il a tiré un petit livre de sa poche et il a lu.

Ce soir, c'est lui qui a apporté la lampe.

Il a lu longtemps. Dehors le vent souffle en tempête. je me demande où est bâtie cette maison pour être l'objet d'une telle violence.

On entend gronder la cheminée. De temps à autre, le vieux tourne une page. Ses lèvres ne bougent pas.

J'ai remarqué tout de suite qu'ils n'allument jamais la lampe qu'après avoir tiré les contrevents.

... C'est une petite lampe de cuivre, comme on en voit dans les maisons de campagne ; la lampe habituelle de l'hiver ; une de ces lampes médiocres qui enseignent l'attention, la tranquillité, toute une religion familière et patiente ; la lampe sous laquelle on sait souffrir, regretter et attendre...

Sans doute ont-ils une raison pour tirer les contrevents. Je pense qu'ils ne veulent pas que, du dehors, on aperçoive la lampe. Par ce temps affreux, dans ces lieux que j'imagine si solitaires, qui donc pourrait s'attarder, au milieu des rafales de neige, à contempler la clarté d'une petite fenêtre de métairie ?

Cependant ils sont tourmentés par quelque crainte. Je soupçonne, à leurs précautions (ces gestes retenus, ces voix étouffées) qu'ils subissent une appréhension constante, comme s'ils redoutaient toujours de risquer quelque chose. Ils ont le sentiment des proximités du destin. Ils savent qu'un soupir, la moindre confiance nous engage, nous compromet.

Et cette simple lampe les inquiète.

Moi aussi, je les inquiète.

Car je pense beaucoup à cette lampe.

Parfois il me semble que, malgré la neige, la bise, quelqu'un, dehors, en pleine nuit, attend chaque soir qu'elle s'éclaire. Quelqu'un qui rôde ensuite, et que je ne connais pas, mais que j'aime.

Je ne saurais dire pourquoi je l'aime. Cet amour est

comme une réminiscence. Mais je ne vois pas se former de figure.

La lampe me rappelle un plateau dénudé, une vieille maison (celle de mon rêve) et cette route où j'ai aperçu la silhouette d'un homme.

On a dû deviner que j'attendais quelqu'un. Car j'attends, c'est vrai. Mais là aussi je tâtonne à travers les ténèbres. Je sais que cette lampe pourrait être un signal. Voilà pourquoi on la cache. Mais à qui ce signal s'adresse-t-il ?...

Partout la nuit.

Où me suis-je éveillé ? Il y a des noms qui me manquent. Le mien, d'abord, et celui des lieux de la terre que j'ai abandonnés en perdant conscience. Mais les noms oubliés ne sont qu'une perte insignifiante à côté de l'être sans nom et sans figure qui me cherche. Il ne peut plus me trouver : on a caché la lampe.

La nuit, maintenant on me laisse toujours seul. Dès que je serai assez fort, j'essaierai de me lever pour aller jusqu'à la fenêtre. Et je repousserai, sans bruit, les deux contrevents.

Ils me soignent silencieusement et bien. Mais jamais jusqu'ici ils ne m'ont adressé la parole. Quand ils se trouvent ensemble dans la chambre, ils ne se parlent pas. Avant d'entrer, ils chuchotent parfois derrière la porte.

Ils me paraissent à peine réels.

Depuis que je reprends des forces, j'essaye de compter les jours ; mais ma tête se brouille.

Je feins de dormir quand ils se trouvent dans la

chambre. Peut-être attendent-ils que je les interroge; mais je ne le ferai pas. Tant que j'ignore ce qu'ils sont, ce qu'ils savent, je reste à l'abri. Je goûte les plaisirs et les avantages du refuge.

La maison est bien close. On y est défendu. La moindre démarche décèle la vigilance. Une extraordinaire puissance d'isolement nous sépare du monde. Toutes les précautions sont prises.

Les hôtes de cette maison sont approvisionnés pour de longues années. Ils peuvent subsister, sur leurs mystérieuses réserves de vivres. Et ils alimentent leurs âmes à quelque vieux trésor. Car leurs attitudes, leurs gestes, leurs secours, et surtout leurs silences, expriment une piété compétente, une ponctuelle charité.

Leurs soins semblent conçus pour guérir une maladie de mon âme. Ils suivent, pour me les administrer, les règles d'un rituel exigeant. Toute leur médecine, aux herbes un peu amères, manifeste un art méticuleux d'apaiser opportunément la fièvre, la soif, et les dangereuses impatiences de la guérison.

Et cependant en eux, quelque chose m'inquiète. Parfois ils me paraissent préoccupés. Mais leur souci ne vient pas de moi. Il y a certainement quelqu'un, ailleurs, dans cette maison, à qui ils pensent.

Celui sans doute qui marche au-dessus de ma chambre.

Il veille très tard. Chaque soir, quand la nuit tombe, je l'entends qui va à la fenêtre et qui ouvre les volets.

J'ai fait mes premiers pas. Ils m'ont aidé. J'étais plus solide qu'ils ne le pensaient. Le vieux me soutenait par les aisselles. Ils m'ont conduit jusqu'à un fauteuil, devant la cheminée, où ils ont installé un guéridon.

Je les ai regardés en souriant. La vieille a levé le doigt pour me recommander le silence.

Elle a de petits yeux.

Ils semblent très préoccupés par le souci de conserver le silence. C'est un bien précieux qu'ils ont déposé dans la chambre. On ne doit pas y toucher. Ils ne me parlent pas ; ils ne permettent pas que je leur parle. Peut-être cela aussi est-il utile à ma convalescence.

Je ne m'en plains pas. Je souffrirais de subir des questions ; et je n'éprouve nul besoin d'interroger. Ce que j'ai oublié, ce que j'ignore, me trouble sans me tourmenter. Je me trouve bien là où je suis, et dans l'être que je suis ; car le peu que j'ai recouvré de moi-même (si cela est bien de moi-même) m'émeut et quelquefois me donne un mouvement de passion.

Mais je manque de points cardinaux. Cette chambre, où j'ai abordé en sortant des ténèbres, où ma vie se recompose, jour par jour, et que j'aime, qui sent le feu, la résine, le tilleul et la cire d'abeille, n'est cependant qu'un lieu abstrait, une idée de pièce tranquille, puisque je ne peux encore l'orienter ni sur le ciel ni sur un point connu de la Terre.

De mon lit, qu'on a placé en contrebas, il m'est impossible d'apercevoir la campagne. Je ne sais pas sur quel pays donne cette fenêtre. Jusqu'à ce jour, je n'y ai vu passer que des chutes de neige. Mon univers, tout irréel, me laisse en suspens. Je ne puis rattacher les états de ma vie qu'à ces quatre murs détachés de tout et qu'à ces deux êtres silencieux qui entrent et qui sortent par une porte anonyme. J'ignore d'où ils viennent et où ils s'en vont. Je suis captif de ma faiblesse et du silence. Cependant je comprends les avantages de cette captivité, et me méfie un peu de ce que je désire. Je crains qu'en découvrant cet horizon caché derrière la fenêtre, ma vie ne prenne un sens et ne m'impose sa destinée.

Car je n'aime pas la destinée. Désormais je voudrais souffrir sans nécessité. Je sais que je dois souffrir ; le bien-être n'est qu'une trêve avant que ne recommence la dure quête. Et cependant je veux aller à la fenêtre. La part obscure de mon âme me travaille : sans doute ce que j'ai été et dont j'ai perdu le souvenir. Tout a sombré de mon existence antérieure sauf l'étrange sentiment d'avoir aimé. Je sais que j'ai aimé. Cela seul me parvient du fond de ma vieille mémoire. Et je veux savoir ce que j'ai aimé.

Le vent s'est levé vers quatre heures. Un vent brutal. A la tombée du jour, ils sont venus allumer la lampe. Comme d'habitude, ils avaient d'abord fermé les volets. Ils m'ont laissé seul après le repas. A ce moment le vent soufflait déjà en tempête. La maison gémissait. J'étais heureux. J'écoutais le vent ; et le vent a soufflé longtemps à mon plaisir. Ce prolongement de bien-être m'a insensiblement disposé au sommeil. Je me suis assoupi ; j'ai dû sommeiller pendant deux ou trois heures.

Un bruit violent m'a réveillé en sursaut. J'ai ouvert les yeux. La lampe était éteinte. Une rafale avait décroché le volet, forcé la vitre. Un froid vif arrivait du dehors.

D'abord j'ai voulu appeler ; mais, au moment de le faire, je n'ai pas pu crier. J'ai eu peur de cette maison inconnue. J'ai tiré à moi l'une de mes couvertures, j'en ai enveloppé mes épaules, mes bras. En posant les pieds sur le sol, un étourdissement m'a pris. Je me suis cramponné. Ma tête s'est calmée. Alors j'ai saisi le dossier d'une chaise et j'ai pu m'avancer un peu.

Fatigué, je me suis assis. J'ai fait ensuite quelques pas, le long du mur. Enfin j'ai atteint la fenêtre et j'ai regardé.

Dans le ciel balayé par le vent brillait la lune. Elle illuminait un grand plateau, blanc de neige.

A gauche on voyait une forêt, en face l'horizon, à droite une bâtisse large, basse, flanquée d'une tour.

Un choc sourd venu de mon cœur m'a averti... La bise soufflait avec rage et je grelottais ; mais, je ne pouvais pas lâcher l'appui de la fenêtre. Un souvenir m'attachait là, surgi tout à coup d'une mémoire obscure. C'était le nom d'un ange. Je voyais maintenant le plateau de Saint-Gabriel ; et je le savais.

Je me rappelle que j'ai refermé la vitre. Transi, tant bien que mal j'ai pu me recoucher. Où étais-je ?

J'avais reconnu le plateau et la maison basse : La Commanderie. (Il m'a fallu quelque temps pour retrouver ce nom.) Alors un trouble m'envahit puis une angoisse. La tempête battait son plein. Toute l'étendue du plateau subissait l'effort obstiné des rafales. On entendait souffrir et se plaindre, sous la maison, les bois tourmentés par le vent et toutes les tuiles d'une immense charpente : le toit de La Geneste... je frissonnais dans mes couvertures. Le feu s'était éteint. Pas de lampe. Maintenant la fenêtre était noire. L'ouragan avait ramené en hâte des troupeaux de nuées et la lune avait disparu.

Je ne me suis endormi qu'au matin. Jusqu'à l'aube j'ai regardé. J'avais en moi toute la profondeur de mes ténèbres, hérissées, menaçantes comme une mer. Les nuages échevelés par la tempête, quelquefois se déchiraient et de brefs faisceaux de lumière tombaient sur des figures immobiles, encore couchées au bord de cette mer. Il ne me souvenait pas de les y avoir vues auparavant. Cependant elles occupaient de vieux sites de ma mémoire. Peut-être y étaient-elles arrivées, sans bruit, pendant ma maladie, et y avaient-elles échoué à mon insu, après un naufrage épouvantable...

Aux autres je donnais un nom. Il y avait en moi les étangs, La Déonne et une grande figure de femme osseuse, accompagnée d'un chien. Je savais que je voyais là Mélanie Duterroy et Ragui. Mais j'avais beau mentalement les appeler ainsi, aucun de ces êtres ne semblait m'entendre. Mes souvenirs ne me reconnaissaient pas. Pourtant ils s'avançaient vers moi jusqu'à me toucher ; mais alors ils ne semblaient pas me voir. Ils me traversaient comme si j'eusse été vêtu d'une matière impalpable. C'était moi, et non eux, qui paraissais immatériel. En vain j'essayais de les saisir au passage. Eux, continuaient leur chemin comme s'ils n'avaient pas rencontré cet obstacle. A mon contact ils s'éclairaient, et cependant ils ne sentaient pas mon contact. Je n'étais plus pour eux l'homme de La Commanderie, mais un habitant inconnu de La Geneste.

Ainsi en les retrouvant je me reperdais. Je souffrais de leur méconnaissance. Ces indifférents m'étaient chers ; et j'avais besoin de leur amour. J'attendais le matin avec appréhension. Je craignais qu'il ne fît s'évanouir ce monde revenu à travers tant de ténèbres. Je souhaitais de trouver le sommeil avant l'apparition du jour pour ne pas voir se dissiper ces noms et ces fantômes dont j'espérais qu'ils me feraient enfin un signe de reconnaissance. Et je m'endormis en effet, à l'aube, en entraînant toutes mes visions dans le sommeil.

LE RETOUR DE HYACINTHE

Comment est-elle entrée dans ma chambre ?

Cette nuit. Je l'ai vue.

Peut-être n'ai-je perçu qu'une apparence. Depuis que je me suis éveillé dans cette chambre je ne saurais dire si je vis de vérité ou de mensonge.

(Car je pense que je vis.)

Il me semble parfois que j'invente ce que j'entends, ce que je vois, ce que je touche.

Pourtant elle se tenait près de la table. Je l'ai reconnue. (Je sais bien qu'elle n'a jamais été tout à fait réelle.)

A tel point qu'en la revoyant je n'ai pas pu lui donner son nom. J'ai essayé de l'appeler, mais aucun mot ne s'est présenté à ma mémoire et ma bouche n'a pas parlé.

Je ne sais pas encore comment elle s'appelle et cependant je me souviens que je l'ai su.

C'est bien là cette fille sauvage que j'ai retrouvée, les pieds dans la neige, devant ma porte, par une nuit d'hiver...

Cette nuit, elle est apparue entre la fenêtre et mon lit, au fond de la pièce, dans la pénombre. Elle me regardait.

J'ai reconnu son visage court et fermé et sa grande bouche vivante.

Tout à coup sa face a changé et elle a remué les lèvres. Mais je n'ai pas entendu ce qu'elle me disait.

Elle a porté un doigt à sa bouche et a soufflé la lampe. Je l'ai entendue qui passait à deux pas de mon lit. La porte a grincé, puis tout est rentré dans le silence.

Ensuite j'ai attendu longtemps.

A la fin je me suis endormi sans avoir pu retrouver son nom.

Depuis trois jours, je l'attends. Les autres ne se doutent de rien.

Par où est-elle entrée dans la maison ?

Car elle ne l'habite pas, j'en jurerais, et c'est en secret qu'elle s'y glisse. Que vient-elle y chercher ? Et comment, dans tout ce dédale de chambres, de couloirs, de salles basses (que j'imagine), a-t-elle réussi à passer inaperçue ?

Qu'elle ait su se rendre invisible par quelque miracle de légèreté ou de sournoiserie (et leurs yeux sont pourtant attentifs, habiles), je peux, à la rigueur, l'admettre. Mais comment n'ont-ils pas senti le remous qu'elle a provoqué dans cette maison ? Son odeur sauvage de femme libre n'a-t-elle rien laissé de son passage ?

Ici même, dans cette chambre où je l'ai vue à peine, je respire, moi, depuis lors, la vapeur de son sang.

Sa poitrine haletait. Sous ce petit masque dur, quelle puissance soulevait un tel orage ? Fuyait-elle ? L'a-t-on surprise ?

A-t-elle pu s'échapper ?

Maintenant je sens qu'elle approche ; et que déjà son nom se forme quelque part en moi, avide de gonfler ma bouche et de se libérer de mes pauvres ténèbres.

Oserai-je le dire ? Ne serait-ce pas l'appeler, l'attirer dans cette maison, que je ne connais pas, et qui couve, peut-être, tant de redoutables mystères ? La maison qui tente les âmes, et où je crains qu'on ne célèbre le culte de la Nuit ?

Elle est revenue. Vers onze heures la porte s'est ouverte. Tout le monde dormait dans la maison.

Elle a refermé et s'est assise près du lit.

Alors elle a parlé à voix basse.

J'écoutais.

Je ne pouvais pas donner de nom à cette voix qui me racontait d'étranges événements dans une langue sourde, avec des mots si contenus.

Elle ne m'atteignait pas du dehors ; elle parlait en moi. Pourtant ce n'était pas ma voix. Chaque fois qu'un son en sortait et tombait devant ma mémoire, une onde immense de bonheur s'épanouissait dans mon être.

... Elle avait attendu, pendant des semaines. L'hiver avait été très dur. Mais elle n'avait pas été malheureuse à La Commanderie. « Je ne suis guère sortie, murmurait-elle : il a fait si froid... »

Elle se tenait sur un tabouret très bas. Par moments je sentais la tiédeur de sa joue et même, quand elle se tournait vers moi, le contact régulier de son haleine, contre ma main qui pendait hors du lit.

Elle disait : « Je n'ai pas eu peur. Je savais que je vous retrouverais. Pour attendre, j'avais le secours de cette lampe. » Elle parlait d'une voix de plus en plus faible. Les sons me devenaient imperceptibles, mais le sens des mots m'arrivait, soit qu'il me fût suggéré par le seul mouvement musical de cette mélodie verbale, soit que j'eusse acquis le pouvoir, au cours de ma convalescence, d'entrer silencieusement en contact avec une pensée, encore inexprimée... Car ce n'était plus la bouche qui parlait, c'était l'âme elle-même...

« ... J'ai aimé cette lampe ; je la regardais chaque soir. On devait attendre quelqu'un à La Geneste... »

Elle avait rôdé autour de la maison. Tout y était clos avec le plus grand soin. Ces gens-là lui avaient semblé étrangement sauvages. Elle avait fini par découvrir un portillon. D'abord fermé ; puis, un beau soir, ouvert. D'abord elle avait craint un piège... Puis elle s'était risquée...

Je percevais à peine un souffle : « ... J'ai cherché votre chambre ; mais il y a tant de chambres !... » ... Elle avait découvert celle-ci, toute tiède... « Par moments je n'étais plus sûre que ce fût vous. Je retrouvais vos traits, mais vous-même n'étiez plus là ; vous sembliez une forme hantée... Enfin vous avez ouvert les yeux et tout aussitôt vous m'avez reconnue... mais j'ai compris que vous ne saviez plus mon nom. Alors j'ai éteint la lampe et je suis partie... »

Elle s'est tue. J'ai voulu lui prendre la main, mais ne l'ai pas trouvée. Elle m'a dit :

— Ne bougez pas. Je reviendrai. Dehors la neige a commencé de fondre, et ce sera bientôt la fin de l'hiver.

Elle est revenue le lendemain. Elle m'a appris que vers quatre heures le vent avait soufflé un peu. Il avait apporté l'odeur de la forêt. Il était chaud, humide.

— Cela annonce le dégel, dit-elle. Dès que la neige aura fondu je partirai.

Mon cœur s'est serré doucement ; mais je ne savais pas encore où j'étais : aussi ai-je vraiment souffert,

souffert en moi, pour moi, pendant qu'elle gardait le silence.

Elle m'a demandé ensuite :

— Où avez-vous connu le nom de Noir-Asile ?

Mais je ne pouvais pas lui répondre. Alors elle a continué :

— Jamais je n'ai su comment ils m'ont emportée... Il y a tant de sommeil dans mon enfance... Tout de suite j'ai découvert le parc à travers les fenêtres. La maison semblait abandonnée... Les arbres montaient de toutes parts ; d'énormes branches qui sentaient la fibre humide, la feuille. De temps à autre on entendait, au loin, une bête crier d'étonnement ou de colère... Cependant il faisait frais, d'une fraîcheur végétale, apaisante...

... Il y avait un vieil homme qui se promenait dans le jardin, du côté des acacias. D'abord j'ai voulu l'appeler ; mais au moment d'ouvrir la bouche j'ai eu peur. Il s'est éloigné et perdu dans les profondeurs du parc. Je me suis assise ; j'ai attendu...

Le souffle de sa voix s'affaiblissait. Il cessa. J'écoutais le vent du Sud, qui venait de se lever, et qui tout doucement battait contre la fenêtre.

Elle a murmuré :

— Je me suis enfuie, quatre jours avant la Noël.

Maintenant elle vient toutes les nuits. Elle entre furtivement, s'assied à mon chevet, se tait, chuchote quelques mots, se tait encore. Elle se place en retrait du lit, et pour la voir il faut que je me retourne. Quand elle se tait, je sens qu'elle est là ; mais par moments, quand elle parle, sa présence me semble à peu près irréelle. Elle n'est plus que cette voix chuchotante ; et je ne sais si c'est une bouche qui parle ou si je perçois seulement les confidences de ma rêverie.

Elle m'a dit encore qu'il l'avait élevée avec bonté. Il était déjà bien vieux. Tout d'abord il lui faisait peur. Pourtant il se montrait doux et patient. « Mais il ne m'a jamais aimée, murmurait-elle ; il aimait l'autre. Moi aussi j'aimais l'autre... »

Je me débattais péniblement dans ces brumes. Ce qu'elle me racontait de son enfance éveillait en moi des souvenirs indéfinissables. Les uns, je les connaissais. Mais je devinais bien qu'ils ne m'offraient que des épaves ; et que le navire englouti restait intact mais invisible au fond des eaux. C'est ce vaisseau qui peu à peu apparaissait dans les profondeurs doucement éclairées de ma seconde vie antérieure. En écoutant la voix rauque de Hyacinthe, de cette mémoire inconnue (et qui n'était pas simplement l'oubli de ma propre mémoire, mais un monde à part de souvenirs), quelques mystérieux événements, que ce monde avait rejetés de ses ténèbres, venaient silencieusement se faire reconnaître, et ils voulaient entrer en moi. Je les reconnaissais ; mais quelquefois je constatais que la vie abolie dont ils m'offraient l'image, et qui constituait toute cette mémoire, ne m'habitait plus, mais luisait par intermittence, à côté d'une vie primitive et amère, dont je ne voulais pas.

Et cependant cette vie sommeillait en moi sous un monceau de cendres.

Hyacinthe me parlait chaque nuit de sa première enfance. Rarement elle me faisait de confidences sur les jours qu'elle avait passés dans le domaine si mystérieux de Silvacane, en compagnie de ce vieillard qui l'avait enlevée, de bêtes à demi sauvages et de quelques humains à peine apprivoisés. Ses récits ne concluaient pas. Les propos les plus clairs n'étaient qu'allusions suivies d'un temps de silence. Mais le regret d'une enfance passionnée, le sens de ses jeux solitaires et quelques figures humaines qu'elle avait aimées, l'emplissaient d'un tourment si efficace qu'elle s'abandonnait jusqu'à me faire part d'une nostalgie où je pouvais mesurer la force des passions sur ce cœur qui semblait pourtant si bien gardé. Elle aimait. Et celui qu'elle aimait, il était pareil à moi ! Car il était l'enfant dont j'avais retrouvé, au fond de moi, l'enfance, avant de la connaître, et qui maintenant devant elle, était encore moi, mais ce moi étrange à qui elle adressait l'aveu de son amour, sans savoir qu'elle lui parlait.

J'écoutais, les yeux clos, et loin de me ravir de joie, ces confidences dégageaient de mes ombres une jalousie absurde. Car cette jalousie n'avait d'autre objet que moi-même. Et cependant je souffrais d'être aimé tout autant que si cet amour eût brûlé pour un autre. Mais des deux êtres contigus dont je portais la charge, à l'insu de Hyacinthe, celle-ci n'avait-elle point choisi celui que j'aurais voulu être et qui, peut-être, n'était pas celui que j'étais ?

Car, en elle, il vivait encore comme un enfant du Paradis Terrestre. Et je n'étais pas un enfant du Paradis...

Le temps s'était adouci si rapidement que maintenant, de toutes les neiges fondues, le matin, montaient des buées élastiques et tièdes ; et les flaques d'eau luisaient un peu partout sur la grande dalle inclinée du plateau de Saint-Gabriel.

Parfois l'oiseau d'hiver, inquiet de ce renouveau, se plaignait sur un peuplier que je voyais de la fenêtre.

J'allais jusqu'à celle-ci, sans secours, mais d'un cœur angoissé. Les vieilles gens qui me soignaient conservaient leurs façons discrètes. Ils m'adressaient peu la parole ; et j'évitais toujours de leur parler, de façon à laisser à leurs calmes apparitions le charme et l'efficacité d'une présence imaginaire.

Leur souci du silence atteignait à une sorte de politesse surnaturelle qui les éloignait. Ils avaient l'air d'entrer et de sortir à travers les murailles ; ils ne touchaient pas à mon corps, mais à la convalescence même de mon âme. Leurs gestes ne rencontraient point d'obstacles, n'étant sans doute qu'apparences. Ils paraissaient placés si loin de leurs actes qu'il ne me venait pas à l'esprit de m'étonner qu'ils ignorassent encore les visites nocturnes de Hyacinthe.

Car Hyacinthe revenait, chaque nuit, un peu plus fébrile, comme si l'afflux des vents chauds, ou quelque influence secrète de la terre, eût fait monter son sang avec plus de violence et changé ses regrets en sourds désirs.

Sa poitrine haletait ; sa voix devenait plus rauque ; elle s'asseyait devant moi et elle me fixait de ses yeux pâles, derrière lesquels se peignait l'image encore chaude de cette enfance où elle avait aimé, avec cette sournoise sauvagerie des petites orphelines amoureuses, l'enfant qui, croyait-elle, était resté indifférent à son amour. Tout ce qu'au long des derniers mois j'avais recueilli de cet être, qui me restait pourtant encore si caché, à l'appel de Hyacinthe, s'assemblait, composant une figure étrange, et cependant peu à peu familière, dont la vie, au cœur de ma vie, d'heure en heure s'épanouissait. Maintenant le monde habituel de ma conscience cédait à l'éruption de cette âme seconde qui ne m'était plus soumise. Déjà elle touchait à mon visage ; et le feu qui brûlait mes joues trahissait la puissance de cette passion. En moi, j'étais tout à fait l'autre et Hyacinthe me disait :

— Je vous ai retrouvé sans doute...

Nos deux âmes étaient si mêlées qu'au moment où je m'enivrais de ce bonheur sauvage, je souffrais toutes les fureurs de la jalousie. Dans l'ombre de la chambre, j'avais le sentiment qu'un autre *grâce à moi,* venait de pénétrer. Hyacinthe ne le voyait pas encore. Mais déjà vaguement je discernais son ombre et la clarté d'un calme visage.

Cependant personne que moi n'était là qui projetais cette âme ; et, devant le désir de Hyacinthe, elle s'exhalait de mon être avec une telle énergie qu'elle s'en détachait jusqu'à vivre par elle-même et épandre cette phosphorescence que j'étais encore le seul à apercevoir. Cet arrachement me déchirait. Je sentais maintenant à quel point, après tant de mois de coexistence, cette créature étrangère, captée par ma rapacité et retenue de force, m'était devenue chair et sang ; et c'était de moi-même la seule part que j'eusse aimée. Ainsi, dans les lieux de mon cœur, je réunissais deux souffrances : d'apprendre que l'amour de Hyacinthe cherchait cette âme et que cette âme m'abandonnait.

Hyacinthe me parlait encore ; mais pour combien de temps ? Et moi j'écoutais douloureusement ces paroles chuchotées avec feu à deux doigts de mon visage, et qui pourtant ne s'adressaient pas à l'intrus abrité derrière ce masque ; mais à l'autre qui, peut-être, endurait, dans ce même moment, les affres d'une impuissante jalousie, tandis qu'il entendait ces mots, ces râles tendres, que Hyacinthe lui disait, en me regardant.

Elle me racontait sa détresse pendant la nuit de

Noël, et pourquoi elle avait frappé à ma porte ; le grand camp des Nomades ; le culte du feu, le sacrifice. Et je comprenais qu'elle était, pour ces gens si farouches, un être cher, une sorte de créature sacrée.

« Le vieillard Cyprien, qui m'a élevée à Silvacane, me murmurait-elle, a toute domination sur leurs esprits... »

Elle ne sortait que deux fois par an du domaine : en juin, pour les feux de la Saint-Jean, et à la Noël. Depuis longtemps elle voulait s'enfuir profitant d'un voyage. Elle s'était cachée d'abord dans les marais. Elle les connaissait un peu... Il y avait là, sur l'eau, deux ou trois huttes qu'il aimait... (« Je me souviens d'une nuit affreuse d'orage... Nous avons sauvé un homme qui allait se noyer. »)... Elle avait quitté les étangs pendant la nuit de la Noël... Plus tard elle avait vu la lampe.

Elle errait souvent, autour de La Geneste. Ce mystère l'exaltait.

— Je vous épiais cependant, murmurait-elle. Je m'étais tout de suite aperçue que cette lampe vous hantait. Mais pendant que je la regardais avec tellement de ferveur, en pensant à un autre, ami, vous étiez là, et je n'avais pas reconnu votre visage...

Nous nous entretenions toujours dans l'ombre. A peine si parfois je devinais la forme de son corps quand elle entrait.

Ses mains demeuraient invisibles ; mais quelquefois il m'arrivait un peu de son souffle, tiède, et qui cependant sentait encore le vent du plateau. Ainsi, dans ces derniers jours de ma convalescence, Hyacinthe ne fut qu'une voix, et une voix à peine perceptible. Ja ne la vis presque jamais ; je n'alimentais pas mon désir aux mouvements de son corps ni au charme de sa figure. Je l'entendais et rien de plus. J'étais en compagnie de quelques confidences, mais ces confidences formaient tout ce qu'une âme peut livrer de soi-même.

Cette âme, je la trahissais.

Le sens de cette trahison, à mesure que Hyacinthe s'abandonnait, s'imposait douloureusement à mon esprit, et de là projetait une lumière crue dans mes ténèbres. Maintenant mon regard atteignait jusqu'aux profondeurs de ces cryptes, et je voyais qu'il n'y restait plus rien d'une âme mal acquise. Mes vraies richesses s'étaient dissipées. Il n'y avait en moi que cette vieille part d'infortune, que je dois à mon sang, ou peut-être, à l'ascendant d'un mauvais astre ; et cette part ne valait pas d'exciter le plus misérable désir.

Placé à La Commanderie, l'influence des lieux ou l'étrange puissance du désespoir m'avait permis de voler une âme. Maintenant, prisonnière à La Geneste, cette âme, on me l'avait reprise. Pour peu que j'y fusse encore retenu, l'invisible maître de cette maison redoutable, à son tour allait me ravir à moi-même. Le printemps était là ; ses vents soufflaient déjà à travers les volets de la chambre. A l'aube Hyacinthe me découvrirait. Elle verrait l'abominable duperie, et le monstre, que j'étais devenu peu à peu dans les ténèbres, lui ferait horreur...

... Jours d'angoisse.

Cependant je reprenais des forces : je pouvais marcher en m'aidant d'une canne. Mais j'évitais de le montrer à mes gardiens. J'essayais la solidité de mes jambes, en faisant quelques pas jusqu'à la fenêtre, quand j'étais seul.

De la fenêtre on apercevait les bois de La Déonne et une partie des étangs. Il n'y avait plus de neige. Mais Hyacinthe ne partirait pas. Ce départ à la fin des neiges, dont l'annonce m'avait déchiré le cœur, maintenant quelquefois je le souhaitais au fort de mes angoisses. Mais le plus souvent, à l'idée de la perdre, une fureur m'envahissait. Pourtant j'étais redevenu lucide. Si mon désarroi me bouleversait, j'en voyais les moindres orages. Je savais d'où montait le danger déjà imminent. Le monstre muet, attentif n'était autre que La Geneste elle-même, avec ses profondeurs, ses méandres, ses chambres closes, ses serviteurs fantômes et cet homme qui se cachait.

Il fallait fuir, empêcher le retour de Hyacinthe, rentrer à La Commanderie, et, de là, partir, quitter le pays.

Maintenant je me sentais à peu près détaché de l'autre. Cependant, fait étrange, tout ce que j'en avais jusque-là découvert, alors qu'il me hantait (et surtout cette merveilleuse enfance), j'en conservais la vive image imprimée au milieu de mes propres souvenirs. Rien ne se dégageait plus du creux où avait habité cette âme maintenant séparée ; mais le petit monde passionnel qui de là avait rayonné au temps de nos coexistences, demeurait intact. Trésor magique devenu d'un prix inestimable, dont quelquefois j'espérais craintivement que le dépôt suffirait à tromper, longtemps encore, Hyacinthe ravie.

La présence de ces richesses m'étonnait ; car je ne pouvais plus en vivre ; je devais me borner à jouir des dernières lueurs qui s'en épandaient. A tous moments je tremblais de les perdre ; je n'osais détourner les yeux du spectacle intérieur qu'elles m'offraient, de crainte de ne plus le retrouver ensuite. Je n'arrivais pas à comprendre quel lien les retenait. Je le jugeais fragile, cassant. Était-ce mon désir ? Je n'aurais su le dire.

L'intensité de mes appréhensions parfois me faisait toucher à la démence.

Je devinais que, sous cette tension grandissante, le fil pouvait se briser d'un moment à l'autre ; et qu'alors, ce nuage de souvenirs, dont le rayonnement fascinait encore Hyacinthe, s'évanouirait.

Tout excitait ma suspicion : un bruit, un silence, moi-même. Certes je vivais ; mais la sourde panique qui me parcourait pouvait tout à coup se ruer hors de moi et détruire cet édifice de verre qu'était devenue ma raison. Car j'avais peur. J'avais peur de l'autre. Maintenant j'étais sûr qu'il habitait au-dessus de ma chambre. Il était le maître. Je le soupçonnais de détenir des pouvoirs d'âme. D'être lui-même une âme, avant tout ; et partant de pouvoir exercer ces puissances du souffle qui, même issues d'une bouche de chair mortelle peuvent arrêter, un instant, en plein vol, l'aile des mauvais anges.

J'en avais peur ; et je l'aimais. Je l'aimais, comme s'il eût été l'impossible moi-même ; et non pas seulement un de ces hommes que l'on peut aimer. N'avait-il pas été mon hôte ? Et pendant le séjour qu'il avait fait en moi, ne l'avais-je pas servi de mon mieux ? Malgré tout, pouvait-il haïr cet être humain, qui n'avait été, pour sa merveilleuse jeunesse, qu'une halte éphémère ; cette pauvre maison de passage ?

Cependant Hyacinthe revenait presque chaque nuit. Nous allions nous asseoir près de la fenêtre ; et là, tantôt nous chuchotions, tantôt unis dans un même silence, nous regardions le plateau abandonné par l'hiver. La saison semblait extraordinairement précoce, cette année-là. Quelquefois les nuits étaient assez tièdes pour que l'on pût ouvrir les vitres. De la campagne montait jusqu'à nous l'odeur singulière des arbres déjà travaillés par les mouvements de la sève. Depuis quelques jours la lune éclairait les étangs.

Dans toute l'étendue de la maison régnait la paix habituelle. Elle semblait toujours nourrie de pensées domestiques et de méticuleux travaux. Pas un bruit. Des pas tranquilles, de pénétrants parfums de pain chaud, de linge et de plantes médicinales. Quelquefois pourtant, dans les hauts, on entendait craquer sournoisement une poutre. De la cheminée éteinte montait cette odeur de fonte, de briques et de vieille fumée qui annonce, dit-on, que le temps va bientôt changer.

Sur nous, l'inconnu ne bougeait pas. Peut-être habitait-il maintenant dans une autre chambre. Je l'entendais venir à la fin de la journée. Il restait d'abord immobile, puis faisait quelques pas. Des pas sourds, feutrés, de ces pas qui ébranlent les plafonds, qui font tinter les vitres. A la tombée de la nuit, il allait jusqu'à la fenêtre. Un quart d'heure plus tard il se retirait. A ce moment, il faisait déjà noir. Pendant le reste de la nuit personne ne venait dans la chambre. Elle était vide. Pourtant je savais que la lampe y brûlait, derrière la fenêtre de gauche. Sa lueur éclairait faiblement le toit d'un hangar. Un simple plafond de lattes, et un peu de plâtre m'en séparaient. Ce devait être une petite lampe, à en juger par le reflet sur les tuiles. Une flamme pauvre, utile, qu'on économisait. On avait eu soin de bien moucher la mèche. Cela sentait sans doute le pétrole. Après l'avoir allumée, personne ne restait près de la lampe. Elle éclairait une chambre déserte, et ce hangar. Mais, quand on traversait le plateau, on la voyait de loin.

Elle guidait les voyages nocturnes de Hyacinthe. Tout d'abord je n'y pensais pas. Mais en réfléchissant à ses allées et venues mystérieuses, j'en vins tout naturellement à imaginer les dangers qui la menaçaient dans la maison. Je craignais tout de sa témérité. Je me disais qu'à ce jeu elle finirait par se faire prendre. Mais je savais aussi que rien ne l'arrêterait de venir. Je la voyais, cachée dans La Commanderie, attendant l'arrivée de l'ombre. Mais l'ombre à peine descendue, la lampe s'allumait derrière sa petite fenêtre, et Hyacinthe la regardait. Malgré tout elle attendait ce moment. D'ailleurs la lampe avait dû conserver tout son charme. Hyacinthe en la contemplant ne pouvait pas s'empêcher de trouver bien émouvante cette pauvre lumière perdue dans la nuit et qui bientôt allait orienter sa course à travers la solitude. Elle marchait vers moi, les yeux fixés sur cette flamme modeste, allumée, chaque soir, depuis tant d'années, par celui qu'elle aimait encore et qui l'attendait en vain.

Tant que cette lampe paisible brillerait, je devais redouter le trouble et l'inquiétude de Hyacinthe. Déjà le hasard d'une rencontre, miraculeusement évitée jusqu'ici et qui semblait fatale, me tourmentait nuit et jour. Mais (je ne sais pourquoi) j'appréhendais moins le hasard que l'influence de cette lampe abandonnée. Elle marquait une obstination si durable que, même privée de cette âme qui avait médité si longtemps sous sa clarté, je sentais sa puissance. De toute façon, elle brillait sur moi. J'avais beau usurper encore les apparences intérieures de l'être que je n'étais pas, la lampe malgré la médiocrité de sa lumière, pouvait un jour ou l'autre, éclairer, à travers ces perfides fictions, mon âme véritable, où hélas ! ne se trouvait pas le compagnon d'enfance de Hyacinthe.

Ainsi la lampe me devenait peu à peu ennemie. Cependant Hyacinthe aimait sa clarté. Quand nous étions assis devant la fenêtre, elle murmurait quelquefois : « Sans elle je serais partie. Regardez comme elle reste amicale. Qui sait pourquoi on la tient allumée toute la nuit ? »

De la fenêtre nous ne pouvions apercevoir que le reflet sur les tuiles. « Quelqu'un habite-t-il là-haut ? » demandait Hyacinthe. Je ne répondais pas. Elle disait : « Une nuit, nous irons visiter cette chambre... Quelle étrange maison ! »

Je la sentais tentée par la volupté des ténèbres. Car

moi aussi j'étais tenté, ayant toujours aimé ces visages ardents que l'ombre nous propose.

Mais je me défendais contre l'offrande des démons qui soupiraient à voix basse, si doucement, près de nos visages. Surtout ce démon de la veille... Peu à peu ma nervosité, sans cesse alimentée aux sollicitations ténébreuses et aux craintes, devenait plus intense. Mon souci agitait ce vieux feu de fureur qui couve au fond de moi sournoisement et dont je feins d'ignorer l'existence, car il me porte aux démarches les plus insensées. Mais je sentais monter la chaleur de la flamme. Déjà j'avais les épaules brûlantes. Quand j'entendais, vers six heures du soir, ce pas sourd qui entrait, au-dessus de moi, dans la chambre, et que je voyais doucement s'éclairer les tuiles du hangar, le désir de monter là-haut me saisissait avec une telle violence que, plus d'une fois, j'entrouvris la porte. Mais le couloir restait si grave et si naturel que je n'osais pas y aventurer mon agitation.

Cependant, chaque jour, s'enfonçait plus profondément la hantise. J'entraînais la lampe dans mon sommeil. Je n'y pouvais plus discerner une seule figure de songe. Cette petite lumière suffisait à écarter toutes les apparitions. Je la fixais et je ne voyais plus qu'elle.

Par moments on eût dit que la hantise qui me torturait commençait à atteindre Hyacinthe. Les variations de son âme m'étaient devenues si sensibles que la moindre réticence de sentiment ou de pensée suscitait en moi la naissance d'une inquiétude.

Je percevais son trouble à travers le murmure de sa voix. Elle brisait plus nerveusement le silence. La germination d'une arrière-pensée soulevait en elle des mots inattendus. Chaque bout de phrase avait l'air d'une allusion ou l'aube d'une confidence. J'appréhendais de l'entendre. Jusqu'alors je l'avais accueillie comme si ces visites eussent été naturelles. Maintenant je m'en étonnais. J'en vins à épier ses entrées et ses sorties. En vain. On ne l'entendait pas marcher dans la maison. La porte s'ouvrait silencieusement et dans la pénombre elle apparaissait. Elle était impalpable. Un soupir, son odeur douce et sauvage, et je savais qu'elle était là. Je n'avais nul pouvoir sur elle, sauf par cette illusion qui l'abusait encore. Mais je savais que l'idée de la lampe ne la quittait pas. Jamais elle n'en parlait. Ce silence fit naître en moi des soupçons si violents que je ne pus les étouffer. Un soir (nous étions près de la fenêtre et c'était grande lune) je dis, un peu malgré moi :

— Maintenant, je me sens assez fort pour partir d'ici.

Elle se tut.

J'ajoutai :

— Et puis il faudra quitter ce pays le plus tôt possible.

Dès que j'eus prononcé ces mots, ils me parurent vulgaires.

Hyacinthe se taisait toujours. Je lui pris les mains. Elle les retira. A mon tour je me tus. Au bout d'un moment je l'entendis qui se levait. Elle se dirigea vers la porte.

Alors je l'appelai à voix basse. Mais elle avait déjà disparu.

J'eus aussitôt le pressentiment que je ne la reverrais plus. Je passai une journée douloureuse.

Mais, la nuit suivante, elle apparut encore.

Cette fois j'entendis son pas dans le couloir. A peine entrée, elle me sembla tout à fait irréelle. La lune éclairait vivement les murs de la chambre. Hyacinthe s'était arrêtée au milieu de la pièce. Pour la première fois depuis longtemps, je la voyais. Je compris alors que tout était perdu. Elle avait les yeux grands ouverts d'étonnement. On eût dit qu'elle était entrée par erreur dans cette chambre. Elle en regardait les objets avec une sorte de stupeur. Aucun d'eux ne lui était familier. Elle s'éveillait dans un monde inconnu...

Pourtant elle s'approcha de la fenêtre. La nuit était paisible.

J'appelai :

— Hyacinthe...

Elle vint, me prit doucement la tête et me regarda.

Je l'entendis qui murmurait :

— Était-ce possible ?

Je faillis la saisir, la serrer brusquement contre moi ; car déjà je sentais monter son odeur d'herbe et de vent. Mais on voyait tant de douleur et de pitié sur sa figure que je ne pouvais plus en détacher mes yeux...

A la fin elle lâcha ma tête, s'éloigna vers la porte, s'appuya un moment contre le lit ; puis elle sortit de la chambre.

J'étais seul.

Pendant un moment je ne bougeai pas. Mon esprit était devenu singulièrement lucide. J'étais prêt à agir.

Dans le couloir on n'entendait plus rien.

J'allai vers la porte et sortis. Il n'y avait personne.

A chaque extrémité du couloir s'ouvrait une fenêtre éclairée par le reflet de la lune. Au milieu, et à gauche, on voyait la rampe d'un escalier. Cet escalier menait à l'étage.

Je fis quelques pas en m'appuyant contre le mur, et atteignis la rampe. Elle s'élevait dans l'ombre. C'est par là qu'il fallait monter.

D'en haut arrivait, à travers les tuiles du grenier, l'odeur nocturne du plateau.

L'escalier, qui était en bois, à chaque pas grinçait.

J'étais lourd. Mais personne ne remuait dans la maison. J'arrivai sur un grand palier éclairé par une lucarne.

Mon cœur battait avec violence.

Il y avait deux portes. Sous l'une d'elles passait un faible rais de lumière. Je saisis la poignée avec précaution. La porte tourna sans bruit. J'entrai, puis refermai derrière moi.

J'étais dans une chambre basse. Pas un meuble. Les murs tout nus, peints à la chaux, ainsi que le plafond. Le sol carrelé de grands moellons rouges.

La lampe était posée sur le rebord d'une fenêtre, juste au ras du sol. Elle épandait une lumière jaune qui éclairait à peine la chambre. De temps à autre, sa mèche qui était petite, brasillait.

A travers les carreaux de la fenêtre on voyait la clarté de la lune.

A droite, la cloison était percée d'une ouverture que couvrait un rideau. De l'autre côté du rideau il devait y avoir une chambre. Je m'en approchai ; je soulevai la tenture.

Trois fenêtres basses mais larges éclairaient vivement une vaste pièce. Des livres tout le long des murs. Au milieu une lourde table. Une chaise devant la table. Deux ou trois fauteuils. Au fond, un lit, contre le mur. Par-dessus le lit, un crucifix de fer, et un rameau d'olivier.

J'étais entré, sans m'en apercevoir. Un tapis très épais assourdissait les pas.

Cette retraite studieuse sentait légèrement le cuir, la laine douce et la cendre encore tiède. Des braises achevaient de s'éteindre dans la cheminée.

Je m'approchai de la table. La clarté de la lune l'illuminait. Elle était chargée de papiers, de livres.

Quelques feuillets couverts d'écritures. En me penchant j'arrivai à lire une ou deux phrases :

Seigneur, voici le jour de la Pentecôte...

et un peu plus bas ces paroles mystérieuses :

... le Fils est mort depuis cinquante jours. On ne le voit plus sur les routes ni dans les villages. Mais l'invisible Amour bat la campagne...

Ces mots m'emportèrent dans une étrange rêverie. Doucement un souvenir monta...

Je me revis dans le grenier de La Commanderie, quelques mois auparavant. Il y avait là un vieux fusil et un carnier, pendus à un clou. Dans la poche intérieure du carnier se trouvait un petit carré de carton. D'un côté il portait, imprimée, une image pieuse. On voyait les Apôtres, assis devant une table de campagne où était dressé un ciboire. Par-dessus chaque Apôtre une langue de feu ; et, contre le plafond, les ailes étendues, la colombe de la Pentecôte. Au revers du carton, ces mots, d'une grande écriture ferme :

Tu ne tueras pas les bêtes. En souvenir du Saint-Esprit.

Et une date.

La date seule m'échappait. Je fis un effort pour la ressaisir, mais sans succès. Cet effort me tira de ma rêverie. Elle m'avait si vivement ravi que j'avais oublié l'étrange démarche qui m'avait amené dans cette chambre.

En revenant à moi je fus épouvanté.

Le rideau qui cachait la baie donnant sur l'autre pièce était resté entrouvert. Entre le chambranle et la tenture on voyait un peu de lumière. Et dans cette lumière la forme d'un homme.

Elle ne bougeait pas.

D'abord je voulus fuir ; mais cette forme me fascinait. Elle n'offrait rien de bizarre, comme ces silhouettes que projette la flamme d'une lampe contre un plafond ou contre un mur. C'était une ombre aux contours calmes, le reflet à peine assombri d'une présence humaine.

Je me reculai vers la porte qui donnait directement sur le palier. Mais elle était fermée à clef.

Je me réfugiai dans le fond de la pièce et j'attendis.

L'ombre demeurait immobile entre la lampe et moi.

J'entendais mon sang qui battait contre mes tempes.

Tout à coup l'ombre se pencha. La lampe s'éteignit brusquement.

Puis on repoussa le rideau.

L'homme entra dans la pièce où je me tenais. La clarté de la lune était si vive que je pus voir qu'il portait un grand manteau de voyage. Il était nu-tête. Il alla jusqu'à la porte, tira une clef, ouvrit. Au moment de sortir, il s'arrêta, comme pris d'une hésitation, puis lentement il se tourna de mon côté.

C'est alors qu'il me vit. Il avait le dos à la lumière. Je ne pouvais pas distinguer les traits de son visage ; mais je voyais ses yeux qui me regardaient. La lune tombait droit sur ma figure. J'étais collé contre le mur, à la droite du crucifix. Sur cette paroi blanche, on devait m'apercevoir, comme en plein jour.

L'homme me regardait sans étonnement, ni colère. Pourtant je ne pus soutenir son regard. Je fermai les yeux. Je l'entendis qui soupirait puis il sortit de la chambre. Son étrange pas lourd, feutré descendit à l'étage inférieur et s'éloigna.

J'attendis un moment. La maison était retombée dans le silence. Je fis quelques pas, passai dans l'autre pièce, et m'approchai de la fenêtre. La lampe s'y trouvait toujours, éteinte. Je la pris. A tâtons je redescendis l'escalier, rentrai dans ma chambre.

J'enveloppai la lampe dans une serviette et la cachai au fond de mon armoire.

Puis je me couchai.

Dans le couloir, très loin, une horloge sonna. Dehors la lune déclinait.

J'essayai de réfléchir. Mais le sommeil me prit. Tout à coup, je descendis dans son ombre où je dérivai rapidement.

Le lendemain je m'éveillai dans un monde irréel. Ma pensée demeurait lucide, mais immobile. Elle attendait la nuit. Je ne cherchai pas les raisons qui m'avaient inspiré le rapt de la lampe. Je savais qu'elle était maintenant dans l'armoire. Cela me suffisait.

Mes gardiens apparurent à l'heure habituelle. Ils firent les gestes utiles qu'ils avaient accoutumé de faire, dans cette chambre, le matin, à midi, le soir, depuis trois mois. Cependant quelque souci assombrissait un peu leurs vieilles figures. Comme toujours, ils observèrent le plus parfait silence. Mais on les sentait malheureux. C'est à peine si, par une concession qu'ils faisaient de leurs corps, ils se trouvaient là, dans ma chambre. Une mystérieuse inquiétude retenait ailleurs leur pensée. Ils disparurent par enchantement, à la tombée du jour. Ils n'avaient pas par leur présence pesé plus lourd que s'ils eussent été leur propre souvenir. Peut-être venaient-ils d'entrer, de passer et de disparaître seulement sur une étendue de la mémoire. Jamais ces êtres familiers ne m'avaient semblé si proches du monde des Ombres. Leur passage à travers ma chambre donna à cette journée redoutable, dont j'appréhendais les angoisses, les fièvres, une inexplicable légèreté. J'allai vers le drame du soir, comme transporté sur un nuage.

Mais à mesure que le soir venait, je voyais se dissiper cette nébuleuse. Les faits reprenaient leur puissance ; et se plaçaient autour de moi, là où, la veille, je les avais quittés. Les événements de la nuit qui allait éclore, et où peu à peu nous descendions, composaient déjà de menaçantes figures.

La lampe ne se trouvait plus là-haut, devant la fenêtre. Cependant le maître de La Geneste viendrait bientôt, comme tous les soirs, pour l'allumer. Je l'entendrais marcher de son pas lourd, feutré, au-dessus de ma tête ; puis il s'arrêterait, et chercherait la lampe...

Si vraiment, comme je le supposais, il m'avait aperçu, la nuit précédente, dans cette chambre de travail qu'il avait traversée, il ne tarderait pas à apparaître pour me demander une explication. Car fatalement ses soupçons se porteraient sur moi. Que lui répondrais-je ?

Je me rappelle que le crépuscule fut bref. Une étrange brise monta de l'Ouest du plateau un peu avant la nuit. A travers les émanations de pierre et de racines qu'elle soulevait en passant sur un espace si favorable à sa puissance, elle nous apporta cette vive odeur de jardin, de palmes et d'oranges qui parfois, dans une colonne d'air chaud, traverse l'étendue des mers pour venir expirer, au moment du printemps, sur nos vergers encore engourdis par l'hiver. Elle arriva soudainement au moment où la nuit commençait à s'étendre et, en moins d'un quart d'heure, tiédit tout le plateau de Saint-Gabriel. J'étais assis devant la fenêtre. Cet air chaud me frappa en plein visage. J'en sentis la chaleur entre la bouche et les pommettes. Je fus bouleversé. Dans mon appréhension pénétra cette volupté de l'attente qui peu à peu vous étouffe et dont on goûte cependant les minutes, peut-être délicieuses, mais à coup sûr teribles, sans en perdre une seule. J'écoutais. La maison gardait le silence. La nuit tombait rapidement et l'air demeurait toujours aussi chaud. Personne n'avait encore bougé au deuxième étage. Déjà, presque au zénith, on voyait deux étoiles. De la grande dalle du plateau montait une vague lueur. Pas un bruit. J'attendais. J'espérais une catastrophe : j'avais volé le feu. A cette heure, de La Commanderie, La Geneste apparaissait sombre. Il n'y avait plus de lampe sur le plateau. Qu'allait faire Hyacinthe ?... Allait-elle venir ?...

Cependant rien ne remuait. Où était le maître ? Depuis longtemps il faisait nuit noire. La Geneste paraissait inhabitée. Avait-il fui ?

Pourquoi n'avais-je pas entendu, sur ma tête, le pas sourd, feutré ?

Sans doute étais-je maintenant tout seul dans cette énorme bâtisse ? Soudain j'eus peur pour Hyacinthe. Je me dis que cette maison vide lui tendait maintenant un piège. Désormais elle courait le terrible danger de s'y perdre.

Car elle allait venir : je l'attendais. Un moment j'eus la tentation d'allumer la lampe et de la placer derrière ma fenêtre. Mais je reculai devant cette parodie. Il devait être tard : onze heures sans doute. C'était l'heure où Hyacinthe traversait le plateau. Comment se dirigerait-elle ? Il n'y avait pas de lune ; et j'avais supprimé le feu de La Geneste.

Du côté des étangs un oiseau cria. Les mains sèches, brûlantes, je me levai : j'allai boire un verre d'eau... La Geneste continuait à se taire. Plus que jamais j'éprouvais les effets de sa puissance. Elle souffrait. Sous la pression de ce vent chaud qui dilatait les ais de sa formidable charpente, la pierre, la tuile, le bois travaillaient sourdement. Dans toutes les chambres, et sans doute, en bas, dans ses caves, l'air encore humide de l'hiver subissait, lui aussi, une lente dilatation. Sous cette poussée intérieure le génie domestique du lieu commençait à sortir de son engourdissement hivernal. A travers les dures assises s'élevait l'odeur de la terre. Entre le roc et la pierre bâtie, un mouvement secret de cristallisation se propageait de proche en proche. Et la griffe des arbres se gonflait dans les moindres failles du béton. La grande maison gardait le silence. Si déjà, dans ses profondeurs, elle prenait obscurément goût à la vie, cette lourde force ascendante n'atteignait cependant encore que ses parties animales. Les étages nobles conçus en accord avec les besoins de l'homme, et qui, sans la présence humaine, ne peuvent guère subsister, quoiqu'ils fussent touchés aussi de cette étrange sève minérale, continuaient à couronner ce site de la terre de leur rude ordonnance. Mais déjà ces grands murs ne couvraient que la solitude. De l'homme merveilleux qui venait de partir, il ne restait que ce double falot, à peine sorti du délire, où quelques réminiscences volées vivaient encore d'une vie précaire. La maison à peine éveillée cherchait obscurément son âme. Et j'étais son seul habitant. Elle ne reconnaissait pas le maître qui l'avait aimée.

Je sentais tout autour de moi rôder un mécontentement ; et l'hostilité grave et lente de cet être qui avait jusqu'alors protégé ma convalescence troubla les fonds encore calmes de mon âme. A mesure qu'elle se formait, soulevant ces colonnes sombres, je prenais conscience de mon sacrilège. La petitesse de ma vie où logeait une flamme si misérable me parut un défi à l'esprit de ce lieu dont la grandeur et le poids spirituels écrasaient mes pauvres sortilèges.

Cette pesée insidieuse qui portait sur mon corps, ma raison et, plus profondément encore, sur le germe secret où ma vie s'alimente, peu à peu ralentissait mon souffle. J'étouffais maintenant dans la chambre, qui m'avait été si douce pendant les jours d'hiver où brûlaient des plantes médicinales. Là même où l'on m'avait transporté dans le délire et soigné en silence, pendant des mois, je subissais la colère du refuge. L'hiver était passé ; j'avais volé la lampe ; et La Geneste ne voulait plus de moi. Les objets les plus usuels s'animaient maintenant et prenaient ces formes morales que nous cachent leurs apparences utiles. Il se dégageait de ces meubles une fidélité aux destinées de l'homme et une probité domestique si pure que leur présence me devint bientôt intolérable. J'avais abusé de leur candeur. Aussi ne m'offraient-ils que signes de réprobation. Désormais, je ne pouvais plus requérir leurs services. Je m'apercevais maintenant qu'ils m'avaient accordé une miraculeuse bienveillance, pendant ma maladie. Mais j'avais trahi la loi de La Geneste ; et La Geneste me chassait…

Un coup de vent fit gémir la toiture. Première plainte qui me bouleversa. Puis s'éleva un long soupir et des chuchotements coururent dans le couloir. Une porte grinça sur ses gonds, très loin, du côté des communs. Le vent pénétrant dans les combles par quelque lucarne mal jointe souleva l'immense peuple des tuiles dont le cliquetis doux se propagea tout le long des greniers. Une sorte de chant, une basse tragique montait des silos souterrains, des celliers et des cryptes, sur quoi reposait la puissance de La Geneste.

A l'appel de ce vent venu du désert, l'antique métairie de pierre livrait enfin ses bruits secrets. Ses gémissements, ses rumeurs, créaient au-dessus de sa forme visible l'invisible édifice d'une âme.

Elle pleurait. A la vibration de ses murs et de ses charpentes qui me traversait jusqu'aux os répondait une vibration plus profonde et plus noble, perceptible au-delà des murs. On eût dit que ce pas feutré qui avait fait trembler, chaque nuit de l'hiver, le plancher sur ma tête, ébranlait maintenant le plateau de Saint-Gabriel. La grande dalle inclinée du côté de l'Ouest d'où montent les orages, communiquait l'ébranlement aux vieilles murailles de La Geneste. Et entre les murailles de mon âme ce pas aussi retentissait. C'était comme si l'homme étrange eût marché en moi-même. Il me foulait. Toute la maison de ma vie tremblait douloureusement à chacun de ses pas. Mais je ne pouvais plus le voir. J'avais tué la lumière.

Bientôt je ne pus supporter le poids de ce supplice. Je compris qu'il me fallait fuir. Déjà je percevais le roulement lointain des premiers vertiges. De chaque côté de ma tête, des frémissements s'irradiaient dans mes tempes encore fragiles.

Je me levai.

D'abord je refermai soigneusement les vitres. Puis j'allai jusqu'à l'armoire et je pris la lampe.

Je la posai sur le rebord de la fenêtre.

Je frottai une allumette contre le mur. Il était chaud.

J'allumai la lampe. Comme le verre était posé de travers, elle fuma un peu. Je réglai la mèche.

Que faisait Hyacinthe ? Il devait être bien tard. Sans doute avait-elle renoncé à venir.

Avant de sortir je regardai une dernière fois la chambre. C'était bien une chambre d'hiver. Avec ses murs peints à la chaux, je compris tout à coup combien elle avait été favorable au délire. Mais j'y avais croisé le passage d'un monde.

Maintenant le feu d'hiver était éteint. La pauvre lampe brûlait contre la vitre. Où était la colombe sauvage ?

Mon cœur battait régulièrement.

Je descendis l'escalier avec précaution. Ma main en glissant rencontra une paume de cuivre et la saisit. J'étais arrivé en bas. La paume était tiède. Une grande horloge battait dans l'obscurité, à ma droite. Chaque fois que le balancier arrivait au but de sa course, il vibrait plaintivement. Dehors le vent était tombé, ou du moins la maison ne gémissait plus. Je traversai une pièce basse, voûtée, qui me parut être une cuisine. Dans l'âtre il y avait encore un peu de feu. La pièce sentait le savon, le bois brûlé et les épices. Au hasard je poussai une porte. Elle s'ouvrait sur une longue galerie. La galerie donnait sur une cour que je ne connaissais pas. On y voyait mal. Toutefois je parvins à un palier de pierre où passait un très grand escalier. Je descendis encore un étage. Dans la cour poussaient deux ou trois arbres. En suivant les murs à tâtons je découvris une grille : elle céda. Je me risquai dans cette ouverture : j'avançai le long d'un étroit passage, en pente. Il en montait des relents de cave et une odeur douceâtre d'ajoncs pourris. Tout à coup je sentis un souffle humide. Je m'arrêtai, puis je fis encore quelques pas. L'obscurité devint aussitôt moins épaisse. A mes pieds luisait de l'eau. J'étais en plein air. Entre l'énorme paroi de La Geneste et cette nappe noire, d'où s'élevait quelquefois un clapotis, je me tenais, sur une berge étroite, dont les herbes mouillées montaient jusqu'à mes genoux. On apercevait confusément des masses de roseaux qui flottaient çà et là sur l'étendue liquide. Un bras ignoré des étangs venait battre les murs de La Geneste. La chaîne d'une barque, attachée non loin de là, à quelque piquet, grinçait régulièrement. Parfois le saut inattendu d'un poisson troublait le silence.

Le ciel me parut bas, couvert. Le vent s'était remis à souffler, mais très doucement. Je cherchai à m'orienter ; j'y voyais un peu mieux depuis que j'étais en plein air. Il me sembla que la berge longeait le mur, à gauche. Cent mètres plus loin, on devait trouver le plateau. Je me hasardai à faire quelques pas dans cette direction. L'herbe était glissante, mais le sol assez dur.

J'atteignis sans encombre une assise de pierre et m'y reposai. Puis j'escaladai le rocher. Je compris que je me trouvais sur le bord du plateau. Le vent y courait au ras du sol à travers les arbustes bas. J'étais tout à fait désorienté. C'est en vain qu'au milieu de l'obscurité j'essayais de découvrir La Commanderie. Cependant je marchai un peu pour m'éloigner de La Geneste. Je voulais apercevoir la lampe, derrière ma fenêtre. La Commanderie se trouvait à cinq cents mètres de là, en face. Je n'avais plus qu'à tourner le dos à la lampe et qu'à avancer tout droit à travers le plateau. Je fis une centaine de pas et me retournai.

Dans la nuit se dressait la masse de La Geneste, sombre. On n'y voyait pas de lampe.

Je revins en arrière, pour essayer de retrouver ma fenêtre. Avec celle des combles, c'était la seule qui restât quelquefois ouverte.

Je n'eus pas de peine à la reconnaître, au deuxième étage, près de l'angle, vers l'Ouest. Ses vitres luisaient vaguement. Mais aucune lumière n'éclairait la chambre.

Alors j'eus peur. Je m'éloignai de La Geneste. Je marchai au hasard. Le vent me suivait ; il sautait, court, agile, de touffe d'herbe en touffe d'herbe, et il sifflait autour de mes jambes. De temps à autre une grande nappe d'air tiède descendait sur le plateau et je sentais passer un souffle doux, presque humain, contre ma figure.

J'étais seul. Pas une bête. Pas un cri. On n'entendait que le vent.

Quelquefois un bref mouvement de détresse me tordait.

Mais je continuais à marcher par grandes enjambées. J'allais à l'aveuglette, perdu, sans but, comme un enfant. J'avais l'air de tourner en rond sur moi-même. Pourtant (peut-être au bout d'une heure, ou plus, je ne sais), j'aperçus La Commanderie. Mais sa vue ne m'apporta aucun réconfort. Je n'osai pas m'en approcher. J'étais cependant brisé de fatigue. Mais à quoi bon entrer puisque Hyacinthe était partie ?...

Je fis le tour de la maison, en passant derrière les communs. Je me rappelais qu'il y avait là une brèche par où l'on pouvait pénétrer dans le jardin. Je finis par la trouver. J'écartai une branche. Mais une fois dans le jardin je fus saisi, enveloppé par les broussailles. J'essayai sans succès d'atteindre une allée. Je ne réussis qu'à m'égratigner affreusement. De guerre lasse je me laissai tomber à terre, et, le dos appuyé contre un arbre, j'attendis le jour. Dans cette position le sommeil me prit sans peine, et je dormis fort avant dans la matinée.

Quelques gouttes de pluie me réveillèrent. Le ciel restait couvert, bas. Il ne passait qu'une faible lumière sous les arbres. Je me réfugiai dans le fond du jardin à l'abri d'un petit pavillon en ruine. J'étais incapable de rentrer dans la maison.

La pluie tomba à plusieurs reprises, très doucement jusqu'à midi. Le temps était triste. J'avais résolu d'attendre le soir pour aller jusqu'au village de Pontillot et y retrouver Mélanie Duterroy. J'étais de plus en plus accablé de fatigue et j'avais soif.

L'après-midi fut longue. Du pavillon où je m'étais réfugié on apercevait un pan de mur et quelques tuiles de La Commanderie. Rien n'y bougeait. Des nuages lourds de pluie passaient, très bas, au-dessus des arbres. Ils venaient du sud et traînaient des orages. Leurs volutes sombres disparaissaient au Nord, par-dessus les bois de La Déonne. A cinq heures il tonna. Je sortis de mon abri et pris le chemin du village.

J'y arrivai, fourbu, à la tombée du jour. La maison de Mélanie Duterroy était bâtie en dehors de l'agglomération. Deux fenêtres, une treille, au milieu d'un petit jardin clôturé.

J'entrai dans les terres et, caché par le mur, je regardai du côté de la maison.

Mélanie se trouvait dans le potager. Une pioche à la main, elle creusait une rigole. Ses mouvements étaient calmes, puissants. Elle rangea sa pioche, tira un couteau, coupa une salade. Puis elle en détacha la terre avec ses doigts. Elle était habillée d'un jupon de laine brune et d'un caraco noir. Elle alla jusqu'au puits, lava la salade, et entra dans la maison, où elle alluma une lampe.

Je quittai alors ma cachette et me glissai dans le jardin. Sans bruit je m'approchai du seuil. La porte était restée ouverte.

Mélanie se tenait au milieu d'une pièce basse, propre. La lampe, suspendue au plafond par une chaîne de fer, éclairait une table ronde, où un couvert était déjà préparé.

Mélanie prit le pain, tailla une tranche, s'assit. Puis elle se servit de la salade et elle commença à manger.

Elle mangeait avec une grande lenteur, régulièrement, d'un air grave, la tête baissée sur son assiette. De ses mains osseuses elle brisait le pain par petites bouchées.

Quand elle eut achevé la salade, elle prit une pomme. Puis elle se leva pour desservir.

C'est alors qu'elle me vit dans l'embrasure de la porte. Son visage devint très pâle.

Je lui dis :

— Où est Hyacinthe ?

Ma voix devait être bien faible. Je fis un pas en avant et trébuchai. Elle me retint par le bras et me fit asseoir sur une chaise.

Sa figure n'exprimait ni étonnement ni pitié. Elle se borna à me dire :

— Je vais vous apporter quelque chose. Vous devez avoir faim.

J'avais faim, en effet.

Elle s'assit tout près de moi et me donna du pain et du jambon. Dehors quelques gouttes de pluie tombèrent sur la tonnelle.

Nous nous taisions. Je mangeais avec voracité. Mélanie me versa un verre de vin. Elle ne me regardait pas. Elle paraissait soucieuse. Puis elle me dit :

— Vous dormirez ici. Il y a un lit pour vous.

Elle se leva pour fermer la porte et passa dans la pièce voisine. Je l'entendis qui ouvrait une armoire, remuait des draps, des couvertures.

Au bout d'un moment elle revint, me prit de nouveau par le bras et me conduisit dans cette chambre. Je tombai sur le lit. J'étais bien las.

Mélanie se mit à genoux et me délaça les souliers ; puis elle ramena la couverture sur mes jambes. Il tonna, du côté des étangs.

Malgré mon immense lassitude, je restais éveillé, anxieux.

Mélanie avait allumé une veilleuse et s'était assise à mon chevet. Elle tenait ses grandes mains sur ses genoux. Ses yeux fauves me regardaient. Elle semblait attendre.

Je lui demandai :

— Quand est-elle partie ?

Elle me répondit :

— Hier, je crois.

— Est-ce qu'on sait où elle est allée ?

Elle secoua la tête en signe d'ignorance.

Je n'avais plus de courage. Pourtant je trouvai la force de murmurer quelques mots confus.

Mélanie détourna la tête et fixa le mur.

Dehors quelqu'un marcha sur la route. Un pas lourd, usé. Il s'arrêta devant la maison.

Mélanie se leva, regarda la porte.

Le vent souffla tout à coup dans les arbres du verger. Puis il se fit un grand silence.

Mélanie se signa et vint se placer au pied du lit.

Le pas s'éloigna, en hésitant.

Mélanie porta ses deux mains à sa poitrine. Une sorte d'appréhension crispait sa face. Elle avait peur. Je l'entendis qui s'admonestait en grommelant.

Je l'appelai à voix basse. Elle leva les yeux et me dit :

— Il vient de passer devant la maison. J'ai reconnu son pas.

J'eus sans doute l'air égaré, elle ajouta :

— Cyprien, notre maître... Il a élevé Hyacinthe.

Elle se tut un long moment ; puis elle me dit :

— Il vous cherche.

Tout à coup elle se laissa aller aux confidences :

— Il y a huit à dix ans qu'il l'a volée. Chez nous tout le monde le sait... Depuis, elle n'est jamais sortie de Silvacane... J'y ai servi... C'est peut-être là qu'il faudrait aller... Cet hiver elle s'est enfuie du domaine... Vous l'avez vue... Il savait qu'elle était chez vous... Et il n'aurait eu qu'un geste à faire...

— Pourquoi ne l'a-t-il pas fait ?

— Si elle a fui, c'est qu'il l'a bien voulu... Le temps était venu, peut-être... Il vient toujours... Alors on sent la tentation... Pourtant il la reprendra, un jour, à son heure...

Je demandai :

— Mais aujourd'hui ?... Il se passait d'étranges choses, à La Geneste...

— Oui, avoua Mélanie. Le maître de La Geneste a disparu. Il ne reste que les deux domestiques...

Je lui demandai :

— Où est Silvacane ?

— A trois jours de marche d'ici, derrière les collines d'Auribeau.

Sa figure s'illumina.

— En plein bois, me confia-t-elle. Pas une maison à dix lieues à la ronde. Et le plus beau jardin de la terre... Tous les arbres, toutes les bêtes... Des oiseaux surtout...

Une soudaine exaltation avait transfiguré son visage ; et ses grands yeux jaunes rayonnaient d'émerveillement. Les mains crispées sur les genoux, le buste penché en avant, de sa bouche terrible elle souriait un peu follement, à cette évocation du jardin de la terre.

— Il y a aussi un serpent, murmurait-elle, comme au Paradis, mais pas un arbre défendu...

Je lui criai :

— Il faut que j'aille à Silvacane.

Elle se dressa et fit un geste de dénégation :

— Vous êtes encore trop faible. Dans huit jours.

Maintenant il tonnait sans discontinuer sur nos têtes.

Mélanie Duterroy traversa la chambre, passa dans l'autre pièce, ouvrit la porte. De mon lit je voyais l'orage.

Le vent tourbillonna tout à coup dans la chambre et éteignit la lampe. Mélanie referma la porte.

Puis elle dit :

— Cette nuit, il fera mauvais sur les routes.

LE JARDIN

Pendant les huit jours que je passai chez Mélanie Duterroy je ne sortis jamais de la maison. Je repris rapidement des forces. Mélanie me montra un grand dévouement.

Je me tenais tantôt dans la chambre, tantôt dans l'autre pièce. C'est là qu'elle couchait et que nous mangions.

Elle devenait plus communicative. Elle m'avoua qu'elle avait redouté, pour moi, quelque mauvaise rencontre à La Commanderie. Les Nomades m'attribuaient la disparition de Hyacinthe. Quoiqu'elle eût grandi à Silvacane, Hyacinthe était des leurs. Grâce au vieux Cyprien, dont la puissance étrange les dominait, une légende et même une sorte de culte s'étaient formés autour de cette enfant si mystérieusement élevée.

Ils la voyaient deux fois par an : à la Noël d'hiver, quand ils célébraient la fête du feu, et le vingt-quatre juin, pour la Saint-Jean qui marque aussi le début de l'été. Ils se réunissaient alors, à quelques lieues de Silvacane, dans un vallon, au voisinage d'une chapelle. Le vallon s'appelait Givonne et la chapelle Magdala.

De Pontillot où je me trouvais, à Givonne, il y avait six jours de marche. Il fallait traverser le plateau de Saint-Gabriel, La Déonne, le Plat-Pays, et franchir deux chaînes de collines. Le Plat-Pays n'était guère peuplé. Les collines étaient complètement sauvages. Au-delà commençait une région différente, un climat plus doux. C'était le versant de la mer.

Le vallon de Givonne touchait aux bois de Silvacane. Là commençait l'empire de Cyprien, le pays de Hyacinthe. On n'y accédait que par des sentiers ou des pistes, du côté de l'Ouest. Partout ailleurs de profonds ravins protégeaient l'immense domaine.

Le village le plus proche se trouvait à six lieues. Il s'appelait Le Jas-de-Hugue. On pouvait y coucher, dans une petite auberge.

Du Jas-de-Hugue (mais à la condition de partir de très bon matin) on pouvait arriver, le soir, à Sylvacane. On voyageait à pied. Les sentiers étaient difficiles ; et du reste au Jas-de-Hugue, personne n'eût consenti à louer un mulet pour monter au domaine. Pour y atteindre il fallait traverser un ravin au fond duquel coulait un petit torrent. On le passait sur un pont de bois. Ensuite on prenait à main droite. On montait pendant un quart d'heure. On découvrait alors deux grands piliers. Il n'y avait pas de clôture. Les ravins qui en tenaient lieu étaient à peu près infranchissables. Pour pénétrer dans le domaine on devait fatalement passer entre les deux piliers. Pas de grilles ni de jardin. On entrait. Au-delà, une allée bordée de chênes. Il n'y avait qu'à la suivre pour arriver jusqu'à la maison.

J'étais étonné de la précision de Mélanie. Elle m'instruisait sobrement mais indiquait toujours le détail significatif. Il s'enfonçait au cœur de la mémoire.

— Il peut y avoir du danger, m'annonça-t-elle un jour. Pas de la part de Cyprien. Non. De la part des Nomades. Mais une fois dans le domaine, vous ne risquez plus rien. Ils en ont peur.

Le lundi qui précéda mon départ, un peu avant dîner, on frappa. Mélanie me fit passer dans la chambre.

Un homme entra que je pus voir par l'entrebâillement de la porte. Il était grand, sec ; une balafre lui coupait la joue droite ; il portait de petites moustaches noires. Sans façon il s'assit.

Mélanie devant lui resta debout. Elle tenait les mains dans les poches de son tablier.

Je compris que l'homme était son frère. Elle m'en avait parlé autrefois à La Commanderie. Je me souviens qu'il s'appelait Gatso.

Pour l'heure il élevait la voix durement. Le feu de la lampe faisait luire ses pommettes pointues.

J'appris que Cyprien avait quitté le domaine. Gatso d'ailleurs se plaignait que tout le monde eût disparu : Cyprien, Hyacinthe, l'hôte de La Geneste, moi-même. Il montrait la plus méchante humeur : Mélanie devait savoir quelque chose.

Il avait de longs doigts cruels dont il tapotait le bois de la table. Elle devait parler. Les chefs de toutes les tribus allaient se réunir dans un mois pour préparer les fêtes de juin, les feux du vallon de Givonne. Déjà le bruit courait que Hyacinthe s'était enfuie de Silvacane...

— C'est ton maître qu'elle a suivi. Cet hiver elle était à La Commanderie. Maintenant ils ont quitté le pays. Où sont-ils ? Tu le sais...

Mélanie secoua la tête.

— Mon maître la cherche, dit-elle. Hyacinthe a suivi Constantin Gloriot, celui de La Geneste.

L'homme eut l'air incrédule.

— Qui est Constantin Gloriot ? demanda-t-il.

Elle voulut éviter de répondre. Mais têtu, il la menaça.

— Va demander à Cyprien, gronda-t-elle. Il sait, lui. Interroge-le.

Au nom du vieillard, l'autre se tut. Il finit tout de même par bougonner que Cyprien se moquait d'eux ; mais il ne posa plus de question. Il se borna à dire :

— Je vais coucher ici, ce soir ; je suis fatigué.

Mélanie ne répondit rien, mais traîna son matelas au milieu de la pièce.

— Voilà pour toi, dit-elle. Tu éteindras la lampe.

Puis elle passa dans la chambre. Elle me fit signe de ne pas bouger.

Doucement elle donna un tour de clef.

— Couchez-vous, me souffla-t-elle. Il n'y a plus rien à craindre.

Et elle s'allongea par terre, la tête à même le carreau, en travers de la porte.

A quatre heures quelqu'un entra dans le verger et frappa avec précaution. On ouvrit. Il y eut un sourd conciliabule.

Gatso vint à la porte de la chambre et essaya de l'ouvrir. Il jura. La serrure tenait bon. Alors on pesa sur le battant. Le battant commença à craquer par le haut.

Il y avait au moins deux hommes ; on les entendait chuchoter.

Soudain du dehors quelqu'un siffla. Une chaise tomba sur le plancher. Puis un cri :

— Méfiez-vous ! Voilà la bête. Vite !

On courut à travers le jardin. Tout se tut.

Mélanie dormait toujours.

Cet incident me décida à partir. Mélanie fut d'accord avec moi. La maison était suspecte, surveillée.

— Maintenant ils se tiennent du côté d'Orgeval, me

dit-elle. A l'opposé. Ils n'en bougeront pas de plusieurs jours. Je les connais. Leur coup manqué, ils ont l'habitude de disparaître. Il faut partir. Il n'y a plus personne sur la route que vous allez prendre. Quand ils reviendront vous serez loin.

Ragui venait de me sauver.

Je le vis, pour la dernière fois, le jour de mon départ.

J'avais quitté Mélanie Duterroy depuis une heure et longeais une futaie, à un demi-mille de Pontillot.

J'entendis remuer des feuilles et je l'aperçus.

— Il revient quelquefois, m'avait confié Mélanie. On le voit arriver à la tombée du jour ; il fait le tour du potager, se repose un moment sous la tonnelle ; puis il s'en va. Il ne dort jamais à la maison. Je crois qu'il vit sur le plateau ou dans les bois de La Déonne.

Quand je le rencontrai, il pouvait être sept heures du matin. Il était arrêté, à droite de la route, derrière le fossé. Son col large, sa tête fauve émergeait des herbes humides. Le mufle haut, il me regardait. Ses yeux striés d'or recevaient le soleil en face. Ils ne cillaient pas. Il portait encore sa fourrure d'hiver, rousse, hérissée. On voyait ses crocs.

Je m'arrêtai, moi aussi, et l'appelai par son nom. Mais il ne bougea pas. Alors je repris mon chemin. Pendant un bon moment il m'accompagna, de l'autre côté du fossé, dans les hautes herbes. Quand j'arrivai au croisement des routes d'Orgeval et de Pontillot, je pris à droite, pour me diriger vers La Déonne. C'est là qu'il disparut.

Cependant je ne pense pas qu'il se soit éloigné de ma route. Au cours de mon voyage, plusieurs fois, j'ai cru l'entendre. Un buisson s'agitait soudainement ; un animal soufflait. Je ne voyais rien ; mais la bête était là. Alors mon cœur battait d'émotion.

L'orage, qui avait éclaté le jour de mon arrivée à Pontillot, marqua le début du printemps. La température s'adoucit beaucoup. Des pluies fines couvraient souvent la campagne.

Mélanie me conseilla d'atteindre Silvacane par les petits chemins. J'y circulerais plus sûrement. En cette saison, sur les grandes routes, on rencontrait fréquemment des groupes de Nomades.

Mélanie m'assura que je trouverais le coucher et un peu de nourriture dans les fermes isolées et les hameaux du Plat-Pays. Peut-être devrais-je subir quelques ondées ; mais dès le premier col je laisserais le mauvais temps derrière moi. Depuis trois semaines déjà le versant de la mer connaissait la bonne saison.

Mélanie m'indiqua le noms des chemins, des hameaux, des cols et des collines. Dans le Plat-Pays, deux étapes : à Massigny, le premier soir et, le deuxième, à Rionde. Jusqu'à Massigny une journée de marche. Autant de Rionde aux collines.

Deux chaînes à franchir : d'abord La Gardiole, qui était la moins haute, puis le Délubre. On passait la première au col de Blaquière, et la seconde au Pas-de-Séouve. Ensuite on redescendait. Le Séouve se trouvait à onze cents mètres. Du col, par beau temps, on voyait quelquefois la mer.

Le soir même, on pouvait coucher au Jas-de-Hugue, et le lendemain, de bonne heure, monter à Silvacane. Six lieues.

La traversée de La Gardiole et du Délubre était la partie la plus fatigante du voyage. Les deux chaînes étaient complètement inhabitées. Mais on y trouvait de grandes huttes de pierre coniques, pourvues de litières de paille, où quelquefois, à partir de la mi-juin, les rares bergers qui fréquentaient encore ces collines venaient estiver avec leurs troupeaux. Mélanie Duterroy y avait dormi. Il fallait emporter des couvertures, car vers trois heures du matin il faisait froid. Il est vrai qu'on pouvait allumer du feu. Près de ces huttes filtraient souvent des sources. L'eau en était excellente.

Je pris congé de Mélanie, un mardi matin. Nous avions convenu qu'elle retournerait à La Commanderie et y attendrait mon retour.

Je me levai à l'aube et déjeunai de pain, de beurre, et d'une grande tasse de café chaud. Je me sentais fort. Plus trace de maladie. J'étais prêt au voyage.

J'emportai une couverture, un sac, un bidon de soldat, et des vivres pour la journée. J'avais un grand bâton ferré et un bon couteau.

Mélanie m'accompagna jusqu'à la porte du potager. Elle ne manifesta aucune émotion. Elle me dit :

— Ne parlez pas trop avec l'aubergiste de Hugue.

Puis elle rentra dans la maison.

Je m'orientai vers le Sud et m'engageai sur le chemin de La Déonne. Je fis un grand détour pour éviter la traversée du plateau de Saint-Gabriel. Je ne voulais pas revoir La Geneste.

C'est un peu avant d'arriver à La Déonne que je rencontrai Ragui. Jusque-là il faisait assez beau. Le ciel se couvrit, un moment après, et il bruinait quand je pénétrais dans les bois. Cette bruine m'affecta désagréablement. Des buées blanches flottaient au ras du sol, entre les futaies, surtout du côté où le bois voisine avec les étangs.

Quelquefois une corneille ou un geai s'envolait en criant d'un tas de fagots abandonnés. Le sol exhalait une âcre odeur d'eau, de terre, de feuilles pourries. Le sentier que je suivais s'enfonçait à travers des brumes bleuâtres. L'humidité pénétrait sous ma veste de laine. Je marchais cependant volontiers et à grands pas.

Je mis six heures pour traverser la forêt. Je déjeunai sous un arbre en arrivant à la lisière sud.

Ensuite je m'engageai dans le Plat-Pays.

Le Plat-Pays est une plaine argileuse coupée de haies, de peupliers, de boqueteaux de saules. Tous les deux ou trois kilomètres on découvre une métairie. Autour de la maison s'étendent des prairies désertes et quelques labours.

Je ne vis personne dans les champs, jusqu'au soir, ou j'arrivai à Marsigny. Je pus coucher dans une grange qui appartenait au boulanger. J'y eus chaud. Les gens me parurent maussades, soupçonneux.

Après Marsigny, qui n'est qu'un petit bourg d'une dizaine de feux, je longeai de maigres cultures puis je retombai dans les guérets. Les fermes devenaient de plus en plus rares. Cependant vers midi j'aperçus, à ma droite, une petite charrue attelée d'un cheval qui peinait à travers la pluie, dans un champ où luisaient des flaques d'eau. Un peu plus loin on voyait une fumée qui montait d'un toit de chaume. Les derniers corbeaux de l'hiver, juchés sur des mottes de boue, ricanaient à mon passage, puis s'envolaient lourdement pour se poser un peu plus loin sur un buisson. C'étaient des bêtes voraces, lustrées, au ventre robuste.

A Rionde je fus reçu par une veuve qui me donna une paillasse, et me fit dîner d'une omelette. Je la payai bien. Elle me dit que je trouverais facilement de quoi remplir mon bissac dans une grosse exploitation agricole, à dix kilomètres de là. C'était la dernière habitation avant d'arriver aux collines : il fallait y prendre deux jours de vivres.

Je remerciai mon hôtesse et continuai ma route.

L'exploitation agricole, où j'arrivai vers quatre heures de l'après-midi, comprenait plusieurs corps de bâtiments qui hébergeaient trois ou quatre familles. Elle marquait la fin du Plat-Pays. Les bâtisses se dressaient sur une faible éminence.

Les gens me fournirent tous les vivres que je leur demandai. Je m'adressai à une sorte de maître métayer, un homme sur la quarantaine, large, velu, avec de petits yeux vifs qui m'examinaient en dessous, curieusement.

Je lui posai plusieurs questions concernant le col de Blaquière. Il fut évasif. Peut-être n'était-il jamais allé jusque-là.

J'avais remarqué, en arrivant, que la route s'élevait vers une douzaine de maisons, groupées sur une petite hauteur, à deux cents mètres de la métairie. Mélanie Duterroy ne m'avait pas parlé de ce hameau.

J'interrogeai le métayer :

— C'est l'Hospitalet, me répondit-il. Il y a plus de vingt ans que personne n'y habite. Jusqu'à l'an dernier, le curé de Rionde, M. Miège, venait encore y dire la messe, le premier dimanche du mois. Il est mort en septembre, à la Saint-Gilles. On ne l'a pas remplacé. Maintenant la clef de l'église se trouve chez l'épicier de Rionde.

Le hameau apparaissait au milieu des arbres. Il semblait intact. A peine deux ou trois maisons sans vitres. On y accédait par une pente douce, plantée d'ormeaux et de marronniers. La route passait devant l'église. Entre deux ormeaux, on voyait le clocher bas, trapu, avec ses deux cloches pendues à une grosse poutre.

Je pris congé du métayer et me dirigeai vers le hameau. Il avait dû pleuvoir dans la matinée, car les marronniers étaient humides. Le temps restait gris, incertain. On entendait des gouttes d'eau qui tombaient en glissant des feuilles.

Le village semblait tout à fait abandonné. Cependant en arrivant près de l'église, je surpris deux enfants, une fillette et un garçon. Ils s'étaient accroupis derrière une murette, comme pour épier. C'étaient deux pauvres enfants d'une dizaine d'années, à l'air sauvage. Ils s'enfuirent en me voyant.

L'église était basse, robuste, bâtie en matériau rustique, sans crépi. On eût dit une grange. Mais la façade bien appareillée offrait un portail dans un cintre et une lucarne. Six énormes platanes ombrageaient le parvis. On y avait disposé trois ou quatre bancs de pierre. L'herbe poussait partout. Les feuilles tombées à l'automne couvraient encore le sol et achevaient de pourrir. Mais à travers les branches, il descendait du ciel, par ce temps gris, une lumière apaisante.

J'essayai d'ouvrir la porte. Elle résista. Pourtant j'avais envie d'entrer dans l'église.

Je pénétrai dans le petit cimetière avoisinant. Il restait là quelques pierres tombales envahies de ronces et deux croix de fer qui chaviraient. Dans le fond de l'enclos, contre la muraille, on voyait une tombe fraîche, avec un pot de porcelaine blanche posé à même la terre mouillée. Pas de nom.

Du côté de l'abside je découvris un portillon vermoulu. La serrure céda.

Je me trouvai alors dans une sacristie. Le mobilier y était modeste mais en très bon état. Les meubles luisaient doucement et sentaient l'odeur de la cire comme si on les eût astiqués de la veille. Un long placard de chêne occupait tout un mur. Sur un lavabo de granit un artiste naïf avait sculpté une petite colombe. La pièce était propre. Il y flottait encore un parfum de bougie et d'encens.

Dans le placard on avait laissé une barrette. Une étole et une chasuble pendaient à un portemanteau. L'étole était rouge. Sa couleur me surprit, surtout dans cette pauvre église. Je me souvins alors que, le dimanche de la Pentecôte, l'Officiant revêt les ornements de pourpre.

Et mon étonnement s'accrut.

Je refermai le placard.

Un ordre parfait régnait dans cette sacristie abandonnée. L'ostensoir était suspendu à sa patère ; les burettes rangées sur une crédence, à côté d'un petit coffret à encens où je trouvai des grains intacts et quelques allumettes.

Un rideau de cretonne séparait la sacristie de l'église. Sur la porte, on lisait ces mots tracés en capitales rouges :

EMITTE SPIRITUM TUUM
ET CREABUNTUR ET RENOVABIS
FACIEM TERRAE
ALLELUIA !

« Envoie ton Souffle
Et ils seront créés et tu renouvelleras
La face de la Terre
Alleluia ! »

Cette humble église de campagne était une paroisse du Saint-Esprit.

Je soulevai le rideau de cretonne et passai dans le chœur. Il y tombait une faible lumière. Sur le maître-autel, entre quatre chandeliers de bois, brillait le tabernacle. Il était entrouvert. Dedans on voyait le calice encore recouvert d'un bout de carton rouge et un petit paquet d'hosties.

A droite de l'autel, sur une marche, la clochette de l'élévation était restée à sa place.

La voûte de la nef reposait sur de gros piliers qui rendaient l'église très sombre.

On y avait accroché le chemin de croix.

A l'autre bout de l'église, de chaque côté de la nef, dans un renfoncement s'ouvrait une chapelle.

Quelques bancs, cinq ou six chaises. Les cordes du clocher descendaient à travers la voûte, et pendaient près du bénitier.

Je quittai le chœur et errai un moment à travers la nef.

Dehors la pluie avait recommencé à tomber ; car on voyait de l'eau qui glissait lentement sur les croisillons des fenêtres.

Pas un bruit n'arrivait dans l'église.

J'allai jusqu'au fond, pour voir la chapelle. Il fallait descendre trois marches.

On avait badigeonné les murs d'un bleu vif d'outremer et placé sur l'autel une petite statue de la Vierge, coloriée.

Dans un pot de grès, quelqu'un avait mis à tremper deux branches d'amandier couvertes de fleurs.

D'où venaient-elles ? Je n'avais pas aperçu un seul de ces arbres dans tout le Plat-Pays.

Et d'ailleurs le froid et la pluie y sévissaient encore. Le printemps ne devait fleurir que bien tardivement sur ces terres déshéritées.

Je m'approchai et coupai un brin de fleur pour le respirer. Puis je me perdis dans la contemplation de la statuette.

Le visage était peint. Il avait de grandes lèvres rouges, des joues brunes et d'immenses yeux verts, légèrement bridés. On avait dessiné aussi un anneau d'or au bout de chaque oreille. L'expression était vive, hardie.

Tant de fraîcheur m'étonna.

L'église de ce pays mort semblait encore vivre. Certes elle était très vieille, mais rien n'y manifestait l'abandon. Cependant, depuis plusieurs mois, personne n'y était venu assister aux offices. On l'avait fermée. L'abbé de Rionde y avait peut-être, avant de mourir, célébré la dernière messe du village. Et pourtant on eût dit que quelqu'un prenait encore soin du sanctuaire.

Au plafond de l'autre chapelle, brûlait cette minuscule lampe de la lumière perpétuelle qui ne doit jamais s'éteindre dans les églises consacrées. La flamme faible reposait sur un bout de liège qui flottait dans l'huile. Le verre était rouge.

Il éclairait à peine le corps d'un vieux Saint-Jean rudement taillé dans le bois. Sauvage, hirsute, une tête cruelle, des membres noueux.

Sur le socle on avait cloué une prière manuscrite. L'écriture en était çà et là effacée. Je parvins cependant à déchiffrer quelques lignes. C'était cette étrange oraison qu'on récite, je crois, dans la nuit du Samedi Saint, quand le prêtre bénit le feu nouveau :

« ET HUNC NOCTURNUM SPLENDOREM
INVISIBILIS REGENERATOR
ACCENDE. »

« Et cette lumière nocturne
Régénérateur invisible,
Allume-la. »

Plus bas, on lisait les paroles de l'Exorcisme :

« SED IN QUOCUMQUE LOCO
EX HUJUS SANCTIFICATIONIS MYSTERIO

ALIQUID FUERIT DEPORTATUM
EXPULSA DIABOLICAE FRAUDIS NEQUITIA
VIRTUS TUAE MAJESTATIS ASSISTAT... »

« Qu'en tout lieu où quelque chose du mystère de cette sanctification sera porté, mon Dieu, chasse les ruses de la malice diabolique et fais éclater la puissance de Ta Majesté. »

La nuit tombait et il continuait à pleuvoir... J'entendis grincer la porte. Il entra un vieil homme, qui referma doucement à clef.

Nu-tête, les cheveux ras. Un lourd manteau de laine brune lui tombait jusqu'aux pieds.

Je le voyais mal à cause de l'obscurité. Il s'était arrêté près de la porte et il examinait l'église. L'église naufrageait dans l'ombre et l'humidité de la pluie.

Au bout d'un moment, il rejeta les pans de son manteau ; puis il alla au maître-autel. J'en profitai pour sortir de la chapelle et m'abriter derrière un pilier.

Il gravit les marches du chœur et referma le tabernacle ; ensuite il entra dans la sacristie. Je l'entendis tousser deux ou trois fois. Il ne tarda pas à reparaître et se dirigea de mon côté. Il portait une burette.

Arrivé dans la chapelle, il monta sur une chaise et garnit d'huile la veilleuse.

Puis il rangea la chaise, posa la burette sur le sol et me regarda.

Il ne pouvait pas me voir : j'étais complètement dans l'ombre. Il me regardait cependant.

Il portait une courte barbe blanche, et il avait un grand et vieux visage. Ses yeux étaient pâles comme de l'eau. J'avais déjà vu cette figure.

Il se pencha, reprit la burette et disparut dans la sacristie.

J'attendis un moment.

Rien ne remua.

La nuit était complètement tombée. Dans toute l'église on ne voyait plus que la petite flamme de la lampe.

Las d'attendre, je me hasardai dans la sacristie. Elle était vide.

Il pleuvait toujours.

Par ce temps, il n'était plus question d'affronter au milieu de la nuit le sentier du col de Blaquière.

Dans la chapelle de la Vierge j'avais remarqué un banc d'œuvre, couvert d'un vieux tapis. J'allai m'y étendre. Quoique exténué de fatigue, je n'avais pas sommeil. J'aurais voulu prier mais je ne le pouvais pas. Pourtant, ce soir, j'étais l'hôte de Dieu... Un désert s'étendait sur toute ma mémoire. Il n'y flottait que les vagues réminiscences d'une vieille oraison qu'on me faisait réciter dans mon enfance, avant de m'endormir, pour conjurer les démons de la nuit.

Trois ou quatre mots seulement remontaient de l'oubli :

« ... *Et nocturni phantasmata*... »

De l'autre côté de la nef brillait la clarté de la veilleuse.

C'est en la regardant que je m'endormis.

J'arrivai au col de Blaquière le lendemain à midi. La pluie avait cessé, mais je dus gravir la montagne à travers des brouillards. Parfois je rencontrais une nappe de nuages et je la franchissais en frissonnant. D'autres fois au fond d'une combe, un gros flocon bleuâtre reposait, encore endormi dans la fraîcheur. De plus légers, surpris par quelque courant d'air issu de la vallée, se coulaient sur le flanc d'une falaise, où des rocs les effilochaient. Le sentier s'élevait à travers les mélèzes. On l'avait taillé, tantôt dans le rocher, tantôt dans une terre meuble; à cause de la pluie il arrivait qu'il fût glissant. A ma droite, une pente à pic où s'accrochaient les arbres. A ma gauche un précipice.

De toute la montagne s'élevaient des colonnes de vapeurs. Montant des fonds encore sombres arrivaient des odeurs de myrtille et d'airelle. Çà et là, sur d'épais tapis de mousse, de petites fleurs, mauves ou bleues, à campanules, commençaient à s'ouvrir; et la terre, gorgée des eaux de l'hiver, livrait à tout moment des sources qui sentaient l'humus et la racine.

Malgré le plaisir grave, que suscite toujours après un long voyage dans la plaine, le premier mouvement des pentes, je n'eus pas l'impression de changer de climat entre l'Hospitalet et le col de Blaquière. L'influence du Plat-Pays s'étendait jusqu'à la limite des eaux.

Du col, où je déjeunai, le regard plongeait dans une vallée étroite. Une mince prairie s'y prélassait. Elle accompagnait un petit torrent qui sautait, par-dessus de gros blocs, éboulés des crêtes.

En face se dressait la paroi du Délubre. Haute et sombre.

Le Délubre me dominait.

Je calculai qu'il me faudrait une heure pour descendre dans la vallée; et quatre heures pour atteindre le col, où j'arriverais à la nuit.

Je descendis rapidement. Je franchis le torrent à gué et trouvai le sentier du Pas-de-Séouve.

Il partait, entre deux bosquets de sapins, au-dessous d'une grotte creusée dans la falaise; ensuite il s'élevait en pentes roides contre la paroi même du Délubre. Cette paroi, rempart colossal de sept cents mètres, tombait à pic dans la vallée.

Pas de végétation. Quelques arbustes : des cystes ou des genévriers épineux.

L'ascension fut fatigante. Les lacets étaient brefs et

durs. Je me hâtais pourtant, peu soucieux d'être pris par la nuit au-dessus de ce gouffre. J'y jetais rarement les yeux. Plus bas que moi, un silencieux oiseau noir, planait dans l'ombre.

Je marchais, tout le long d'une muraille de pierre bleue où filtraient des filets d'eau. Jamais de soleil. En face, les pentes boisées de la Gardiole devenaient sombres. Un peu de lumière éclairait le pic qui surplombe le col de Blaquière ; mais cette tache d'or diminuait. Cependant j'avais dépassé la zone des nuages ; le ciel, dégagé peu à peu, étendait un azur profond au-dessus de ma tête. J'allongeai le pas malgré la fatigue, car la nuit me gagnait. La vallée n'était plus qu'un abîme insondable, d'où le bruit même du torrent ne me parvenait plus. Mon sac commençait à me peser. J'avançais difficilement, un peu angoissé par l'ascension de l'ombre. La tête basse, je suivais le sentier, en me demandant quelquefois si j'arriverais à temps au sommet. J'allais ainsi entre chien et loup, pendant que sur moi, le ciel conservait les dernières lueurs du jour. Mais bientôt elles s'effacèrent.

J'atteignis le col à la nuit.

Il y avait un petit plateau. Sur ce plateau je reconnus une de ces cabanes de pierre dont m'avait parlé Mélanie. Il restait assez de clarté pour distinguer cette forme trapue, presque pyramidale. Je m'en approchai et en fis le tour. Un petit enclos également en pierres sèches servait à garder les brebis. C'était le bercail.

Au milieu se dressait la cabane elle-même. La porte s'ouvrait à l'est.

J'allumai une bougie. L'intérieur était propre. Au fond, dans une sorte de râtelier, un peu de paille. Je l'étendis sur le sol, et posai par-dessus ma couverture.

Puis j'allai manger devant la porte.

La nuit était complètement tombée. La plate-forme de calcaire, où l'on avait construit la cabane, seule, restait visible. Au-delà, les ténèbres. On devinait confusément un gouffre où descendaient des masses colossales.

La température était devenue très douce. Une lente ascension de colonnes d'air tiède issues des vallées inférieures, apportait quelquefois les parfums, si étranges à cette altitude, de la myrrhe et de l'aloès.

De lourdes constellations pendaient au-dessus de cette solitude.

Du côté de l'Ouest, au ras des crêtes, étincelait une grande étoile, un peu orangée, qui me sembla être Bételgeuse.

De temps à autre, une pierre du ciel lancée mystérieusement de l'ombre, au contact des espaces chauds de la terre, s'enflammait, puis courait, en laissant des traînées d'étincelles, pour tomber au-delà des collines.

J'étais seul, au-dessus des vallées de la terre. Pas une bête ne venait quêter sur ces hauteurs.

A ma gauche (très lentement) se levait la Couronne boréale.

Cassiopée était très basse et Andromède presque entièrement disparue.

Je restai fort tard dans la nuit à contempler le lent déplacement des astres ; et quand j'allai enfin dormir, j'avais le cœur apaisé.

Toute ma vie je me souviendrai de mon réveil, sur le Délubre. La lumière entra doucement par la porte de la cabane et vint toucher, au-dessus de ma tête, le râtelier de bois.

J'avais encore les yeux clos, mais une part de mon sommeil, la plus lourde, était retombée dans les ténèbres. L'autre, allégée de ce poids d'ombre, s'éclairait rapidement.

Je flottais entre l'aube de la terre et une aube lente de l'âme. J'avais en deçà de moi-même, le sentiment confus de monter peu à peu, de la nuit encore étoilée, en même temps que les premières lueurs du matin.

Sous mes paupières, l'étendue se dorait si doucement que j'hésitais à regarder le monde, tant le bien-être qui me pénétrait, pur de toute vision, exhalait d'innocence.

Cependant le monde déjà sollicitait mon désir encore endormi. A travers le sommeil filtraient les pressions de la terre. Une grive chanta tout à coup sous le plateau. Je reconnus l'appel éclatant de la draîne ; puis j'entendis une stridulation ; et je me dis : « Ce doit être une mésange… »

Le vent qui entrait par la porte avait soulevé jusqu'aux crêtes l'odeur des bois et des plantes sauvages. Il sentait le tanin et la résine, le myrte humide, l'encens de mer.

J'ouvris les yeux. Par-dessus moi s'élevait la voûte conique de la cabane ; et j'étais tellement engagé encore dans les puissances du sommeil, que d'abord je crus apercevoir des étoiles. Mais la terre apparut au-delà de la porte. En me soulevant sur mon lit de paille, je découvris une pente vertigineuse où descendaient des bois de chênes. D'en bas, sur les vapeurs bleuâtres, s'élevaient des milliers de chants d'oiseaux encore confus.

Je m'ébrouai. J'allai en quête de la source. Je la trouvai, non loin de là, sous une roche tendre. Je bus. L'eau était légère. A mes pieds je voyais le pays de Hyacinthe. Je bouclai mon sac et je descendis à grands pas dans la vallée.

Au Jas-de-Hugue je ne comptai que trois bâtisses :

l'auberge, le four banal et plus loin, à l'écart, une construction circulaire.

Pas trace de maisons.

L'auberge, très modeste, se présentait d'abord, au milieu d'un jardin empli de fleurs. A peine un étage et trois fenêtres de façade.

Une allée bien entretenue conduisait jusqu'à la porte, qui était entrouverte quand j'arrivai.

Pas d'enseigne.

Mais d'étranges dessins gravés au-dessous d'un cadran solaire : le Sceau de Salomon, un mufle de taureau et une croix tordue inscrite dans un disque.

Le jardin embaumait l'héliotrope. Il était minuscule. Une vieille barrière de bois, fleurie de campanules, l'enveloppait étroitement. On voyait un puits et une tonnelle. Les volets du premier étage étaient percés d'un cœur ; et sous la gênoise du toit, au milieu d'un prodigieux gazouillis, des vols jaillissaient d'hirondelles de fenêtre.

J'étais ravi. « Qui donc, pensais-je, peut descendre dans cette petite hôtellerie ? Le pays est désert, à peu près inconnu, et les chemins ne mènent nulle part... »

L'hôte et sa femme étaient assis sous la tonnelle. D'abord je ne les vis pas.

Ils me regardaient. Peut-être jouissaient-ils de mon émerveillement. Je les découvris par hasard. Lui, fumait gravement une pipe de roseau. Elle, tressait une corbeille. Ils étaient bruns tous deux, avec de grands nez à bec d'aigle et des cheveux huilés, étroitement collés aux tempes. La femme portait de lourds anneaux d'or aux oreilles ; l'homme était tatoué, très discrètement, en bleu, au poignet. Des figures sombres, peu avenantes.

Ils me reçurent cependant avec courtoisie. L'homme me conduisit dans une chambre propre et badigeonnées d'un bleu tendre. Elle s'ouvrait, à l'Est, sur le jardin. Les draps embaumaient la lavande fraîche.

Je pris mon repas sous la tonnelle : il faisait encore jour. La femme avait disparu. Ce fut l'homme qui me servit. Il me passait les plats avec une telle nonchalance que je fus un peu piqué de sa façon. Mais je ne voulais pas faire le premier geste. Avec mon crayon je m'amusai à dessiner sur la table de pierre une étoile à six branches et cette croix tordue que j'avais remarquée sur le cadran solaire.

Il n'y prêta pas attention.

Je restai un moment sous la tonnelle à jouir du repos et de la beauté de la nuit.

Puis j'allai me coucher. Je trouvai l'hôte devant la porte. Il me dit gravement :

— Demain, si vous voulez arriver au Domaine avant la tombée de la nuit, il vous faudra partir à six heures du matin. A six heures, en cette saison, il fait à peine jour. Mais je vous éveillerai.

Et il me tendit un bougeoir. Il avait relevé sa chemise sur l'avant-bras, je vis son tatouage : une croix tordue et l'étoile de Salomon.

Je le remerciai et montai dans ma chambre.

Pas un bruit n'arrivait du dehors. Un lit, deux chaises, un guéridon pour la toilette composaient tout le mobilier.

Dans le mur, un placard. Il était fermé. Je fis mes ablutions.

Quand je soulevai mes couvertures une clef tomba. Je pensai aussitôt au placard. Il l'ouvrait, en effet.

Dans le placard, il y avait trois étagères. Les deux du bas, vides. En haut, une étoffe de laine rouge recouvrait un objet assez grand. Je le soulevai. L'objet apparut. Jamais je n'avais rien vu de pareil : sur un pied de métal massif, se dressait un disque de cuivre surmonté d'une étoile. Il étincelait. Dans le disque la croix tordue. En dessous une large tête de taureau.

Je remis l'étoffe à sa place et je refermai le placard.

Dans les chênes un oiseau chanta pendant un moment, puis se tut. L'air était très doux.

Je m'assis près de la fenêtre et réfléchis.

La vie que j'avais traversée pendant ces douze derniers mois repassait avec lenteur dans ma mémoire. Les événements comptaient peu. A peine des nuages. Mais les êtres restaient, quelques-uns encore invisibles. Car si je voyais Hyacinthe, la figure de Constantin s'effaçait sous un voile. Et cependant elle me hantait. Par contre Cyprien, je le revoyais devant moi, avec ses yeux pâles comme de l'eau, tels qu'ils me regardaient dans l'église du Saint-Esprit, à l'Hospitalet.

J'avais aussi le sentiment de la puissance du vieil homme. Ce regard innocent et dur, qui contemplait en vous, non pas le point clair de votre âme, mais le reflet, peut-être monstrueux, qu'y projette la magnificence du monde, troublait mon cœur si sensible à la tentation. Je frissonnais comme si je voyais apparaître le Prince des Ténèbres. Pourtant, malgré ses rides d'amertume, ce visage, vieux et flétri par les longues années, respirait une mâle pitié humaine ; et quelquefois, comme un coup de lumière, une expression d'égarement le transfigurait.

Je pensai longtemps à cet homme. Je ne m'expliquais pas son apparition dans l'église de l'Hospitalet ni les soins qu'il prenait du sanctuaire, car je le croyais loin de Dieu. En entrant il n'avait pas pris de l'eau bénite et il ne s'était pas signé.

Et cependant, me disais-je, sans lui, depuis longtemps la veilleuse perpétuelle serait éteinte dans l'église du Saint-Esprit.

A six heures l'aubergiste me réveilla, comme il me l'avait promis et il me souhaita un bon voyage.

Sa femme se tenait sur le seuil du jardin. Je la saluai. Elle me regarda partir sans dire un mot.

Je marchai jusqu'à midi au fond de la vallée et j'atteignis Givonne. Je fis halte près de la chapelle où je déjeunai. Ensuite je remontai la rive d'un torrent. Je la quittai pour franchir un petit col. La vallée se resserra, et un peu plus loin je retrouvai le cours d'eau.

A cinq heures du soir je passai le pont de bois que m'avait signalé Mélanie.

J'étais calme. A la distance de plusieurs années cette tranquillité m'étonne. Aujourd'hui je ne peux penser, que le cœur ne me batte, à l'apparition du Domaine.

Je pris le sentier à main droite et je découvris les deux grands piliers. Ils se dressaient en plein bois de chaque côté du chemin. Pas de clôture. C'étaient de hauts piliers couverts de lichens.

Après les piliers, le chemin s'élevait rapidement entre deux hauts talus couronnés de chênes.

Le chêne paraissait roi dans ce pays.

Je marchai pendant une vingtaine de minutes et débouchai sur une esplanade. Des marronniers séculaires l'ombrageaient. Il y avait là une table et un banc de pierre.

Je m'y reposai un moment.

En contrebas on voyait deux maisons.

La plus proche avait belle apparence. Un pan de lierre s'accrochait à la façade.

Par-devant s'étendait une terrasse. Entre les dalles poussaient des touffes de gazon.

La terrasse donnait à l'est sur un escalier monumental qui se perdait dans la verdure des arbres.

Cette maison semblait inhabitée.

Les tuiles de l'autre logis émergeaient à cent mètres

de là, d'un monde de feuillage. On ne voyait qu'un toit en pente douce où passaient quatre courtes cheminées.

L'une d'elles fumait lentement ; et cette calme exhalaison qui bleuissait entre les feuilles, pas un souffle d'air ne la dispersait. Elle se perdait au-dessus des bois.

Je n'étais pas venu à Silvacane avec l'espoir d'y retrouver Hyacinthe. Je savais qu'elle n'y était pas. Mais dans le drame obscur où je m'étais engagé, il fallait que cette démarche fût accomplie. Sans en découvrir la raison, j'en éprouvais la nécessité. Car une force m'avait amené là ; et je n'ignorais pas ce que j'allais faire.

J'attendis encore un moment avant de descendre de l'esplanade vers cette maison dont le toit fumait au milieu des arbres. Je ne doutais pas qu'on m'y accueillît honnêtement ; mais je voulais, avant la nuit, qui déjà s'annonçait au loin, rester, ne fût-ce qu'un instant, immobile, dans le calme extraordinaire de ce nouveau monde. Il m'étonnait.

C'était une sorte de paix végétale et lacustre qui flottait à hauteur des arbres, sur des lieues et des lieues de bois, de nappes d'eau, de ravins, de combes, d'antres sauvages ; et des milliers de bêtes issues furtivement de l'ombre venaient en respirer la puissante émanation comme la première fraîcheur de la nuit.

J'éprouvais les effets de sa force. Tous mes soucis se déliaient des points sensibles de mon âme. Par moments je redoutais que cette âme elle-même n'essayât de m'échapper. Je savais que son évasion m'eût laissé pur de tous mes tourments. Mais je ne sentais pas le bonheur me pénétrer en même temps que ce calme insolite. A cette paix il manquait une naturelle innocence. Elle imposait un lent plaisir de tranquillité animale, pris peut-être de la grandeur de la terre et de la simplicité de la nuit, plutôt qu'elle n'offrait une halte de l'âme au sein de ses déchirements.

Pendant que j'en goûtais la douceur, la nuit tombait.

Je me dirigeai vers la maison.

Bientôt j'entendis des voix. On parlait devant la façade.

A droite du logis, qui était bas et long, une prairie en pente s'en allait vers un immense miroir d'eau. Et de hautes allées creusées entre les chênes ouvraient sur l'autre bord de l'étendue liquide, dont nul souffle ne ridait la pureté, un pays bleu et brun de collines et de masses arborescentes qui déjà s'enfonçait, avec ses vapeurs et ses émanations de racines, d'écorces et de feuilles vivaces, dans les premières ombres.

Sur la prairie une biche et deux faons broutaient avec insouciance. Quelques grands échassiers se promenaient gravement sur le rivage. Des sangliers buvaient de l'autre côté de l'étang. Un épervier traversait le ciel.

Devant la maison on voyait deux jeunes filles. La fumée qui montait lentement des tuiles, quelquefois rabattue par une légère brise, embaumait le cèdre. Un chevreuil passa, d'un air vif mais sans hâte, devant la façade, puis disparut dans une clairière. De cette scène d'innocence la douceur arrivait jusqu'à moi, et j'admirais la paix du soir en regardant les femmes et les bêtes.

On entendait le cliquetis d'un métier à tisser dans la maison.

Quelqu'un chanta.

Une voix de femme. La première note était grave. Elle la tint longtemps puis l'éleva. J'étais trop loin pour saisir le sens des paroles. Mais ces sons langoureux, gutturaux, émis d'une bouche sensible, créaient, au seuil de la nuit descendante, des figures calmes et voluptueuses.

J'eusse longtemps rêvé, si l'une des filles qui parlaient devant la maison en se retournant ne m'eût découvert.

Il faisait presque nuit. On me conduisit dans la maison.

Je dînai seul dans une grande salle. Sur la nappe six chandeliers d'argent étincelaient. Trois flambaient à ma droite, trois à ma gauche. Je m'aperçus soudain que ces six luminaires dessinaient une étoile.

Les jeunes filles avaient disparu. Par une porte ouverte on voyait un grand lit, au fond d'une chambre. Je devais y coucher.

D'ailleurs j'étais las ; et bientôt mes yeux s'appesantirent. Je ne sentais ni bouger un désir, ni passer une réminiscence. Je ne pensais qu'à disposer de mon repos le plus naïvement qu'il se pourrait et qu'à dormir pour le sommeil mais non pas pour le songe. Peut-être avais-je à mon insu une conscience secrète que tout, cette nuit-là, prendrait la figure du songe et qu'entre mon sommeil, si profond fût-il, et ma veille, il ne resterait plus qu'un fil de lumière, pour éclairer les deux visages de la vie.

Les événements que je raconte se sont produits il y a plusieurs années. Cependant je ne les ai guère oubliés. Mais j'ai vécu alors dans une confusion peu naturelle. Ce qu'on appelle le réel se confondait facilement à l'apparence, et je mêlais avec une dangereuse facilité le spectacle du monde aux images mentales que sa contemplation me suggérait. Quelquefois ma pensée effaçait le décor visible et m'abandonnait en présence du fragile contour qu'elle dessine autour des objets de la vie, après les avoir absorbés. Contour que rien ne suggérait qu'une imaginaire formule que dissipait un souffle.

J'attendais ce souffle. Il venait sans bruit. Après lui rien ne subsistait du monde ni de sa pensée. Et j'avais oublié la terre.

Sans doute ai-je dû l'oublier de la sorte, pendant la nuit du 15 au 16 avril que je passai dans la maison inhabitée de Silvacane. Car je ne parviens pas à me rappeler, aujourd'hui, comment j'allai dormir ; ni même si je fus me coucher dans la chambre qu'on m'avait préparée et dont je voyais, de la table où je m'étais assis pour prendre mon repas, le lit doucement éclairé par un flambeau.

Je sais seulement que je fus éveillé très tard dans la nuit.

La porte était restée ouverte. Du lit on voyait la terrasse. Sans doute fus-je tiré du sommeil par la clarté de la lune qui venait de se lever au-dessus des bois.

Pas un arbre, pas une bête ne soupirait.

Ce silence insolite m'étonna ; car je sais, pour avoir passé bien des nuits à la belle étoile, que l'apparition de la lune agite les nappes de l'air. Toujours la plus légère se détache pour monter vers cette lumière, et alors elle glisse sur la cime des forêts. Les forêts gémissent. Puis la brise s'éloigne et tout se tait. Pourtant un oiseau, qu'ont ému et ce souffle et l'influence astrale, ébouriffe ses plumes, place sa gorge tiède dans la brise et doucement appelle.

D'arbre en arbre la vie se réveille. L'univers éphémère et profond des feuillages, où percent maintenant mille pointes de lumière, s'enfle, aspire l'air calme et de toutes ses branches, expire un gémissement sourd de plaisir, au-dessus des fonds ténébreux que n'a pas encore touchés l'aube nocturne.

Mais bientôt ces fonds à leur tour s'agitent confusément. L'esprit d'ombre, au contact des premières lueurs, cède, s'efface ; et l'être profond de la terre est attiré soudain du plus noir de ses antres, comme une marée ascendante, vers l'espace où circule la laiteuse clarté de la lune ; les eaux croissent aux fontaines ; la sève brise les veines végétales ; l'argile se gonfle ; les rocs craquent et les bêtes, dans leurs terriers s'étirent de plaisir en sentant affluer à leurs mufles sauvages l'odeur amère de leur propre sang.

De clairière en clairière et d'étang en étang, l'étendue des champs de lumière envahit les lieux de la nuit. De toute pierre, de tout arbre, s'échappe une ombre pure. Le moindre rocher a son double et le plus fragile pied de lavande. Dans l'entrelacs des touffes épineuses commencent à se déplacer de mystérieuses formes animales. La quête de la faim s'ébauche, et de l'amour. Des yeux verts étincellent tout à coup ; une gueule invisible gronde ; et le râle qui se prolonge derrière un taillis impénétrable trouble dans les hauteurs et fait gémir les peuplades ailées. Rampant à peine au-dessus du silence les mouvements confus de cette vie bestiale composent de ces mille pas, du froissement des branches, des souffles, des soupirs, des grognements, des plaintes qui s'exhalent, un murmure nocturne à peine perceptible. Les groins creusent l'humus, broient les racines ; les grands ongles raclent le sol ; on entend les buissons frémir au choc des mâchoires carnassières ; et les serpents de nuit consacrés aux planètes se dégagent de l'ombre et vont silencieusement poser leurs têtes plates sur des pierres illuminées par la lune. Si le miaulement d'un rapace s'élève d'une combe, ou que sanglote la chevêche, les tribus légères de l'air frissonnent sous le feuillage. Mais l'oiseau chanteur de la nuit n'a pas moins de désir dans sa petite poitrine chaude. Qu'il emplisse de sa plainte nuptiale une ravine où descend quelque colonne de clarté et soudain l'étendue des bois entre dans le silence. Tout murmure s'éteint; on attend, on écoute. Les forêts fument doucement sous la lumière de la lune et l'essence des arbres embaume l'air.

Pendant ces nuits, on est de la terre. On se sent de la terre, d'en bas. Mais si ces mouvements de bestialité naturelle passent dans notre sang, qui nous vient de la bête, du moins sur ces voluptés sombres le cœur de l'homme élève-t-il, comme les couronnes de son ivresse, le chant étouffé de l'amour ou même quelque plainte plus tendre.

Il ne lui faut qu'un cri, qu'un soupir ou qu'un parfum pour le troubler.

Par la porte ouverte sur la terrasse il ne m'arrivait pas le moindre murmure, et, sauf l'odeur austère d'un cyprès, rien ne se détachait de la nature des arbres. Tout était solitude : l'espace, le silence. Plus aucune âme ne les habitait. Sous la lumière planétaire une étendue immatérielle envahissait l'espace et décomposait la matière. Les arbres s'y cristallisaient. L'air n'offrait plus qu'un tissu insensible aux ondes sonores. Une lumière éblouissante s'épandait dans le vide. La maison était inhumaine où je venais de m'éveiller. Sans doute tout autour de ce vallon fantôme, des forêts presque imaginaires abritaient à cette heure, des troupeaux de bêtes sans âme. Tout désir semblait détaché de cet étrange pays nocturne. On ne le voyait pas : on le pensait. Ses formes n'étaient plus que des réminiscences. Derrière cette pureté neigeuse d'autres étendues transparentes montraient d'autres mondes de neige, aussi purs, aussi vains.

J'allai à la fenêtre et je la fermai.

Mais au bout d'un moment, je ne pus supporter les

ténèbres. A tâtons je cherchai le flambeau sans le trouver.

Peut-être m'étais-je éveillé dans la chambre de Hyacinthe, quoique rien, et pas même une réminiscence occulte de son ombre, n'émanât, si j'en croyais ce silence, de ces murs encore irréels.

Ma main rencontra un petit bougeoir. J'allumai la bougie et je regardai autour de moi.

Alors je sentis ma misère.

LUI

Voilà deux mois que je suis revenu à La Commanderie.

J'y ai retrouvé Mélanie Duterroy. Elle est toujours calme et laborieuse. Depuis la mi-juin elle monte ici trois fois par semaine et reste jusqu'à la nuit. Elle a fermé les portes inutiles et emporté les clefs. Le ménage est fait avec soin.

J'ai changé de chambre. J'occupe une pièce à l'Ouest, qui donne sur les champs. Il me semble que j'y dors mieux.

Dans la journée je ne fais rien.

Le printemps a été orageux. Du vent, des averses ; mais aussi quelques beaux jours. Le plateau a fleuri.

La Geneste semble abandonnée. Je suis retourné aux étangs. Une seule fois. Ils sont morts.

Tout est mort.

Depuis le 6 juillet la chaleur est accablante. Le plateau flambe. Sauf aux premières heures du matin, et la nuit, on respire un air embrasé.

Je ne sors plus. J'habite la salle basse, qui est la plus fraîche de la maison.

J'y attends la nuit. La nuit, je dors. C'est là

maintenant mon seul bien. Quand je veille, je sens ma misère. Le sommeil me sépare de moi-même.

Le jour, passe encore. J'attends, je me tais, je n'écoute ni ne sens rien. Je ne suis plus une âme mais une habitude de vivre. Je me lève assez tard. D'abord je vais regarder dans la cour. La cour est vide. Alors je rentre et je m'assieds au fond de la salle.

Il y a là, dans un angle obscur, un grand siège où je me tiens de préférence. Je me place le dos au mur et mes épaules touchent la pierre. Ce contact me procure quelque tranquillité. Devant moi s'ouvre mon néant. Il faut bien que ce mur me soutienne un peu. J'ai besoin d'amitié.

Mélanie passe, entre moi et la lumière, sans hâte, avec obstination ; et son ombre seule projette quelques variations dans mon désert. Je pense qu'elle est là et qu'elle entretient un reste de vie domestique.

Mais cela ne me procure aucune satisfaction.

Je pense aussi qu'elle m'aime. Je lui sais gré (autant que je puisse le faire) de ne pas me parler.

Quand je suis revenu, elle était là. Elle balayait la cuisine. Je ne lui ai rien dit. Je me suis assis devant cette table. Elle m'a apporté à manger et à boire. J'avais faim ; j'étais fatigué. J'arrivais, et Dieu sait par quel chemin. Du reste je ne voulais pas le savoir ; et depuis lors, j'ai presque tout oublié.

Mais il m'est resté ma misère.

Rien n'a pu m'arracher ma misère.

... La maison était enchantée ; et cependant, dans cette chambre, où peut-être l'année précédente avait dormi Hyacinthe, dès que j'eus fermé les volets et allumé cette bougie, je n'ai vu que mon dénuement.

Je n'ai pas pu le supporter. Je souhaitais un visage, fût-il d'épouvante. Mais ma misère n'avait pas de visage.

J'ai oublié comment je suis sorti de la maison.

J'ai dû m'égarer tout d'abord. Je voulais fuir à tout prix. J'ai erré jusqu'au petit jour dans les bois. Je n'y ai rien vu. Au petit jour je me suis arrêté au sommet d'une falaise. En bas de l'à-pic on entendait un torrent.

Peut-être avais-je envie d'en finir ; mais je ne le crois pas. En tout cas je me suis penché, et sous moi, dans un creux, j'ai découvert une maison.

Elle était bâtie contre la falaise. Devant elle une plate-forme de pierre. La pluie avait dû y traîner, en glissant du plateau, quelque peu d'humus végétal. Car on y apercevait un petit jardin. Une dizaine d'amandiers, des fleurs de grenade, et quelques vignes grimpantes.

La maison était modeste : une ou deux pièces. Près de la porte il y avait un arrosoir et un râteau.

Un parapet de pierres sèches courait le long de la corniche, au-dessus de l'abîme. Deux énormes lézards s'y chauffaient déjà au soleil.

Il n'y avait personne dans le jardin ; mais quelqu'un devait y venir tous les jours. Car les allées étaient ratissées et on avait planté un cyprès et un pin, récemment, contre la falaise. Ils étaient encore d'un vert tendre.

J'ai cherché pendant un moment par quel sentier on pouvait descendre dans ce jardin. Je n'ai rien trouvé. Le jardin semblait inaccessible. Pourtant j'ai découvert, attaché à un arbre, un écriteau de bois, où quelqu'un avait peint, en bleu, une flèche et un nom, que j'ai eu de la peine à déchiffrer, car la pluie avait dilué les lettres.

Je crois bien cependant avoir lu :

FLEURIADE

Mais je n'en suis pas sûr.

J'ai supposé qu'on avait écrit le nom du jardin.

Si j'avais pu y accéder j'y aurais fait halte. Il est vrai qu'en dessous on voyait l'abîme ; mais, assis contre la maison et les yeux perdus dans les arbres, j'aurais goûté quelques minutes de repos. Je me suis éloigné avec un vif regret. Cette peine a été mon dernier déchirement.

Maintenant je suis nu, dépouillé. On m'a rejeté, à l'écart de moi-même. Ce qui reste de moi est mort. Rien n'y pénètre plus, rien ne s'en élève. Du haut en bas une main terrible a passé les murs à la chaux, une chaux maigre. Le sépulcre est vide. Quand j'y regarde je n'y vois que cette nudité. Dans mon esprit les plus pauvres opérations ont cessé depuis longtemps. Mon esprit ne fait rien. De mon cœur, pas un choc, sauf le va-et-vient d'un sang régulier. J'existe. Mais dépourvu de tout honneur de vivre. Je n'ai même pas l'amour ni la haine de mon dénuement.

Je ne peux ni douter ni croire. Les figures du doute et de la foi, pourtant tragiques, si j'arrivais à les créer encore, me paraîtraient de simples artifices.

Je sais que j'ai aimé le monde ; mais il ne m'est plus d'aucun secours. Le monde est pauvre.

Et j'ai voulu aimer plus que le monde. Mais personne ne m'a répondu.

Les jours passent.

Mélanie garde le silence. Elle travaille. Jamais de repos. Qu'espère-t-elle de tant de labeur ?

Son travail est sobre. Elle épargne ses gestes ; elle les prépare avec force puis lentement les utilise. Ils accomplissent leur tâche jusqu'à sa perfection. Rien ne lasse ce zèle contenu. Ils inspirent à sa patience une obstination sournoise. Si jamais elle a eu quelque désir, il est mort. Pourtant elle obéit encore sourdement à l'instinct d'espérance. Dans sa longue jupe de laine, quand elle fait un de ses grands pas pour saisir une cruche ou une lampe, l'âme l'emporte sur le geste et elle devient tout à coup une figure de puissance.

Elle ne vit pas de sagesse, mais d'obscure fidélité. Sa foi reste close. Sans doute a-t-elle cru en l'homme du Domaine et à quelque extraordinaire conjuration. Maintenant elle lave, frotte et place des objets.

Elle les place bien. Dans son esprit l'ordre le plus modeste favorise la pensée de Dieu.

Elle attend l'heure.

Pas de questions. Aucune confidence.

Une seule fois elle m'a dit :

— Vous vivez trop claquemuré. Il faudrait prendre l'air. Les nuits sont bonnes.

J'ai suivi son conseil.

La nuit m'apporte en effet quelque soulagement. Le ciel nocturne est chargé de lumière. Je n'en connais pas toutes les constellations. Nous sommes à la fin du mois de juillet et depuis quelques jours on découvre de très beaux astres. Je crois que la grande étoile qui monte, vers onze heures, à l'est de la nuit, est la planète Jupiter. On la voit merveilleusement briller.

Quelquefois, avant de rentrer à Pontillot, Mélanie

Duterroy vient s'asseoir à côté de moi devant le portail ; et elle regarde la route.

Jamais le ciel.

Il lui arrive de rester longtemps. Tout à coup elle se lève et, sans un mot d'adieu, elle part. Je vois son grand corps s'éloigner vers Pontillot. Puis elle disparaît derrière un talus.

Je reste seul.

Je regarde la route.

C'est une route où jamais je n'ai vu passer personne. Elle va de l'est à l'ouest, mais on ne s'en sert plus. Le jour, elle est blanche. Le plateau est tellement plat que la nuit elle semble monter d'un groupe d'astres.

C'est une bonne route, caillouteuse, mais noble au pied, une route pour le voyageur.

Si je partais c'est elle que j'aimerais prendre.

Mais où irais-je ?

Je la regarde sans désir.

Les routes ne peuvent plus rien me donner.

Ici du moins on a un peu de fraîcheur.

Cela s'est passé cette nuit, devant le portail. J'étais assis, comme d'habitude, sur le banc de pierre. Il pouvait être onze heures. Il faisait très chaud et je n'avais pas envie d'aller me coucher.

Quand il m'a parlé, j'ai cru d'abord que c'était moi qui m'adressais la parole à voix basse. Il m'arrive de le faire.

Il a chuchoté :

— Je vous cherche depuis longtemps.

Je n'ai pas bougé.

Au bout d'un moment j'ai levé la tête et je l'ai vu assis, sur le banc, à côté de moi.

Il m'a paru chétif.

Je lui ai dit :

— Vous venez bien tard.

Il se tenait courbé, les mains jointes entre ses genoux, la tête basse.

Il a murmuré :

— Vous avez raison ; mais je suis vieux...

Il avait l'air exténué de fatigue.

Je lui ai demandé :

— Qu'est devenue Hyacinthe ?

Il a secoué la tête, puis s'est tourné vers moi et m'a regardé. J'ai vu alors la vieillesse de son visage.

Ses yeux vivaient. Ils me fixaient durement.

Un instant j'ai eu peur.

Il a murmuré :

— J'ai fait pour le mieux. Hyacinthe est libre.

Il a détourné son regard. J'ai eu pitié.

Je lui ai dit :

— Vous êtes bien las, cette nuit. Il faut dormir dans la maison.

Il n'a rien répondu. Le silence s'est mis entre nous. Je ne savais que faire. De temps à autre je le regardais.

La tête basse, il contemplait la terre.

A travers les silex brûlants et les lits de galets montait une chaleur troublante. Sur nous étincelait un ciel de juillet large et sombre où le feu calme de Jupiter venait d'apparaître.

Mais il ne le voyait pas. Depuis un moment il parlait :

— J'attends ; je n'ai plus qu'à attendre ; mais je suis vieux, si vieux que j'ai fatigué la vieillesse. Depuis quelques mois je soupçonne qu'on tient le compte de mes jours, et sans doute il n'en reste plus qu'un petit nombre... j'ai joué ; j'ai délivré Hyacinthe. Je cours le risque de tout perdre : les deux âmes que j'aime et le Jardin. Alors je me trouverai seul et, avant d'aller m'endormir quelque part, sous un arbre de la forêt, je ne verrai venir personne à qui livrer l'amour du paradis de l'homme ; car, s'il est vrai que je ne suis qu'un homme, cependant j'ai créé ce paradis...

Sa voix avait pris de la force. Mais la poitrine était vieille.

Pourtant il a continué :

— Je les ai aimés tous les deux. Mais j'avais mon dessein ; et j'ai compté sur Hyacinthe pour ramener à moi, Constantin, mon enfant. Elle le peut par la puissance de l'amour...

Je l'ai volée. Toute sa vie, elle a rêvé de lui dans le jardin. Et ce lieu, où pourtant elle avait ses délices, comme elle y vivait solitaire, il lui semblait une maison de servitude...

Il s'est arrêté tout à coup, comme frappé d'étonnement, puis il a murmuré :

— C'était une maison de servitude.

Je ne le voyais plus. J'entendais seulement sa parole :

— Pour que ces bois, ces eaux, ces bêtes innocentes composent un vrai paradis il faut que Constantin et Hyacinthe y reviennent ensemble. Ils ne sauraient y revenir que si leur amour sur la terre déçoit l'ardeur qui depuis longtemps les tourmente. Maintenant mon espoir, c'est qu'ils soient malheureux.

L'épouvante gagnait mon cœur. Mais j'étais avide de connaître :

— Cet espoir, disait-il, n'est peut-être pas déraisonnable. Je sais que Hyacinthe est belle ; mais y a-t-il beauté humaine qui comble le désir de l'homme ? Le désir brûle de se dépasser. A travers l'amour de Hyacinthe l'enfant que j'ai choisi, s'il est le vrai fils de mon cœur, cherchera la lumière ou même l'ombre du jardin. Alors j'aurai leurs âmes...

Il s'est arrêté brusquement. J'ai cru que le souffle allait lui manquer. Il a respiré avec violence, puis il a ajouté :

— Ce n'est pas pour moi que je veux leurs âmes...

Un spasme a secoué sa gorge.

J'ai tendu les bras.

Il s'est accroché à mon épaule. J'ai senti ses pauvres mains osseuses qui serraient l'étoffe en tremblant.

Il a fait un effort et s'est levé. Il m'a dit :

— Vous avez raison. La route m'a fatigué. Je perds la tête.

Je l'ai conduit doucement vers la maison, et je l'ai veillé toute la nuit.

Il a dormi dans la chambre de Hyacinthe.

Mélanie est arrivée à l'aube. Elle est montée tout droit dans la chambre. Quelqu'un avait dû l'avertir. Deux hommes l'accompagnaient. Ils sont repartis dans la direction d'Orgeval.

Elle a mis de l'eau sur le feu et a préparé des plantes.

Elle m'a dit :

— Je veillerai seule. Vous tombez de fatigue.

Je suis allé dormir. Je me suis réveillé seulement à cinq heures.

Mélanie m'a fait signe de me taire :

— Il repose.

J'ai pris la garde pendant qu'elle dressait son lit dans le couloir. Elle restera à La Commanderie.

Ragui est dans la cour.

Un petit campement s'est établi sur le plateau. On voit fumer un feu, à deux cents mètres, dans un bouquet d'arbres. Une roulotte légère, deux chevaux au piquet.

Cyprien a dormi jusqu'à neuf heures. Sommeil agité. Il a parlé plusieurs fois. L'idée du jardin le hante toujours.

A neuf heures il s'est éveillé et m'a demandé à boire. Puis il a refermé les yeux.

J'ai cru qu'il s'était rendormi. Mais tout à coup il m'a adressé la parole, il m'a dit :

— Je me sens mieux. A-t-on quelques nouvelles ?

Je n'ai pas compris ; mais, à tout hasard, j'ai répondu qu'on n'avait pas de nouvelles.

Il a murmuré :

— C'est étrange. Je sais, que depuis mardi soir, ils campent devant le Domaine. Pourquoi n'entrent-ils pas ?

Je n'ai pas bougé.

Un moment après il a dit :

— S'ils entrent, seront-ils heureux ?

Il s'est tu longtemps puis a repris le fil de son idée :

— Je le voudrais... Hors du jardin, dans la misère, dans toute la misère !... Mais ivres de bonheur dans son enceinte. Je l'ai créé pour eux... Il faut qu'ils l'aiment, comme je l'ai aimé... qu'ils le fassent plus beau, plus grand. Son ombre, ils peuvent l'étendre sur la terre...

Comme je soupirais il a ouvert les yeux et s'est tourné de mon côté.

— Vous aussi, a-t-il dit, vous avez quitté le Jardin. Vous voilà pauvre, nu.

Je n'ai pu m'empêcher de lui répondre :

— Et vous êtes heureux de ma misère...

Il m'a pris la main :

— J'ai souhaité votre misère.

J'ai voulu me dégager ; mais il me serrait fortement. Tout à coup sa figure s'est exaltée, il s'est redressé à demi :

— J'ai reçu tous les dons ; j'ai créé toutes les richesses ; j'ai aimé, j'ai offert ; et vous-même, pourtant si pauvre, vous avez refusé le plus beau présent de ce monde...

Épuisé par l'effort, il est retombé. Pourtant un peu plus tard il a parlé encore :

— Les charmes sont vains, je le vois. Ils n'agissent que sur le corps. Je n'ai pas pu atteindre l'âme. Maintenant je sais ce qu'il manque au jardin. Mais c'est un secret...

Il s'est retourné ; il a gémi. Son agitation m'effrayait. J'ai voulu soulever ses coussins, et soutenir sa tête. Comme je me trouvais tout contre sa figure je l'ai entendu murmurer :

— C'est le pauvre qui nous sauvera...

Il s'est endormi.

Mélanie est entrée dans la chambre.

Pendant deux jours il n'a pas parlé.

Ce matin, quand je suis venu, il avait les yeux ouverts. (Sa figure a durci.)

Ses épaules maigres sortaient des draps. Pourtant il avait l'air plus fort.

Mélanie, immobile au pied du lit, le regardait. Elle semblait attendre.

Il lui a fait signe de sortir. Elle a obéi.

Nous sommes restés seuls. Il m'a dit :

— Les nouvelles ne sont pas bonnes. Ils rôdent, ils hésitent. Ils n'osent pas. Demain je partirai.

Je suis revenu à la nuit tombante. Il était éveillé, calme. Il m'a regardé longuement, puis il m'a demandé si j'avais cru à son délire.

Pour goûter la fraîcheur du soir, je suis allé ouvrir la fenêtre.

De la fenêtre on voyait le feu du campement. Quelquefois un cheval hennissait. On apercevait aussi quelques étoiles.

Lui, gardait le silence. Je savais qu'il avait quelque chose à me dire ; maintenant j'ai de la patience, et j'ai pu attendre longtemps.

Comme il ne veut pas de lampe, nous étions dans le noir.

Il faisait chaud. L'air sentait la fumée. Je m'étais assis près de la fenêtre.

Il a parlé :

— Je vais partir. Je suis maintenant assez fort pour reprendre la route ; du moins assez pour disparaître. Car je dois disparaître. Je sais ce que j'ai accompli et ce qu'il me reste à faire. J'ai consacré ma vie aux forces de la Terre et la Terre m'a tout livré d'elle-même. Sauf deux âmes : vous les connaissez. Je quitte le monde. Je sais aussi ce qu'il manque au Jardin...

Il y a un être qui m'échappe, l'Être lui-même. On ne l'attire pas. Il vient. Je l'ai honoré à ma façon qui est la façon de la Terre. Et cependant, même si vieux et si près de la mort, je ne suis pas encore assez pauvre pour le recevoir.

Vous, songez-y... Mais avant de partir de ce monde, il me reste une Incantation que je n'ai jamais prononcée, la plus vieille de toutes, l'Incantation-Mère. Je la dirai.

Elle ne possède qu'une seule vertu, mais grande.

Quand on la prononce, on fait chanter toutes les splendeurs et toutes les misères de la Terre...

Si cette voix, qui est un hymne et une plainte, contient un appel obscur vers le Dieu qui me refuse sa présence, peut-être, en l'entendant, les deux enfants que j'aime, émus d'une telle grandeur et de tant de détresse, entreront-ils enfin dans le Jardin et se donneront-ils à cette Mère sombre.

Mais Lui, y sera-t-il déjà ?

Vous, ici, cependant vous pouvez prier...

Il s'est tu.

Je n'ai pas osé le regarder. A l'aube, il veillait encore.

Il est parti hier.

Il a attendu la fin du jour pour quitter La Commanderie. Il m'a dit :

— La nuit on voyage à la fraîcheur.

Mélanie l'a accompagné jusqu'à la route.

Je n'ai pas voulu le voir partir.

Aujourd'hui, le temps s'est couvert.

Le campement s'est déplacé vers l'est. Mais on le voit toujours. Ils ont l'air d'attendre. Un cavalier est arrivé, vers cinq heures.

J'ai interrogé Mélanie.

Toujours les mêmes nouvelles.

Quinze jours sont passés. Le campement a disparu hier. Je suis seul. Mélanie est rentrée à Pontillot.

Pour moi, toujours la misère.

J'attends. Peut-être maintenant ai-je un peu de folie... Pas une folie noire, mais une sorte d'espérance absurde.

Toutes les nuits, j'écoute. J'écoute ce qui vient de l'est. C'est là-bas qu'est le Jardin, et c'est par là qu'il est parti.

Parfois une brise s'élève. Parfois un cri de bête.

Ce sont aussi des voix de la terre.

Mais j'attends davantage de la terre.

Si la promesse qu'il m'a faite tarde trop longtemps a s'accomplir, je suivrai son conseil : j'essaierai de prier.

Depuis neuf heures, le vent s'est levé. Il souffle avec une douceur étrange. Il se plaint cependant, il pleure ; mais aussi il caresse. Parfois sa force tombe, et soudain il s'élève, puis il se traîne, il expire...

Je suis sorti. J'ai fait quelques pas sur le plateau et j'ai respiré tout à coup l'odeur des essences lointaines. J'avais le cœur brûlant.

Plus trace de misère, mais la chaleur du sang qui fermente et qui vous enivre.

Peu à peu le vent s'est apaisé.

J'ai attendu longtemps. A la fin j'ai perçu sur ma joue un petit souffle ; une haleine tiède, humaine.

Dans ma mémoire, j'ai cherché une prière.

Mais j'ai oublié mes prières.

Alors je me suis dirigé vers la maison.

Au moment de franchir le portail, j'ai entendu ces mots :

« Envoie ton Souffle
et ils seront créés
et tu renouvelleras la face de la Terre. »

Je les ai reconnus :

« *Emitte Spirituum tuum...* »

Je les avais lus, à l'Hospitalet, dans l'église du Saint-Esprit.

DU MÊME AUTEUR

Aux Éditions Gallimard

IRÉNÉE, *roman*.

LE QUARTIER DE SAGESSE, *roman*.

PIERRE LAMPÉDOUZE, *roman*.

LE SANGLIER, *roman*.

LE TRESTOULAS, *roman*.

L'ÂNE CULOTTE, *récit*.

HYACINTHE, *roman*.

LE JARDIN D'HYACINTHE, *roman*.

MALICROIX, *roman*.

SYLVIUS, *récit*.

LE ROSEAU ET LA SOURCE, *poésie*.

DES SABLES À LA MER, *récit*.

SITES ET MIRAGES, *récit*.

ANTONIN, *roman*.

LE MAS THÉOTIME, *roman*.

MONSIEUR CARRE-BENOIT À LA CAMPAGNE, *roman*.

L'ENFANT ET LA RIVIÈRE, *roman*.

L'ANTIQUAIRE, *roman*.

LES BALESTA, *roman*.

LE RENARD DANS L'ÎLE, *récit*.

SABINUS, *roman*.

BARBOCHE, *roman.*

BARGABOT suivi de PASCALET, *récit.*

SAINT JEAN BOSCO, *biographie.*

UN OUBLI MOINS PROFOND, *souvenirs.*

LE CHEMIN DE MONCLAR, *souvenirs.*

L'ÉPERVIER, *roman.*

LE JARDIN DES TRINITAIRES, *souvenirs.*

LE CHIEN BARBOCHE, *récit.*

MON COMPAGNON DE SONGES, *récit.*

UN RAMEAU DE LA NUIT, *roman.*

LE RÉCIF, *récit.*

UNE OMBRE, *roman.*

Dans la collection Grands Livres illustrés

L'ENFANT ET LA RIVIÈRE. *Illustrations de Georges Lemoine.*

Dans la collection Folio Junior

LE RENARD DANS L'ÎLE. *Illustrations de Georges Lemoine, n° 381.*

L'ENFANT ET LA RIVIÈRE. *Illustrations de Georges Lemoine et Bruno Mallart, n° 455* (Édition spéciale).

L'ÂNE CULOTTE. *Illustrations de Philippe Mignon et Morgan, n° 489* (Édition spéciale).

COLLECTION FOLIO

Dernières parutions

2561.	Catherine Lépront	*Une rumeur.*
2562.	Arto Paasilinna	*Le meunier hurlant.*
2563.	Gilbert Sinoué	*La pourpre et l'olivier.*
2564.	François-Marie Banier	*Le passé composé.*
2565.	Gonzalo Torrente Ballester	*Le roi ébahi.*
2566.	Ray Bradbury	*Le fantôme d'Hollywood.*
2567.	Thierry Jonquet	*La Bête et la Belle.*
2568.	Marguerite Duras	*La pluie d'été.*
2569.	Roger Grenier	*Il te faudra quitter Florence.*
2570.	Yukio Mishima	*Les amours interdites.*
2571.	J.-B. Pontalis	*L'amour des commencements.*
2572.	Pascal Quignard	*La frontière.*
2573.	Antoine de Saint-Exupéry	*Écrits de guerre (1939-1944).*
2574.	Avraham B. Yehoshua	*L'amant.*
2575.	Denis Diderot	*Paradoxe sur le comédien.*
2576.	Anonyme	*La Châtelaine de Vergy.*
2577.	Honoré de Balzac	*Le Chef-d'œuvre inconnu.*
2578.	José Cabanis	*Saint-Simon l'admirable.*
2579.	Michel Déon	*Le prix de l'amour.*
2580.	Lawrence Durrell	*Le sourire du Tao.*
2581.	André Gide	*Amyntas.*
2582.	Hervé Guibert	*Mes parents.*
2583.	Nat Hentoff	*Le diable et son jazz.*
2584.	Pierre Mac Orlan	*Quartier Réservé.*
2585.	Pierre Magnan	*La naine.*
2586.	Naguib Mahfouz	*Chimères.*

2587.	Vladimir Nabokov	*Ada ou l'Ardeur.*
2588.	Daniel Boulanger	*Un été à la diable.*
2589.	Louis Calaferte	*La mécanique des femmes.*
2590.	Sylvie Germain	*La Pleurante des rues de Prague.*
2591.	Julian Gloag	*N'éveillez pas le chat qui dort.*
2592.	J.M.G. Le Clézio	*Étoile errante.*
2593.	Louis Malle	*Au revoir, les enfants.*
2595.	Jean-Bernard Pouy	*L'homme à l'oreille croquée.*
2596.	Reiser	*Jeanine.*
2597.	Jean Rhys	*Il ne faut pas tirer les oiseaux au repos.*
2598.	Isaac Bashevis Singer	*Gimpel le naïf.*
2599.	Andersen	*Contes.*
2600.	Jacques Almira	*Le Bar de la Mer.*
2602.	Dominique Bona	*Malika.*
2603.	John Dunning	*Les mécanos de la mort.*
2604.	Oriana Fallaci	*Inchallah.*
2605.	Sue Hubbell	*Une année à la campagne.*
2606.	Sébastien Japrisot	*Le passager de la pluie.*
2607.	Jack Kerouac	*Docteur Sax.*
2608.	Ruth Rendell/Helen Simpson	*Heures fatales.*
2609.	Tristan L'Hermite	*Le Page disgracié.*
2610.	Alexandre Dumas	*Les Trois Mousquetaires.*
2611.	John Updike	*La concubine de saint Augustin* et autres nouvelles.
2612.	John Updike	*Bech est de retour.*
2613.	John Updike	*Un mois de dimanches.*
2614.	Emmanuèle Bernheim	*Le cran d'arrêt.*
2615.	Tonino Benacquista	*La commedia des ratés.*
2616.	Tonino Benacquista	*Trois carrés rouges sur fond noir.*
2617.	Rachid Boudjedra	*FIS de la haine.*
2618.	Jean d'Ormesson	*La gloire de l'Empire.*
2619.	Léon Tolstoï	*Résurrection.*
2620.	Ingmar Bergman	*Cris et chuchotements* suivi de *Persona* et de *Le lien.*
2621.	Ingmar Bergman	*Les meilleures intentions.*
2622.	Nina Bouraoui	*Poing mort.*
2623.	Marguerite Duras	*La Vie matérielle.*
2624.	René Frégni	*Les nuits d'Alice.*

2625.	Pierre Gamarra	*Le maître d'école.*
2626.	Joseph Hansen	*Les ravages de la nuit.*
2627.	Félicien Marceau	*Les belles natures.*
2628.	Patrick Modiano	*Un cirque passe.*
2629.	Raymond Queneau	*Le vol d'Icare.*
2630.	Voltaire	*Dictionnaire philosophique.*
2631.	William Makepeace Thackeray	*La Foire aux Vanités.*
2632.	Julian Barnes	*Love, etc.*
2633.	Lisa Bresner	*Le sculpteur de femmes.*
2634.	Patrick Chamoiseau	*Texaco.*
2635.	Didier Daeninckx	*Play-back.*
2636.	René Fallet	*L'amour baroque.*
2637.	Paula Jacques	*Deborah et les anges dissipés.*
2638.	Charles Juliet	*L'inattendu.*
2639.	Michel Mohrt	*On liquide et on s'en va.*
2640.	Marie Nimier	*L'hypnotisme à la portée de tous.*
2641.	Henri Pourrat	*Bons, pauvres et mauvais diables.*
2642.	Jacques Syreigeol	*Miracle en Vendée.*
2643.	Virginia Woolf	*Mrs Dalloway.*
2645.	Jerome Charyn	*Elseneur.*
2646.	Sylvie Doizelet	*Chercher sa demeure.*
2647.	Hervé Guibert	*L'homme au chapeau rouge.*
2648.	Knut Hamsun	*Benoni.*
2649.	Knut Hamsun	*La dernière joie.*
2650.	Hermann Hesse	*Gertrude.*
2651.	William Hjortsberg	*Le sabbat dans Central Park.*
2652.	Alexandre Jardin	*Le Petit Sauvage.*
2653.	Philip Roth	*Patrimoine.*
2655.	Fédor Dostoïevski	*Les Frères Karamazov.*
2656.	Fédor Dostoïevski	*L'Idiot.*
2657.	Lewis Carroll	*Alice au pays des merveilles. De l'autre côté du miroir.*
2658.	Marcel Proust	*Le Côté de Guermantes.*
2659.	Honoré de Balzac	*Le Colonel Chabert.*
2660.	Léon Tolstoï	*Anna Karénine.*
2661.	Fédor Dostoïevski	*Crime et châtiment.*
2662.	Philippe Le Guillou	*La rumeur du soleil.*
2663.	Sempé-Goscinny	*Le petit Nicolas et les copains.*
2664.	Sempé-Goscinny	*Les vacances du petit Nicolas.*

2665. Sempé-Goscinny *Les récrés du petit Nicolas.*
2666. Sempé-Goscinny *Le petit Nicolas a des ennuis.*
2667. Emmanuèle Bernheim *Un couple.*
2668. Richard Bohringer *Le bord intime des rivières.*
2669. Daniel Boulanger *Ursacq.*
2670. Louis Calaferte *Droit de cité.*
2671. Pierre Charras *Marthe jusqu'au soir.*
2672. Ya Ding *Le Cercle du Petit Ciel.*
2673. Joseph Hansen *Les mouettes volent bas.*
2674. Agustina Izquierdo *L'amour pur.*
2675. Agustina Izquierdo *Un souvenir indécent.*
2677. Philippe Labro *Quinze ans.*
2678. Stéphane Mallarmé *Lettres sur la poésie.*
2679. Philippe Beaussant *Le biographe.*
2680. Christian Bobin *Souveraineté du vide* suivi de *Lettres d'or.*
2681. Christian Bobin *Le Très-Bas.*
2682. Frédéric Boyer *Des choses idiotes et douces.*
2683. Remo Forlani *Valentin tout seul.*
2684. Thierry Jonquet *Mygale.*
2685. Dominique Rolin *Deux femmes un soir.*
2686. Isaac Bashevis Singer *Le certificat.*
2687. Philippe Sollers *Le Secret.*
2688. Bernard Tirtiaux *Le passeur de lumière.*
2689. Fénelon *Les Aventures de Télémaque.*
2690. Robert Bober *Quoi de neuf sur la guerre ?*
2691. Ray Bradbury *La baleine de Dublin.*
2692. Didier Daeninckx *Le der des ders.*
2693. Annie Ernaux *Journal du dehors.*
2694. Knut Hamsun *Rosa.*
2695. Yachar Kemal *Tu écraseras le serpent.*
2696. Joseph Kessel *La steppe rouge.*
2697. Yukio Mishima *L'école de la chair.*
2698. Pascal Quignard *Le nom sur le bout de la langue.*
2699. Jacques Sternberg *Histoires à mourir de vous.*
2701. Calvin *Œuvres choisies.*
2702. Milan Kundera *L'art du roman.*
2703. Milan Kundera *Les testaments trahis.*
2704. Rachid Boudjedra *Timimoun.*
2705. Robert Bresson *Notes sur le cinématographe.*
2706. Raphaël Confiant *Ravines du devant-jour.*

2707. Robin Cook — *Les mois d'avril sont meurtriers.*
2708. Philippe Djian — *Sotos.*
2710. Gabriel Matzneff — *La prunelle de mes yeux.*
2711. Angelo Rinaldi — *Les jours ne s'en vont pas longtemps.*
2712. Henri Pierre Roché — *Deux Anglaises et le continent.*
2714. Collectif — *Dom Carlos* et autres nouvelles françaises du XVIIe siècle.
2715. François-Marie Banier — *La tête la première.*
2716. Julian Barnes — *Le porc-épic.*
2717. Jean-Paul Demure — *Aix abrupto.*
2718. William Faulkner — *Le gambit du cavalier.*
2719. Pierrette Fleutiaux — *Sauvée !*
2720. Jean Genet — *Un captif amoureux.*
2721. Jean Giono — *Provence.*
2722. Pierre Magnan — *Périple d'un cachalot.*
2723. Félicien Marceau — *La terrasse de Lucrezia.*
2724. Daniel Pennac — *Comme un roman.*
2725. Joseph Conrad — *L'Agent secret.*

Composition Bussière
et impression B.C.I.
à Saint-Amand (Cher), le 20 mai 1995.
Dépôt légal : mai 1995.
1er dépôt légal dans la collection : juin 1977.
Numéro d'imprimeur : 1/1247.
ISBN 2-07-036966-8./Imprimé en France.

72856